HEYNE <

Das Buch

Auf den Straßen von Mardock City, einer hypermodernen Metropole der Zukunft, ist ein Menschenleben nicht viel wert: Mit mafiosen Methoden kontrollieren geheime Verbrecherorganisationen wie Yakuza und die October Company das Geschäft mit High-Tech-Drogen und Glücksspiel. Doch die computergesteuerte Kommunal-Regierung startet ein erfolgversprechendes Hilfsprogramm: Der hochintelligente Wissenschaftler Doc Easter und sein Kollege Œufcoque Penteano – ein Tech-Robot – werden als Undercover-Agenten auf die Verbrecherorganisationen angesetzt. Schon bald sind sie einem brisanten Fall auf der Spur: Sechs junge Mädchen, alle erst seit kurzem im Besitz der Bürgerrechte von Mardock City, sind spurlos verschwunden. Als schließlich die junge Rune Balot, die als Luxus-Geisha für hochrangige Yakuza-Bosse arbeitet, in einen perfiden Hinterhalt gelockt wird, beginnt ein Kampf, der die Verhältnisse in der Stadt ins Wanken bringt. Denn Rune weiß sich zu wehren, mit allen Mitteln …

»Kompression« ist der atemberaubende Auftakt zur japanischen Science-Fiction-Bestsellerserie MARDOCK.

Der Autor

To Ubukata, 1977 in der japanischen Präfektur Gifu geboren, schrieb bereits während seines Studiums an der Waseda-Universität in Tokyo zahlreiche preisgekrönte Romane und Mangas. 2003 wurde die MARDOCK-Serie mit dem japanischen Science-Fiction-Preis ausgezeichnet. Derzeit laufen die Arbeiten zu einem Anime, für den Ubukata das Drehbuch verfasst hat.

TO UBUKATA

KOMPRESSION

Roman

Aus dem Japanischen von Cora Hartwig

Deutsche Erstausgabe

MARDOCK

WILHELM HEYNE VERLAG
MÜNCHEN

Titel der japanischen Originalausgabe
マルドゥック・スクランベル
圧縮

FSC
Mix
Produktgruppe aus vorbildlich bewirtschafteten Wäldern und anderen kontrollierten Herkünften
Zert.-Nr. SGS-COC-1940
www.fsc.org
© 1996 Forest Stewardship Council

Verlagsgruppe Random House FSC-DEU-0100
Das für dieses Buch verwendete
FSC-zertifizierte Papier *München Super*
liefert Mochenwangen.

Redaktion: Werner Bauer

Deutsche Erstausgabe 07/2006

Printed in Germany 2006
Umschlaggestaltung: Animagic, Bielefeld
Umschlagbild: Dirk Schulz
Satz: C. Schaber Datentechnik, Wels
Druck und Bindung: GGP Media GmbH, Pößneck

ISBN-10: 3-453-52176-5
ISBN-13: 978-3-453-52176-6

www.heyne.de

Charaktere

Rune Balot:	Eine junge Prostituierte
Œufcoque Penteano:	Rechtsverdreher
Doc Easter:	Rechtsverdreher
Shell Septinos:	Spieler
Dimsdale Boiled:	Rechtsverdreher
Mincemeat the Wink:	Viehzüchter
Flesh the Pike:	Viehzüchter
Rare the Hair:	Viehzüchter
Medium the Fingernail:	Viehzüchter
Welldone the Pussyhand:	Viehzüchter, Chef der Bandersnatch-Gang

Mardock City

Eine Industriehafenstadt. Die »Treppe in den Himmel« – ein Monument in Form einer Wendeltreppe im Regierungsviertel gab der Stadt ihren Namen.

Mardock Scramble

Eines der Gesetze des Gerichtshofs von Mardock City. Die allgemeine Bezeichnung des Notstandsgesetzes zur Rettung von Leben.

Mardock Scramble-09

Notstandsgesetz. Im Ausnahmezustand ist der Einsatz der gesetzlich verbotenen Technologie erlaubt.

Erster Teil 吸気

Einatmen

1

»Ich wünschte, ich wäre tot.« Die Stimme des Mädchens war kaum mehr als ein Flüstern. Ob der Mann neben ihr sie hörte, war ihr gleich, es war nur ein weißes Rauschen, bedeutungslos.

Draußen vor dem Fenster des Wagens zog das Vergnügungsviertel von Mardock City vorbei, das Rauschen kam kaum hörbar aus seinem Glitzern.

Wenn sie es flüsterte, ging es ihr besser, als wäre es ein Mojo, ein Zauberspruch aus alten Jazz-Songs.

Das Mädchen saß jetzt in einem schwebenden schwarzen Juwel, vier Tonnen schwer, ein absolutes Luxus-AirCar mit einer Gravity-Device-Engine, einem Wahnsinnsmotor, der es lautlos in der Luft schweben ließ. Die Fenster des Autos waren verspiegelt, damit man nicht reinsehen konnte. Cop-Hunter nannte man diese Fenster, sie mussten von der Stadt genehmigt werden. Klar, dass diese Genehmigung nur bekam, wer in der Stadt eine entsprechende Position hatte.

Normalerweise lenkte ein Chauffeur die Kiste, heute aber glitt sie per Autopilot durch die Stadt.

Oder war der Wagen vielleicht eher ein Schmuckkästchen und das junge Mädchen im Auto das eigentlich Juwel? Das dachte man sofort, wenn man sie sah. Die Lichter der Stadt verliehen ihren weißen Wangen diesen harten Schimmer, der ihr unschuldiges Gesichtchen so hinreißend *kawaii* und schrecklich verführerisch aussehen ließ.

Die zarten Gliedmaßen, diese Mandelaugen, in denen tiefschwarze Pupillen glänzten, das glatte, schulterlange Haar – all das schenkte dem Betrachter das Vergnügen, sie anzuschauen, als hätte er eine exotische Puppe vor sich.

Und genau das war ihre Absicht.

Anders als die »verführerischen, frühreifen Nymphen« oder »milchsüßen Lollipops« aus abgeschmackten Net-Anzeigen, wurde sie richtig gut bezahlt. Das Bedürfnis blieb allerdings das gleiche.

In der hell gestreiften Strumpfhose sahen ihre unentwickelten Waden und Oberschenkel noch zierlicher aus, ihr magerer Po steckte in weißen Hot Pants, ihre bunten, uniformähnlichen Kleider waren genau wie diese abgeschmackten »Lolita-Erotik«-Anzeigen.

Darüber trug sie einen knöchellangen, eleganten Maximantel, wie er den verheirateten Frauen gefiel, beide Hände steckten in den Taschen des offenen Mantels. Ein exquisites, hübsches, verführerisches kleines Ding, das man ins Wunderland – die Welt der Erwachsenen – mitnahm.

Und aus ihrem Körper kam wieder das Rauschen, wie als Antwort auf die Lichter der Stadt:

»Ich wünschte, ich wäre tot.«

Wenn sie ihren Zauberspruch wisperte, lastete das Rouge weniger schwer auf ihren Wangen und Lippen.

»Was ist, Balot? Hast du was gesagt?«, fragte der Mann auf dem Rücksitz neben ihr. Glatte, schwärzliche Haut, sein Haar lang und im Nacken zusammengebunden: ein Dandy in einem weißen Mantel.

Seine Chamäleon-Sonnenbrille wechselte mit der Zeit die Farbe, sie schimmerte gerade grellrot.

»Nichts, Shell. Ich hab mich an etwas erinnert, was du heute bei der Show gemacht hast.«

Ihre Antwort verhalf einem Lächeln auf die wohlgeformten Lippen des Mannes, er streckte seine Hand nach ihr aus.

»Der Deal heute lief gut. Das wird auch in Zukunft so weitergehen.« Während er das sagte, strich er voller Vorfreude über ihre Wangenlinie.

Die Hand eines Spielers – eine Hand, die mit vielen Diamantringen protzte. Ausnahmslos Platin und blaue Diamanten. Bei der Show nahm er sie alle ab. Es gehörte zu den Aufgaben des Mädchens, sie aufzubewahren, während er spielte. Der Mann nannte den Diamanten, der am meisten funkelte, »Great Mother«. »Den hat jemand für mich aus der Asche meiner Mutter gemacht«, hatte er ihr mal erzählt. Die Mutterliebe in ihrer ewigen Form sollte ihm Glück bringen. Der Mann hatte noch einige ähnliche Ringe, aber ob die ebenfalls aus der Asche von Toten – anderen als seiner Mutter – gemacht worden waren, das wusste das Mädchen nicht.

»Nimm dir mal den Kühlschrank vor und mix mir das Übliche.«

Das Mädchen nickte als Antwort und mixte dem Mann einen Sake-Cocktail. Die Fahrt des AirCars war glatt und sanft, die Oberfläche des Drinks vollkommen ruhig – bis das Mädchen den Limettensaft auspresste. Als sie dem Mann das Glas reichte, streichelte er ihr Kinn.

»Gutes Mädchen.«

Er nahm das Glas, doch bevor er es an seine Lippen setzte, hob er das Kinn des Mädchens an und küsste sie.

Er war in den Slums der Stadt aufgewachsen. Heute galt er als einer der wenigen Show-Spieler von Mardock City, die sich einen Namen gemacht hatten. Außerdem gehörten ihm mehrere legale Casinos – das war seine andere Seite. So viel zu diesem Mann.

Das Mädchen war eine minderjährige Prostituierte, eine Geisha, die er gekauft hatte. Zurzeit war er ihr einziger Kunde, doch sie musste nicht nach anderen Freiern suchen, so viel bedeutete sie ihm. Er hatte dem Mädchen, das von Zuhause ausgerissen war, eine neue Identität gegeben, eine gefälschte Stadtbürger-Registrierungskarte.

»Alles, was du verloren hast, werde ich dir geben.« Als der Laden hochging, in dem sie gearbeitet hatte und sie ihren Schlafplatz verlor, hatte er genau das zu ihr gesagt. Das Mädchen hatte oft gehört, dass die Stadtverwaltung Menschen eine neue Identität zusicherte, einen neuen Namen, eine neue Adresse und so weiter – sofern sie ihnen wichtige Informationen lieferten, etwa Zeugenaussagen über kriminelle Organisationen wie die Yakuza oder Beweise, damit gegen bestimmte Personen sofort gerichtlich vorgegangen werden konnte.

Aber das war nicht, worum das Mädchen gebeten hatte.

»Heißt das, du liebst mich?«

Die Frage des Mädchens ließ seine Augen schmaler werden, und er lächelte. Seine künstlichen, kaisergrünen Pupillen glitzerten und fixierten das Mädchen.

»Das ist die vollkommene Frage, die du da gestellt hast. So ist es. Die Definition der Liebe ist Geben. Und dafür gibt's Regeln. Regeln, an die der Empfangende sich halten muss. Wenn du dich an die Regeln hältst, werde ich nie aufhören, dich zu lieben.«

Das Mädchen war naiv, sie glaubte wirklich an die Güte des Mannes. Regeln einzuhalten war für sie kein Problem. Bisher hatte sie immer alle Regeln befolgt. Bis auf das eine Mal, als sie aus dem Heim geflohen war, weil sie den Missbrauch nicht mehr ausgehalten hatte. Seitdem lebte sie vollkommen nach den Regeln des Wunderlandes, der Welt der Erwachsenen, um zu überleben. Sie hatte alles getan, sie hatte jede Rolle gespielt.

Doch in dem Mädchen blieb die eine Frage: »Warum ich?«

Das hatte sie sich oft gefragt. Sie hatte auch den Mann gefragt, sie wisperte die Frage, wenn sie ganz allein war. So unendlich viele Fragen in einer Frage. Warum ich? Warum verlangen so viele Kunden nach mir? Warum ist dem Mann danach, mir so viel zu schenken? Warum lebe ich dieses Leben, wenn es doch so viele Mädchen gibt, die auch so alt sind wie ich?

Das Mädchen wünschte sich nur eine einfache Antwort, so wie sie Eltern ihren Kindern geben. *Weil wir dich lieben.* Ob sie der Mann liebte, die Götter, das Schicksal, alles war ihr recht. Wenn sie nur geliebt wurde, dann würde sie schließlich zu allerallerletzt die vollständige Antwort auf ihre Frage »Warum ich?« bekommen, daran glaubte sie fest.

Und das Mädchen wünschte sich die Antwort von diesem Mann.

»Zweifle nicht. Deine Frage ist etwas ganz anderes als Glück und Ruhm«, sagte der Mann. Seine Regeln forderten von ihr eine andere Art von Geduld, ganz anders als bisher.

»Du sollst nicht an dem zweifeln, was dir gegeben wird. Das ist die Regel. Warum ich und so – es ist absolut nicht nötig, überhaupt darüber nachzudenken. Du darfst nie daran zweifeln, dass du so bist, wie du bist.«

Vor allem sollte sie niemals den Inhalt ihrer Registrierung bei der Stadt antasten. Aus diesem Grund hatte das Mädchen vom Tag, als er sie kaufte, bis heute nicht gewusst, unter welcher Identität sie registriert war. Seit der Mann sie gekauft hatte, war ein halbes Jahr vergangen – bis gestern.

Das luxuriöse schwarze AirCar glitt mit dem Mädchen und dem Mann durch das Vergnügungsviertel von Mardock City. Hinter ihnen fuhr ein rotes Cabriolet.

Auf den ersten Blick erkannte man, dass es aus einem Küstenviertel der Stadt kam, weil es Reifen hatte. Die Benzinkosten eines ganzen Lebens waren günstiger als der Gravity-Device des AirCars, der fast unbegrenzt genutzt werden konnte. Immerhin war der Besitzer in der Lage, sein Leben lang das Benzin zu bezahlen. Diesen Status verkörperte der Wagen.

»Wir sind bald im Central Park. Danach müssen wir den Wagen wechseln.«

Die ruhige Stimme kam vom Fahrersitz. Dort saß ein großer, hagerer Mann. Er trug einen schönen dunkelbraunen Anzug und TechGlasses, wie sie einem Wissenschaftler sicher gut gefallen hätten, sein Haar war scheckig gefärbt.

»Beobachten wir sie erst mal weiter. Sollte im Central Park nichts passieren, ziehen wir uns zurück«, antwortete eine tiefe, herbe Stimme, doch außer dem Fahrer war niemand im Wagen.

»Unmöglich, dass da nichts passiert. Ich war für die Analyse des Profils dieses Mannes zuständig, Œufcoque«, sagte der Mann, ungefähr in die Richtung des Navigationssystems neben dem Lenkrad. »Dieser Mann hat bisher sechs Ausreißerinnen, eine nach der anderen, in seine *Obhut* genommen. Vier haben Selbstmord begangen, zwei sind verschwunden. Sogar in Anbetracht der Statistiken des Jugendschutzzentrums sind diese Zahlen absurd«, erklärte er mit einem triumphierenden Unterton. Sofort blinkte ein Lämpchen des Navi und antwortete.

»Alle Mädchen starben oder verschwanden, nachdem sie ihre Registrierung bestätig hatten – oder, Doktor? Meinen Berechnungen zufolge beträgt die Wahrscheinlichkeit, dass *die-*

ses Mädchen in der Lage ist, auf die Registrierungsseite zuzugreifen, weniger als zwei Prozent. Solange ihr nichts passiert, ist alles gut.«

Der Bildschirm des Navigationssystems verzeichnete Position, Fahrtrichtung und Geschwindigkeit des schwarzen Air-Cars fast schon mit pflichtbewusster Genauigkeit.

»Sei nicht so zögerlich. Von diesem Auftrag hängen dein und mein Leben ab. Du willst doch nicht auf dem Schrottplatz enden, oder, Œufcoque? Wir müssen seine Hintermänner erwischen, oder es wird dein Schicksal sein, als nutzlos abgeschafft zu werden.«

»Darauf zu hoffen, dass eine Minderjährige in Gefahr gerät, ist schlicht falsch.«

»Ja, ja, du hast ja Recht. Aber ... unter diesen Umständen wäre die eigentliche Frage, ob dieses Mädchen dich überhaupt akzeptiert. Dich als Scramble-09.«

In diesem Augenblick rauschte der Bildschirm und eine finstere Stimme dröhnte.

»Menschen ... wollen nicht, dass ein werkzeugähnliches Wesen ein eigenes Bewusstsein besitzt.«

»Ach was, sie wird garantiert verstehen, wie gut du bist. Sie gerät in Lebensgefahr, wir retten sie. Und so wird sie Zeugin unserer *Nützlichkeit,* hm?«

»Zum Beispiel: Es gibt so viele Menschen, denen ich das Leben gerettet habe, und sie lehnen meine Existenz ab ...«

Das Bild auf dem Schirm wurde immer unschärfer.

»Blödmann, jetzt lass dich nicht so hängen. Nantoka naru – das wird schon werden, was? Hör auf damit, mach nicht zu.«

Der Mann klopfte auf das deprimierte Navigationssystem, bis schließlich das Bild wieder hergestellt war.

»Das Zielobjekt verlässt seine Route. Schneller als erwartet.«

Auf dem Bildschirm verließ das schwarze AirCar seine Spur und hielt direkt auf den Central Park zu.

»Da sind sie. Sie haben den Kurs des Autopiloten geändert. Zum ersten Mal in den letzten 47 Tagen.«

»Nicht direkt folgen, Doc. Wir machen einen Umweg und fahren parallel zur erwarteten Route des Zielobjekts. Abstand halten.«

Der Doktor wollte gerade mit Schwung ins Lenkrad greifen, wurde aber von der Stimme des Navi-Systems ausgebremst. Schnell erschienen mehrere Routen auf dem Bildschirm. Kurz danach hatte er sich für eine davon entschieden.

»Auf welcher Basis hast du diese Route berechnet, Œufcoque?«, fragte der Mann, während er das Lenkrad drehte.

»Wenn nichts passiert, können wir beide nach Hause fahren, ohne uns zu begegnen.«

»Wenn nichts passiert … also wirklich. Du bist echt ein halb gares Ei, Œuf à la coque, eh? Die Welt brennt viel heißer, als du denkst.«

»Genau so, und park direkt am See.« Die Hände des Mannes glitten über den Körper des Mädchens. »Denk daran, die Parkdauer einzustellen. Das Passwort ist das gleiche wie vorhin.«

Das Mädchen tat, wie ihm gesagt worden war, und programmierte die Route des AirCars mit dem Controller neu. Die Hände des Mannes krochen dabei unablässig über ihren Körper. Hände eines Spielers, der selbst bei einem Deal von zehn Millionen Yen nicht in kalten Schweiß ausbrach, der eiskalt hohe Summen gewann und die Show zum Kochen brachte – diese langen glatten Finger tasteten sich in die Unterwäsche des Mädchens, spreizten ihre Beine, krochen tiefer, tiefer. Seine andere Hand spielte mit ihren Brüsten, tätschelte und kniff sanft.

Die Finger des Mannes, die sich in ihren Hot Pants bewegten, wurden langsam feuchter. Unter ihrem Shirt schob sich die Hand in den Spalt ihres BHs, die veränderte Atmung des Mädchens ließ es ihn wissen.

Trotzdem schwieg das Mädchen und programmierte weiterhin die Route des AirCars, gelegentlich stöhnte sie unbeabsichtigt auf, was dem Mann Vergnügen bereitete.

Die Programmierung des AirCars war bald abgeschlossen. »Den Controller behältst du dabei in der Hand«, befahl die Stimme des Mannes, der sich hinter sie geschoben hatte. Das Mädchen schloss die Augen und hielt sich an die Regeln.

Wenn ihre Augen zu waren, schwebte ihr Bewusstsein davon. Die Berührungen des Mannes rückten dann in weite Ferne, ihre Sinneswahrnehmung wurde isolierter, sie erreichte einen Zustand, im dem sich die ganze Welt auf der anderen Seite einer dünnen Membran abspielte.

Das war ihr Talent und ihre Technik, beides hatte sie im Laufe der Jahre perfektioniert. Mittlerweile konnte sie Reaktionen und Veränderungen ihres eigenen Körpers von einem sicheren Ort aus gleichgültig beobachten.

»Verschließ dich nicht immer in deiner Schale«, hatte mal jemand gesagt.

Komm da raus!

So viele hatten ihr das immer und immer wieder gesagt – Sozialarbeiter, die Leute im Heim, die Freunde für kurze Zeit, Kollegen, Arbeitgeber, Kunden.

Aber die Stadt hatte ein ganz anderes Bedürfnis nach dem besonderen Talent des Mädchens.

Überraschend viele Kunden wollte eine Frau lieben, die wie eine Puppe war.

Das süße kleine Mädchen, das sein Herz verschloss und

dalag, als schliefe es oder wäre tot – vielen Kunden gefiel das sehr.

»Balot!«, rief der Mann dem Mädchen ins Ohr.

Genau wie so viele Kunden vor ihm.

»Balot« – ein ungeschlüpftes Küken, in der Schale gekocht und so getötet, bevor man es aß: Das war der Name dieser Delikatesse.

Entstanden war der Spitzname als scherzhafte Bemerkung einer Mama-san, doch bald schon hatte er sich als das Markenzeichen des Mädchens erwiesen.

So wie sich die Köstlichkeit einer seltenen Spezialität schnell herumspricht, kamen immer mehr nur wegen ihr. Sie wurde ein echter Star.

Irgendwann sagte ihr keiner mehr, dass sie aus ihrer Schale herauskommen sollte.

Denn genau das wurde ihre Aufgabe. Sich selbst weiterhin in die dünne Schale einzuschließen.

Wenn das Feuer des Mannes sie in ihrer Schale kochte und tötete, wurde aus ihr eine unwiderstehlich süße Delikatesse.

»Mein braves Mädchen, du hübsches Püppchen. So schön wie eine Figur auf einem Gemälde. Jetzt mach die Augen auf«, flüsterte der Mann mit erregter Stimme. Das Mädchen war gehorsam. Was sie mit offenen Augen sah, erschien ihr fern und verschwommen, gerade so, als würde sie die Welt vom Grund des Meeres aus beobachten.

»Erinnerst du dich an die Regeln, Balot? Die Regeln, die du nie vergessen darfst, um geliebt zu werden?«

Als der Mann sie das plötzlich fragte, konnte sie nur verträumt nicken.

»Weißt du, was mit kleinen Mädchen passiert, die sich nicht an die Regeln halten?«

Die Stimme des Mannes hallte kalt in ihrem Herzen.

Erwischt!

Das Glitzern des Stadt vor dem Fenster war verschwunden, draußen lag das Halbdunkel der Parklandschaft.

Der Mann hinter ihr nahm langsam seine Sonnenbrille ab.

»Shell …«

Das Mädchen schnappte nach seinem Namen wie nach Luft.

In diesem Augenblick kam der große Körper des Mannes über sie. In den Tiefen seiner grünen Augen schien ein anderes Licht zu glitzern als bisher.

»Ganz ruhig, Balot.«

Ihr Körper versteifte sich kurz wegen seiner schneidenden Stimme, doch dann machte sie, was der Mann gesagt hatte.

Während sie folgsam sein Bedürfnis befriedigte, stoppte das AirCar neben dem großen See im Park und schwebte dort lautlos in der Luft.

2

Der Central Park zog sich quer durch die ganze Stadt, auf den mehrspurigen Straßen dort wusste man sofort Bescheid, welcher Wagen welchen sozialen Status hatte, woher er kam, wohin er fuhr – wie bei vielen Leitungen und Kabeln, die sich zwar kreuzten, sich aber nie miteinander verbanden.

An der Küste ragten Wolkenkratzer in den Himmel, mehrstöckige Apartmenthäuser für die so zahlreich eingewanderte Mittelschicht, den *Cheap Branch*. Autos, die von dort ins Vergnügungsviertel fuhren, zog es niemals nach Osten in das luxuriöse Wohnviertel der Señorita, und schon gar nicht nach Süden in den Gürtel des Industriegebiets. Im Süden hatten sich die Slums ausgebreitet, isoliert von den sauberen Straßen.

Aus diesem Grund – und auch, weil das AirCar direkt neben dem See angehalten hatte – konnte das rote Cabriolet nicht ebenfalls dort parken.

Diese Aktion würde sie sofort verdächtig machen. Also parkte das Cabriolet in der Nähe von Riverside, nur ein paar hundert Meter entfernt von der Route des AirCars in Richtung Señorita.

Die Nacht war dunkel und mondlos.

Als er den Motor des Cabriolets abstellte, konnte er den Wind durch die Blätter der Bäume rauschen hören. Der Nachtwind eines kalten Vorfrühlings pfiff durch seinen kurzen Mantel, es war ihm egal.

»Da ist er, das ist der Wagen von dem Kerl. Während der Fahrer mit einer Hand seine TechGlasses hochschob, streckte er die Finger nach dem Navi-System aus und sagte: »Œufcoque, Turn.«

»Verstanden«, antwortete das Navi. Dann geschah etwas Seltsames: Das Navigationssystem verlor seine Form.

Es waberte und hatte sich kurz darauf in ein Fernglas verwandelt.

»Zu dunkel, ich kann gar nichts sehen, Œufcoque«, beschwerte sich der Mann, der durch seine Brille in das Fernglas starrte. In den Händen des Mannes verlor das Fernglas wieder seine Form. Es waberte wie eine zähe Flüssigkeit und wurde zu einem Nachtsichtgerät.

»Wie ist es damit, Doktor?«, fragte das Nachtsichtgerät.

Die gleiche Stimme wie das Navi. In den Augen des Mannes – des Doktors –, der durch das Nachtsichtgerät sah, spiegelte sich das bulkige AirCar.

»Mann, das Gravity-Device sieht schon ziemlich teuer aus. Selbst wenn es im Wagen zu einer Schießerei kommt, wird man hier draußen nichts davon mitbekommen, das Absorptionsmaterial ist einfach erstklassig. Was machen denn die geschätzten Passagiere … die Fenster sind alle verspiegelt. Ich seh gar nichts.«

»Wenn du mehrere Wünsche auf einmal hast, sag es doch. Warte kurz. Ich wechsele in den Infrarotmodus.«

Erneut waberte das Nachtsichtgerät. Diesmal veränderten sich aber nur die Gläser. Dadurch wurde die Welt vor den Augen des Doktors bunt und er konnte Veränderungen in der Körperwärme in allen Farben zwischen Blau und Rot erkennen.

»Wie ich erwartet hatte, Œufcoque. Ganz egal, womit ich dich nerve, du als Universal Item findest immer die richtige Antwort.«

Zufrieden sah der Doktor durch das Nachtsichtgerät.

»Ihre Körper winden sich gerade verzweifelt ineinander. Vielleicht kämpfen sie, Doc«, sagte das Nachtsichtgerät ernst. Der Doktor zuckte nur mit den Schultern.

»Ja … in gewisser Hinsicht kämpfen sie schon. Kurz gesagt, die sind mittendrin. Ein Mann und eine – Frau. Sonst ist keiner im Wagen. Fangen wir mit der Ton- und Bildaufnahme an.«

»Läuft bereits. Aber aus den Bildern kann man nicht ersehen, ob der Mann die Zielperson ist.«

»Es ist Shell Septinos, ganz sicher. Die moderne Version von Blaubart. Ich kann die Farbe seiner vertuschten Morde an den sechs Mädchen in der Temperatur seiner Körperzellen sehen. Für mich sieht das definitiv so aus.«

»Auch wenn du das sagst, Doktor, beim Justizministerium, dem Broiler House, zählt das gar nichts. Abgesehen davon haben Bildaufnahmen auch keine große Beweiskraft mehr, weil sie gefälscht werden können.«

»Weiß ich. Du hast doch seine Körpereigenschaften gespeichert? Wenn wir dem Körper bestimmte Krankheiten oder Spuren von Behandlungen nachweisen können, kann ein Infrarotbild ein gültiger Beweis werden.«

»Meinen Berechnungen auf Basis der Krankheits- und Behandlungsspurenmethode nach liegt die Wahrscheinlichkeit, dass es sich um die Zielperson handelt, bei 72 Prozent.«

»*Was ist mit seinem Hirn?* Der hatte doch so einen speziellen Eingriff. Dann hätten wir ihn …«

»Gehirn ist schwierig … 48 Prozent.«

»Das Broiler House nimmt von weniger als neunzig Prozent keine Notiz. Und sie?«

»Rune Balot«, antwortete das Nachtsichtgerät ohne zu zögern.

»Eine Wahrscheinlichkeit von 96 Prozent, dass es sich um

sie handelt. Shell Septinos hat sie entdeckt, als sie noch Kiddy PornStar war. Eine Teenager-Prostituierte.«

»Mann … wenn wir ihr dabei helfen, Shell zu töten, wäre das ein nützlicherer Beweis.«

»Nein … irgendwas ist komisch.«

Die Stimme des Nachtsichtgeräts wurde unvermittelt tiefer.

»Komisch? Was ist komisch, Œufcoque?« Der Dokktor wirkte besorgt.

»*Dieser Geruch*. Der Geruch, der aus der Klimaanlage des Wagens strömt, da ist noch etwas anderes drin als Wollust.«

»Deine *Nase* ist etwas ganz Besonderes. Erklär es mir, und zwar so, dass ich es auch verstehe.«

»Furcht … das Gefühl, jemanden um Mitleid anzuflehen. *Beide haben Angst*.«

»Was? Mittendrin? Nicht nur das Mädchen? Der Mann auch? Warum?«

»Nein … da ist Anspannung … Stress. Beide unterscheiden sich ganz subtil, sind sich aber trotzdem sehr ähnlich.«

»Analysiere speziell den Mann, diesen Shell. Vielleicht finden wir eine psychologische Basis für seine bisherigen Verbrechen, Œufcoque.«

»Ist so ähnlich wie Todessehnsucht.«

Dem Doktor fiel die Kinnlade runter.

»Blödsinn! Will er mit ihr zusammen Selbstmord begehen? Shell?!«

»In gewisser Weise … vielleicht.«

»Der ist doch ein totaler Psychopath. Zu diesem Zeitpunkt brauchen wir bereits eine hochqualifizierte psychologische Analyse, sonst kommt der Vorfall nicht zustande. Gut, wenn das so ist, dann drücken wir jemandem Geld in die Hand, damit er die Aufnahmen im Broiler House abliefert. Die Anklage lautet meinetwegen Verstoß gegen das Jugendschutzgesetz oder versuchter Doppelselbstmord. Dann übernehmen wir den Fall als Bevollmächtigte und nehmen sie in Schutz …«

»Zwecklos. Während wir Zeit mit juristischen Untersuchungen verschwenden, wird der Kerl seine Beziehung zu ihr schlichtweg leugnen, dann kommt erst gar kein Fall zustande. Ihre neue gefälschte ID ist ja auch dazu da, um ihm die Löschung dieser Beziehung in kürzester Zeit zu ermöglichen.«

»Was also jetzt? Sollen wir weiter die Spanner spielen?«

»Warte … da passiert gerade etwas Seltsames.«

Die Stimme des Nachtsichtgeräts wurde schneidend.

»Sein Geruch hat sich verändert. Fühlt sich an, als wäre ihm etwas klar geworden. Keine Todessehnsucht mehr, sondern Erregung, zweifellos.«

In der Zwischenzeit näherte sich ein anderes AirCar lautlos vom anderen Ende des Parks.

»Du hast an dem gezweifelt, was dir gegeben wurde«, flüsterte der Mann, während er das Mädchen in den Armen hielt. Ein dünnes, messerscharfes Lächeln auf seinen Lippen. In den Tiefen seiner Augen verheimlichte er ihr etwas ganz Entscheidendes, seine Augen fixierten sie.

Das Mädchen ließ den Mann schweigend machen, was er wollte. Auf ihrer Seite der dünnen Membran, die die innere und die äußere Welt trennte, fragte sie sich, ob es denn wirklich so schlimm gewesen war, ihre eigene Identität wissen zu wollen. Ganz ohne Zweifel war das wirklich sehr schlimm. Dieser Gedanke machte sie traurig. Ein anderes Ich in ihr starrte das traurige Ich gleichgültig an.

»Ein braves Mädchen verstößt nicht gegen die Regeln. Ein hübsches Püppchen sollte immer gehorsam und dekorativ sein«, sagte der Mann und zog das Mädchen mit beiden Armen fest an sich.

Der Mann klammerte sich oft fest an sie, während sie Sex hatten. Keine zärtliche Umarmung. Mehr ein Festkrallen. Als risse es ihn in einen Abgrund und er hätte auf dem Weg in die Tiefe noch zufällig etwas gefunden, um seinen Fall aufzuhalten.

»Aber das ist schon okay, Balot. Ich hab es schwer, du hast es auch schwer. Ich weiß. Es ist schwer. So sehr, dass man sterben will. Nein, man stirbt dabei ja wirklich. Ein Teil der Erinnerungen stirbt wirklich. Doch selbst im Tod kann man den Erinnerungen noch Form geben. So wie aus der Asche von Toten blaue Diamanten werden.«

Der Mann schrie wirres Zeug und bewegte sich heftig in ihr. Als spräche er im Fieberwahn, oder im Delirium. Wenn er so war, blieb das Mädchen stets gehorsam. Das war ihre Aufgabe, ihr Talent. Kurz danach stoppten seine Bewegungen. Ohne Hast zog er sich aus dem Mädchen zurück.

Er zog sich an. Als sie aufstehen wollte, befahl er mit plötzlich wieder freundlicher Stimme: »Bleib so, Balot.«

Und so hatte sie keine Wahl, als nackt und mit wirrem Haar liegen zu bleiben und das dünne Lächeln des Mannes unsicher zu beobachten.

»Ein schöner Anblick. Wunderschön. Und in Zukunft wirst du noch etwas viel Schöneres sein.« Während er das flüsterte, entfernte er sich weiter von ihr und lehnte sich auf der anderen Seite an die Tür.

»Ein schöner blauer Diamant.«

Mit einem dünnen Lächeln ließ er die Ringe an seiner rechten Hand aufblitzen.

»Das ist die Antwort auf die Frage, was mit kleinen Mädchen passiert, die sich nicht an die Regeln halten, Balot«, sagte der Mann, riss abrupt die Tür auf und stieg aus.

»Shell …?«

Die Tür knallte vor ihren Augen zu.

Im Reflex versuchte sie die Tür zu öffnen, erfüllt von blankem Entsetzen.

Wie sehr sie auch an dem elektronischen Türgriff zerrte, die Tür ging nicht auf. Die Hände des Mädchens auf dem Türgriff erschlafften. Sie konnte keinen Laut mehr von sich geben. Die Welt rückte in weite Ferne, eine grausame Vorahnung traf sie wie ein Schlag.

Als sie die Scheinwerfer eines anderen AirCars sah, begriff das Mädchen ganz plötzlich, wie bei einer *Satori-Erleuchtung*, dass alles von Anfang an zu seinem Plan gehört hatte.

»Er riecht nach Mord! Sie wird sterben!«, rief das Nachtsichtgerät mit schneidender Stimme.

»Warte, da ist noch ein anderer Wagen! Wir prüfen erst, wie viele da drin sind!«

Der Doktor richtete das Nachtsichtgerät auf das andere AirCar. Unmittelbar darauf morphten die Gläser wieder und kehrten vom Infrarot-Modus in den optischen Modus zurück.

»Was zur Hölle … Boiled!«, entfuhr es dem Doktor, er klang entsetzt.

»Der Mann auf dem Fahrersitz, das ist Boiled. Er arbeitet für Shell. Das sieht nicht gut aus, Œufcoque. Wenn die vorhaben, sie zu töten, kann das ganz schön nach hinten losgehen, auch wenn wir sie retten.

Wie ich Boiled kenne, *erschießt er sie als Erstes*.«

Das zweite AirCar hielt neben dem Wagen mit dem Mädchen. Die Fenster waren aus normalem Glas, der massive Mann auf dem Fahrersitz war deutlich zu sehen. Sein Haar war kurz und grau, das Gesicht glatt und bleich. Er öffnete das Fenster und redete mit Shell. Seine aschgrauen Augen bewegten sich.

»Obacht! Er hat uns entdeckt!«

Der Doktor beugte sich hastig runter.

»Keine Sorge, Doktor. Boiled riecht nicht nach Feindseligkeit. Aber Shell riecht ganz deutlich nach Mord. Ein sehr überzeugender Geruch.«

»Wie wird er sie töten – erschießen? Erwürgen? Vergiften? Oder ist sie schon tot?«

»Das ›wie‹ ist noch unklar, aber ich glaube nicht, dass er es bereits getan hat. Richte mich auf sie. Ich nehme das auf.«

Der Doktor beobachtete durch das Nachtsichtgerät die beiden AirCars am Ufer des Sees. Der Mann, der ausgestiegen war – Shell – winkte dem AirCar mit dem Mädchen zu.

»Bye bye – Sayonara, er winkt ihr zum Abschied.«

»Als Beweis für einen Mordplan reicht das aber noch nicht …«

»Natürlich reicht das nicht. Da kann er sich mit jedem Mist wieder rauswinden. Was macht er da eigentlich?«

»Er hat sie in den Wagen eingesperrt. Das ist schlecht, seine Mordlust weicht einem Gefühl von Erleichterung. Wir haben keine Sekunde mehr zu verlieren! Nimm meine Geruchsaufzeichnung als Basis, erkläre die Situation zum Notfall!«

»Was soll ich machen?«

»Beweg dich! Rette das Mädchen!«, brüllte das Nachtsichtgerät wütend. Hastig warf der Doktor das Cabriolet an.

Am Ufer stieg Shell in das andere AirCar und fuhr mit Boiled davon.

Das AirCar mit dem Mädchen blieb, wo es war.

Die Reifen des Cabrios drehten durch und mit einem schrillen Kreischen raste es schließlich los. In diesem Moment explodierte der Kühler des AirCars in Myriaden von Holzsplittern und anderen Partikeln.

Der Doktor riss die Augen entsetzt weit auf. Eine ganze Reihe von Explosionen donnerte und dröhnte, riss die pechschwarze Dunkelheit auf und tauchte die gesamte Umgebung in wenigen Sekunden in das Licht tiefroter Flammen. Eine Feuersäule schlängelte sich zusammen mit dem Rauch hoch in die Luft, Wrackteile regneten als Feuerbälle herab und färbten das Ufer des Sees glutrot. Sofort stank es überall nach brennendem Stahl.

»Er hat das ganze verdammte Auto hochgejagt! Scheiße! Wir haben uns von Boiled ablenken lassen! War sie sofort tot?«, schrie der Doktor mit Angst und Entsetzen in der Stimme.

Die verbrannten Wrackteile regneten auf Kühler und Windschutzscheibe des Cabriolets. Während er noch schrie und das Gas bis zum Anschlag durchtrat, morphte das Nachtsichtgerät in eine andere Form.

»Der Motor vorn ist explodiert. Die Druckwelle der ersten Explosion hat die hintere Hälfte des Wagens weggeblasen.«

Noch während es das brüllte, war es bereits zu einem großen Feuerlöscher geworden.

»Der Wagen ist so konstruiert, dass sich der Explosionsdruck verteilt. Die Wahrscheinlichkeit, dass jemand auf dem Rücksitz überlebt, ist ziemlich groß.«

»Mit etwas Glück ist sie nur verbrannt, oder wie? Ich hab's dir doch gesagt: Die Welt brennt viel heißer als du glaubst, koch dich doch mal ein bisschen in dieser Flamme, du halbgares Ei, Œufcoque!«

»Bevor ich mich von der Welt verbrennen lasse, lösche ich das Feuer«, sagte der Feuerlöscher völlig ernst.

»Das ist meine *Nützlichkeit*.«

3

Bevor alles explodierte, rasten dem Mädchen zahllose Gedanken durch den Kopf.

Du hast an dem gezweifelt, was dir gegeben wurde.

Dabei wollte sie doch nur mal schauen. Sich nur bedanken für dieses wundervolle Geschenk. Also hatte sie sich entschlossen, nur ein einziges Mal heimlich auf die Registrierungsseite der Stadt zuzugreifen, um zu erfahren, wer sie war. Es wollte ihr nicht in den Kopf, dass das wirklich so schlimm sein sollte.

Warum ich? Nur dieses eine Rätsel wollte sie lösen, nur auf diese eine Frage wollte sie eine Antwort.

Als das zweite AirCar ankam, dachte sie immer noch darüber nach, ob das wirklich so schlimm war.

Natürlich war es schlimm, wahnsinnig schlimm sogar. Ohne es zu wissen, war sie in die Gefahrenzone eines gefährlichen Mannes eingedrungen. Das war das Allerschlimmste auf der ganzen Welt. Das Mädchen sah geistesabwesend nach draußen, und plötzlich sah der Mann sie an. Er sah nicht die verspiegelten Fenster, er sah sie an und winkte ihr zu.

Ein blauer Diamant. Das ist die Antwort.

Sie konnte das Glitzern der Ringe an seiner winkenden Hand ganz deutlich sehen.

Panik stieg in ihr auf, kalte Schauer rasten über ihren Rücken. Blaue Diamanten aus der Asche der Toten.

Die Ringe, die sie bis heute während der Shows für ihn aufbewahrt hatte. Sieben Ringe, die Asche seiner Mutter, die

Asche von sechs namenlosen unglücklichen Mädchen. Sie hatte Gerüchte gehört, dass er schon mehrere Mädchen gekauft und dann getötet hatte. Es stimmte also. Und jetzt bin ich dran – dachte sie und ihr wurde schlecht. Es fühlte sich an, als ob tief in ihrem Innersten etwas ganz grausam verbrannte.

»Warum …? Warum ich …?« Entsetzt wisperte sie diese Frage.

Ihre Frage hatte nichts mehr mit Liebe zu tun, die Worte waren zu einem verhängnisvollen Fluch geworden. Gleichzeitig roch sie etwas Verdächtiges. Es stank widerlich!

Ein Geruch wie Schwefel füllte den Wagen, beim Fahrersitz ertönte ein warnendes Piepen, das auf einen Motorschaden hinwies.

Der Mann lächelte und winkte, dann drehte er sich um und stieg in das andere AirCar ein. Jetzt fiel ihr wieder ein, als eins der anderen Mädchen ihr mal erzählt hatte, dass die Gangs gern ihre Opfer verbrannten. So konnte man die Identität der Toten besser manipulieren.

Komm doch raus, hatte jemand gesagt.

Sperr dich nicht in deiner Schale ein. Hatte einer der freiwilligen Sozialarbeiter damals im Heim gesagt.

Schale. Shell.

Er hatte mich beschützt.

Aber jetzt hat er sie eingesperrt. Shell Septinos, der ihr alles hatte geben wollen, was sie verloren hatte.

Sie wurde sich bewusst, dass ihre Hand die ganze Zeit wie wahnsinnig am Türgriff zerrte.

Für einen Moment verstand sie nicht, was sie da tat.

Natürlich, sie versuchte, sich zu retten.

Irgendwo tief in ihrer Seele beobachtete ein desillusioniertes Ich ganz genau, was ihre Hände so verzweifelt versuchten.

»Ja …«, wisperte das Mädchen. So war das also. In einer Schale eingesperrt zu sein. Die Tür ging nicht auf. Ihre Hände zerrten weiter vergeblich daran. *Was ich getan habe, war das jetzt wirklich so schlimm?,* dachte sie. Balot hatte man sie genannt. So ironisch. Ein Küken, in der Schale zu Tode gekocht, bevor es schlüpfen konnte. In der Tat, ein köstlicher Name, sagten ihre Kunden. Die Kunden, die Frauen liebten, die wie Püppchen waren. Balot wurde zum Hauptgang, niemand sagte mehr zu ihr, dass sie sich nicht in ihrer Schale einsperren sollte.

Kurz darauf setzte sich das andere AirCar in Bewegung. Zuletzt winkte ihr der Mann noch einmal vom Beifahrersitz aus zu. Als ob er damit sagen wollte: »Man sieht sich«.

Übelkeit stieg wieder in ihr auf. Ja, man sieht sich – *wenn du tot bist.* Ihre verbrannten Überreste, ihre Asche, von einem Fachmann zu einem künstlichen Juwel verarbeitet, das den Finger des Spielers schmückt?

Wenn sie sich das vorstellte, krampfte sich ihr Magen schrecklich zusammen. Sie hatte überlebt, indem sie immer und immer wieder gehorsam war und Bedürfnisse befriedigte, und das sollte jetzt ihr Ende sein? Wurde sie bis zum Ende wie ein *Ding* behandelt?

»Verreck, du dämliches Arschloch! Verreck!«, brüllte sie reflexartig. Das AirCar schwebte davon, sie klebte an der Fensterscheibe, um es zu beobachten, doch sie verlor es schnell aus den Augen, nur ihr durchsichtiger Körper blieb und spiegelte sich in der Scheibe.

»Scheiße! Du bist nur ein verdammtes Stück Dreck! Verrecken sollst du!«, schrie sie weiter den Mann an, der irgendwo da draußen vor dem Fenster war, Narr, Dreck, foolish, trash. Es war wie ein Lied. Sie erstickte fast an der verbrannt riechenden Luft. Tränen schossen ihr in die Augen. Ihr Kopf wurde so schwer, ihre Hände zerrten noch immer an der Tür. In den Tiefen ihres Körpers konnte sie noch immer die Hitze und das Echo des Mannes in sich fühlen.

Foolish, trash, ash, cash …

Die Worte kreisten wie ein alter Abzählreim durch ihren Kopf.

So bin ich eben – so bin ich. Ist nicht irgendwo ein Ich, das so denkt?, fragte sie sich und suchte mit den Augen danach, doch nur ihr trauriges Ich im Fenster erwiderte ihren Blick.

Ihre Hände zerrten immer noch an der Tür.

Josh, fish, hash, gash …

Ganz plötzlich schlug die Hoffnungslosigkeit wie eine Welle über ihrem Kopf zusammen. Erst dann zeigte sich das Ich, das hinter der dünnen Membran wartete.

»Nein, rette mich!«

Der Luftdruck im Wagen fiel im gleichen Moment ab, ihre Ohren dröhnten. Irgendwas fing Feuer.

Flash!

Ihr Schmerz währte nur einen Augenblick. Der gewaltige Donner der Explosion ließ alles in ihrem Blickfeld weiß aufglühen.

»Ich will nicht sterben.«

Das war das Letzte, was das Mädchen mit ihrer eigenen Stimme sagte.

Im nächsten Moment klemmte sie die Druckwelle der Explosion zwischen der abgerissenen Rückenlehne des Fahrersitzes und dem Rücksitz ein und die Flammen ließen ihren Körper wie einen Feuerball auflodern.

»Hast du Schmerzen, Mr. Septinos?«, fragte der Fahrer des Air-Cars den Mann, der zusammengesunken auf dem Beifahrersitz saß.

»Ist der Stress«, antwortete der Mann – Shell, während er gleichzeitig seine Hand von der Stirn nahm und in seine Brusttasche griff. Er holte eine Flasche Shochu und ein Fläschchen mit Pillen aus der Innentasche seines Jacketts. Zuerst trank er einen Schluck Shochu, dann nahm er zwei Tabletten in den Mund, dann trank er wieder Shochu, mit großen Schlucken, als müsste er etwas Bitteres runterspülen.

»Euphoriepillen?«, flüsterte der Fahrer. Shell nickte und seufzte tief. Seine Chamäleon-Sonnenbrille leuchtete jetzt tiefblau, so wie Blei.

»Als ich noch klein war, hatte ich eine A-10-Operation am Gehirn«, erklärte Shell.

»Ab einem bestimmten Stressniveau schüttet das Gehirn Glücksgefühle aus. Eine Maßnahme zur Kriminalitätsbekämpfung, die das Sozialamt damals in den Slums durchführen ließ. Als ich ein Teenager war, entdeckten sie den Fehler und die Maßnahme wurde beendet.«

Shell sah den Fahrer an. Der nickte, als ob er damit sagen wollte, ja, ich höre zu.

»Das Gehirn kann so einen echten Schaden bekommen. Als ich noch ein Kurzer war, wurde ein Freund von mir immer blind, wenn er unter Stress stand. Das Sehzentrum im Hirn war völlig von den chemischen Substanzen zerschossen, die ihn das Glücksgefühl empfinden ließen. Ich habe in solchen Momenten schwere Gedächtnisstörungen. Als Ausgleich nehme ich die Euphoriepillen. Die sind absolut perfekt. Wenn ich die nehme, ist der Stress weg. Ohne Nebenwirkungen. Oder?«

»Du machst das Beste aus deinem Unglück. Darum arbeite ich für dich«, sagte der Mann auf dem Fahrersitz.

Damit wollte er ihn allerdings nicht trösten. Er sprach so, als wären seine Gefühle vor langer Zeit zersplittert und davongeweht. Seine glatte weiße Haut passte nicht zu seinem massiven, riesigen Körper. Das kurz geschnittene Haar war fast vollständig weiß. Wie ein Revolver, dachte Shell.

»Ganz genau, Boiled. Nur so kann ich *das Ritual* überwinden. Nur so kann ich eine Stufe nach der anderen auf der Treppe des Ruhmes von Mardock City aufsteigen«, lachte Shell.

Sein Vertrauen in den Mann neben ihm war sehr einfacher Art. Außerdem fingen die Tabletten langsam an zu wirken. Der Mann neben ihm sah ganz anders aus als er, dachte Shell und überprüfte sein Gesicht im Seitenspiegel. Schwarzbraune Haut, schwarzes langes Haar. Er war sehr zufrieden mit sich, dass er einen derartigen Profi einstellen konnte, um sich von ihm durch die Gegend fahren zu lassen. Gab ihm die richtige Art von Zuversicht für seine weitere Lebensplanung.

»Und noch ein schöner Diamant mehr … so wie jedes Mal, wenn ich wieder eine Stufe aufgestiegen bin.«

Während die Euphorie in ihm anstieg, starrte er auf seine glitzernden Ringe.

»Eins nervt mich«, störte Boiled Shells Glückseligkeit.

»Was?«

»Im Park vorhin, da war ein komisches Auto.«

»Komisch?«

»Na ja, heute um sieben war ein Baseballmatch im Dome. Ist irgendwie seltsam, dass ein Wagen mit Reifen im Park steht.«

»Boiled, was haben Reifen mit Baseball zu tun?«

»In dem Park kann man wegen der Lärmschutzverordnung

die Übertragung nicht empfangen. Was machen die da hinter dem Bootshaus, während das wichtigste Großereignis für die läuft?«

Shell hatte dieses dünne Lächeln auf den Lippen und schüttelte den Kopf.

»Ist mir egal. Was das angeht, was ich heute getan habe – dafür gibt es weder Beweise, noch Erinnerungen. Wenn es tatsächlich Ärger geben sollte, wirst du das eben für mich erledigen. Ärger ist schließlich dein Biz.«

4

Bevor ihr Körper in Flammen aufging, sorgte der Schock durch die Druckwelle der Explosion dafür, dass sie das Bewusstsein verlor. So atmete sie den Explosionsrauch nicht direkt ein, denn sonst hätten die Zellen ihrer Lungen schwere Verbrennungen erlitten – kurz gesagt, es bewahrte sie vor dem sicheren Tod.

Als sie plötzlich ganz verschwommen wieder zu sich kam und unvermittelt die Augen aufschlug, waren die Zellen ihrer Mundschleimhaut trotzdem verbrannt, der Schlauch der Lungenmaschine führte in ihre Lungen und beatmete sie in einem regelmäßigen Rhythmus. Sie war gerade noch so eben am Leben.

In ihr verschwommenes Bewusstsein flatterte ganz plötzlich eine Stimme.

»Sie lebt noch, Doktor! Rune Balot! Sie lebt!« Als freute sich die Stimme darüber, und zwar so richtig. Eine ausgesprochen friedliche, behäbige Stimme antwortete.

»Weil ich als Erstes ihren Körper in Schutzschaum eingehüllt habe, geht es ihr relativ gut, Œufcoque. Der Rest ist wirklich grausam. Tiefschwarz verkohlt. Keine Hoffnung mehr für ihre Haut. Geschmacks- und Geruchsinn verliert sie vielleicht auch.«

»Arme Kleine. Ob sie es uns übel nehmen wird, dass wir sie gerettet haben, Doktor?«

»Die Menschen – ganz besonders die Frauen – sind irrationale Lebewesen, die ihr Leben aufgeben oder sich hassen, wenn ihr persönlicher Wert beschädigt wird. Wir sollten das Gespräch besser rational weiterführen, hm?«

»Ob sie sich für Scramble-09 entscheidet? Oder wird sie ihrem Leben entsagen …«

»Ist wohl besser, wir sagen ihr nicht, dass es diese zweite Möglichkeit gibt.«

In diesem Moment sah das Mädchen Balot in der Welt ohne Gefühle etwas Seltsames. Der Mann, der Doktor genannt wurde, war dürr und groß. Sein Haar war scheckig, er trug Tech-Glasses, unter seinem rotbraunen Kurzmantel konnte man einen Arztkittel erkennen, der aus vielen bunten Stoffen zusammengeflickt worden war. Vor seiner Brust und an der Hüfte baumelten einfache Spritzen und ein Handmikroskop. Er sah aus wie der Sänger einer dieser psychedelischen *Visual Kei*-Bands, der auf der Bühne vorgab, Arzt zu sein.

Noch seltsamer war, dass eine goldene Maus auf seiner Schulter stand.

»Vielleicht wird sie unser neuer Buddy, hm, sei vorsichtig mit ihr«, sagte die goldene Maus, der Doktor zuckte nur mit den Achseln.

»Sieht eher aus, als hätten wir einen neuen Dead *Body*.«

Die goldene Maus beachtete die Worte des Doktors nicht weiter und sah Balot an. Ihre roten, glänzenden Augen erweckten irgendwie den Eindruck, dass man einen geschmackvollen Mann mittleren Alters vor sich hatte.

Die Maus trug eine kleine Hose, deren winzige Hosenträger ihr rundes Bäuchlein zu stützen schienen, was absurd und grotesk aussah. Schnurgerade standen ihre goldenen Barthaare ab. In ihrer ernsten Miene fand Balot eine Güte, die sie noch nie zuvor bei jemandem gesehen hatte.

Plötzlich trafen sich ihre Blicke.

Ein Schreck huschte über das Gesicht des goldenen Mäuserichs.

»Sie ist bei Bewusstsein! Sie hat mich gesehen!«

»Ich habe sie mit Morphium voll gepumpt, bei ihren Verbrennungen wird sie kaum in der Lage sein, klar zu denken. Du willst sie, wenn ich dich richtig verstanden habe, zu unserer Partnerin, unserem Buddy, machen? Da würde sie dich doch früher oder später sowieso sehen?«

»Frauen mögen doch normalerweise keine Mäuse ...«

Die goldene Maus ließ ihr Köpfchen hängen. Der Doktor tätschelte ihr tröstend über den Rücken. Balot bewegte sich etwas, damit sie die beiden besser sehen konnte – doch sie konnte keinen Finger rühren und schlingerte nur zur Seite.

Ganz verschwommen wurde ihr bewusst, dass sie in einer großen MIBE-Kapsel war, einer mobilen Intensivbehandlungs-Einheit – geformt wie ein Ei und gefüllt mit einer bestimmten Lösung.

Solange sie hier drin umgeben von Schaum schwebte, fühlte sie sich seltsam sicher. Ihr Körper war verbrannt, sie konnte keinen Finger bewegen, und so schwebte sie in diesem Ei, die Arme um die Knie geschlungen.

In einer Schale – Shell ...

Als Balot plötzlich diese Worte im Kopf hatte, kam dabei ein ganz anderes Gefühl als sonst hoch – und dann schloss sie die Augen und fiel in eine neue Ohnmacht, wie in einen tiefen Schlaf.

Balot träumte im Halbschlaf. Der Mäuserich und der Doktor führten ein merkwürdiges Gespräch.

»Eine Gedächtnisstörung?«

Die Stimme der Maus klang zweifelnd. Die Stimme des Doktors antwortete: »So ist es.« Balot öffnete ihre Augenlider einen winzigen Spalt und sah aus der Lösung auf den lustig kunterbunt gefärbten Hinterkopf des Doktors.

»Nur eine Vermutung, bezüglich Stress und Wolllust, die du wahrgenommen hattest. Vermutlich eine Nachwirkung seiner A-10-Gehirnoperation. Wenn er Stress empfindet, wird die gestaltpsychologische Blase dieser Erinnerung selektiert und zerstört. Sozusagen Erinnerungs-Selbstmord. Das ist vermutlich das ganze Geheimnis von Shells Verbrechen.«

»Erinnerungs-Selbstmord …«

»Sieht so aus, als hänge der Trigger eng mit dem Mord an Mädchen zusammen. Jedes Mal, wenn Shell ein Mädchen umbringt, vergisst er sofort, dass er sie getötet hat. Danach sucht er sich wieder ein ähnliches Mädchen und bringt auch sie irgendwann um. Ist wie ein Ritual. Wie sage ich das am besten … na ja, so ähnlich wie bei dieser uralten Religion, in der die Existenz von Witwen nicht akzeptiert wurde.«

»Hä?«

»Wenn der Ehemann starb, wurde die Witwe zusammen mit dem Leichnam verbrannt und eingeäschert. Wenn die Frauen sich geweigert haben, wurden sie gewaltsam mit Benzin übergossen und angezündet. Ich glaube, unser Fall ist ähnlich.«

Der Doktor saß anscheinend am Steuer eines Wagens. Die Maus nickte, sie saß auf seiner Schulter und rückte gerade in Balots Sichtfeld, die in ihrer Kapsel auf dem Rücksitz platziert worden war.

»Die Todessehnsucht, die ich an ihm gerochen habe, war also der Wunsch nach dem Sterben seiner Erinnerung. Die Mädchen sind bei diesem Selbstmord seine Begleiterinnen. Also ein Teil des Rituals, damit er Stress abbauen kann. Oder, Doc? Sozusagen ein Doppelselbstmord aus Liebe, wie im klassischen japanischen Bunraku-Puppentheater?«

»Wenn man so darüber nachdenkt, dann ist das alles ganz logisch. Ich habe Shell nicht tiefenpsychologisch analysiert, mir fehlen da noch Details. *Aber der Stress muss schon gewaltig sein, zu wissen, dass man jetzt die eigene Erinnerung verlieren wird.* Damit löscht man ja auch einen Teil seiner Identität aus. Ist vielleicht kein Wunder, wenn er da mit Gewalt jemanden in einen Doppelselbstmord mitreißt. Er tötet das Mädchen zusammen mit seiner Erinnerung, das ist für ihn eine Art romantische Liebesgeschichte.«

Er stirbt auch …

Das war das Einzige, was Balot mit ihrem halbwachen Bewusstsein klar erfassen konnte. *Meine Schale, Shell.* Der Mann, der ihr, einer minderjährigen Prostituierten aus den Slums, eine Identität gegeben hatte. Wenn auch nur für kurze Zeit.

Was für ein winziger Tod für einen Mann, der in dieser Stadt so hoch hinauswollte. Ihr schwaches Mitgefühl wandelte sich plötzlich in Ekstase. Ich will mit ihm sterben, dachte sie. Es war wie Mitleid oder Erbarmen. Wenn es für sie einen Moment gab, ab dem sie sich selbst retten konnte, indem sie für jemand anderen Mitleid empfand, dann war es jetzt. »Alles geht schief, wenn man sich mit der Liebe rausreden will.«

Die Worte der Maus trafen sie wie ein Schlag.

»Der Tod ist eine einsame Sache. Der Tod eines anderen erhöht nicht den Wert des eigenen Todes, der Tod eines anderen gibt dem eigenen Leben keinen Trost.«

Balot versuchte unbewusst, die Sauerstoffmaske von ihrem Mund zu reißen. Sie wollte der Maus etwas sagen, aber sie konnte nicht mal einen Finger bewegen. In ihrem diffusen Bewusstsein mischten sich ihre Wut auf die Maus mit Dankbarkeit.

»Kann sein. Wie dem auch sei, weil wir die Überreste seiner Liebesgeschichte wegräumen, steigen unsere Ausgaben. Wartungskosten für zwei. Für dich, Œufcoque, und das Mädchen«, hörte sie den Doktor noch jammern, bevor sie erneut das Bewusstsein verlor.

Ab da stieg Balots Bewusstsein immer wieder kurz in die wirkliche Welt auf und sank nach einem kurzen Moment wieder in tiefen Schlaf. Jedes Mal, wenn sie das Bewusstsein verlor, bekam sie schreckliche Angst. Aber jedes Mal rettete sie dabei ein seltsames Gefühl von Sicherheit. Die Stimme der Maus, die Stimme des Doktors gaben ihr das. Der Tod entfernte sich immer weiter von ihr. Die Wirklichkeit kam immer näher, sie musste leben.

Entscheide dich, du hast die Wahl.

Jemand sprach in ihrem Traum. Es war kein Befehl. Eher eine Frage.

Entscheide dich, welchen Weg du wählen willst. Du hast die Wahl, dein Überleben zu entscheiden. Das ist dein Recht.

Das hatte Balot geträumt. Sie schwebte in der Dunkelheit, und von irgendwo weit oben sank ihr anderes Ich herab.

(Entscheide dich – oder wünschst du, ich wäre tot?)

Fragte das andere Ich, während es in der Dunkelheit langsam auf sie herabschwebte, sich mit ihr vermischte.

Sie erinnerte sich an das Rauschen, das sie im Glitzern der Stadt gefühlt hatte.

Ich wünschte, ich wäre tot – der Zauberspruch, der sie aufgemuntert hatte. Jetzt war sie ganz nah dran. Auf der anderen Seite des Rauschens war nur ein Leben voller trauriger Geschichten. Zusammen sterben wollen – eine Puppe, die zusammen mit dem Toten bei einer Feuerbestattung verbrannt wird. Es war das letzte Bedürfnis gewesen. Sie hatte es befriedigt.

Aber …

(Warum ich …?)

Plötzlich stieg diese Frage in ihren vermischten Ichs wieder auf wie eine kleine Blase.

Keine Antwort.

Warum ich – wenn sie erkannte, dass die nicht vorhandene Antwort auf ihre Frage das Leben selbst war, dann blieb ihr nur der Tod.

Ja.

Es war ihre Entscheidung.

Leben oder nicht? Warum ich? Warum muss ich leben? So wie ich bin? Eine Entscheidung, zwischen 1 oder 2.

Ein Mensch, der nie bedingungslos geliebt worden ist, kann da sicher schnell eine endgültige Entscheidung treffen.

(Darf ich leben …?)

Es gab einem irgendwie das Gefühl, als wäre das kein wirklich enthusiastisches ›Ja!‹. Die Erfahrung, bedingungslos geliebt zu werden, fehlte. Sollte sie mit diesem Fehlen untergehen oder überleben, um das Ja! zu finden, ihre Antwort zu finden. Warum ich – um eine Antwort darauf zu finden.

Balots Seele versank in zahllosen kleinen Teilchen, kurz darauf schwebte etwas aus den Trümmern ihrer Seele empor, das sie in ihrer Schale so sorgsam gehütet hatte.

(Ich will nicht sterben …)

Wisperte ganz schwach ihre Seele, die bis zum Schluss in ihrer geschlossenen Schale nicht zu Tode gekocht worden war.

Das war Balots Entscheidung.

5

Josh, crash …

In ihrem Kopf formten und reimten sich noch immer Worte, bemerkte Balot ganz plötzlich.

Dish, wash, brush, mash …

Ihr Erwachen geschah ganz abrupt. Als ob ihr Halbschlafzustand gar nicht wirklich gewesen wäre.

Gosh!

In der seltsamen Stille öffnete Balot ihre Augen. Die UV-Lampe an der Decke brummte und flackerte. Über ihr hing ein Reflektor an der Decke, Greifarme streckten sich vom Bett aus. Wie ein Operationstisch.

Sie spürte eine Bewegung an ihrem Rücken. Die Matratze des Bettes wellte sich gemächlich von rechts nach links, damit sie sich nicht wund lag. Als Balot sich aufrichtete, folgte das Bett automatisch ihrer Bewegung und hob ihren Oberkörper in eine halb sitzende Position.

Gleichzeitig sank die andere Hälfte des Bettes nach unten, sodass sie ihre Beine abwinkeln konnte.

Das Bett wurde ganz langsam zu einem Sessel. Wie eine Wiege! Ihr Blick wanderte von der Decke durch das Zimmer, es war groß wie ein Karaoke-Partyraum und dicht an dicht mit Maschinen voll gestellt. Eine der Maschinen pulste zusammen mit Balots Herzschlag, alle Kabel und Schläuche dehnten sich zum Bett hin, die meisten davon steckten in Balots Armen oder in ihrem Kopf. Anscheinend liefen alle Maschinen nur für sie und summten ein Wiegenlied. Sie lauschte dem beruhigenden Rhythmus und bewegte ihre Augen, um sich umzusehen.

Keine Fenster. Boden und Wände waren mit sterilen Kacheln gefliest. Sie hatte das Gefühl, der ganze Raum wäre mit trockener Luft und sanftem Wahnsinn erfüllt.

Und dann, ganz plötzlich, wurde ihr bewusst, dass sie lebte.

Ganz vorsichtig berührte sie ihren Körper. Um sich zu bestätigen, dass sie ganz und gar *wirklich* lebte.

Sie war nicht nackt, sondern hatte ein dünnes Krankenhemdchen aus Isoliermaterial an. Ihre Arme und Beine, die nicht bedeckt waren, wiesen keine einzige dunkle Stelle auf. Ihre Haut war fast schon unangenehm glatt und weich. Ihre Haare raschelten, als wären sie gerade erst gewachsen. Sie waren knapp über den Schultern gleichmäßig abgeschnitten, etwas kürzer als früher.

Langsam streckte sie ihren linken Arm aus und streichelte mit ihrer rechten Hand vorsichtig darüber, vom Ellenbogen bis zum Handgelenk. Fühlte sich an wie das Weiße eines gekochten Eis, da war auch noch ein ganz leichter Reiz.

(Strom ...?)

Konnte gar nichts anderes sein. Auf ihrer Haut flossen zahllose schwache elektrische Ströme. Abgesehen davon bildeten sie komplizierte Stromkreisläufe. Eingearbeitet wie ein exquisiter Stoff. Die einzelnen Fäden, aus denen sich der Stoff zusammensetzte, breiteten sich in der Luft aus wie ein Spinnennetz.

In dem Moment, als sie das fühlte, begriff sie vollkommen, warum sie sich hier so wohl und friedlich fühlte. Sie hatte überhaupt keine Angst in diesem Zimmer! Sie spürte jede Ecke, jeden Winkel dieses Raumes.

Normalerweise erzeugte der tote Winkel Angst und Unsicherheit, aber Balot fühlte die Luft auf ihrer Haut und alles, was die Luft berührte, spürte sie auch.

Auch wenn sie nicht hinsah, wusste sie ganz genau, was sich wo in welcher Form befand.

Und zwar wegen der zahllosen unsichtbaren Fäden, die aus ihrem Körper flossen. Alle Fäden waren mit den Maschinen in diesem Zimmer verbunden. Nein. Die Fäden hatten sich um die Maschinen gewickelt. Sie wanden sich um das Bett, die Lampen, den Thermostat, das Blutdruckmessgerät und drangen in sie ein.

Balot drehte ihren ausgestreckten linken Arm über ihren Kopf zur Lampe hin.

Sie fühlte den dünnen, unzertrennbaren Faden.

Ganz selbstverständlich stellte sie sich vor, wie ihre Finger nach dem Faden griffen und daran zupften.

Die ganze Welt wurde stockdunkel.

Alle Lampen waren ausgeschaltet.

Aber der Strom war nicht abgeschaltet. In einem einzigen Moment klickten alle Schalter auf *Off*.

Balot riss die Augen in der Dunkelheit weit auf und bewegte sich nicht.

In der Dunkelheit konnte sie die Fäden, die aus ihrem ganzen Körper kamen, noch viel deutlicher sehen.

Sie zupfte noch mal.

Das Licht der Lampen blendete sie. Alle Lichter im Raum waren an!

Sie ließ los und strich über einen Faden nach dem anderen, die Fäden breiteten sich in zahllose Richtungen aus.

Wie ein Kaleidoskop. Die kleinste Bewegung ihrer Hand verursachte Tausende von Veränderungen. Sie änderte die Temperatur der Klimaanlage, die Anzeigen der Messinstrumente drehten durch, die Kanülen und Schläuche an Händen und Füßen fielen einfach so ab. Bald war es nicht mehr nötig, dass sie die Fäden dafür wahrnahm. Ohne ihre Hände, allein mit ihrem Bewusstsein *konnte sie alle elektronischen Geräte im Raum kontrollieren ohne sie zu berühren*.

Wahnsinn, dachte sie.

Was für ein merkwürdiger Traum.

Doch *sie selbst* war der Ursprung dieses wahnsinnigen Phänomens. Also im wahrsten Sinne des Wortes ein Albtraum, aus dem es kein Erwachen gab.

Ihre Existenz allein kam ihr wie der schiere Wahnsinn vor.

Als sie ihre Augen aufgeschlagen hatte, war sie zu einem anderen Lebewesen geworden. Genauer gesagt, ihre dünne Schale war zu etwas völlig anderem geworden.

Vor allem aber hatte sie jetzt Macht. Eine unbekannte, aber sichere Macht. Wie das Opfer eines Vampirs, das nach dem Biss aufwacht und seinen Durst und seine neue Macht wahrnimmt.

Plötzlich entdeckte Balot in einer Ecke des Zimmers ein altes tragbares Radio.

Als wäre es das Einzige im Raum, das Balots Wille nicht erreichen konnte, stand das alte Ding ganz einsam da hinten.

Sie streckte ihre Hand nach dem Radio aus. Es fühlte sich an, als leistete das Radio Widerstand. Als sie ihre Augenbrauen etwas zusammenzog, dudelte das Radio *in ihrer Hand* los.

Lautes statisches Rauschen durchflutete den Raum. Ein Störgeräusch, als kratzten viele Menschen auf einmal über etwas.

Balot suchte nach der Musik in der *Luft*.

Sie merkte, wie ihr Bewusstsein sich auch außerhalb des Zimmers ausdehnte. Dort war alles voll mit elektrischen Wellen, wie komplizierte Dissonanzen.

Eine der Wellen fing sie ein. Über ihren Körper, ihre *Haut* verband sie die Musik mit dem Radio.

Die Anzeigen des Radios blinzelten überrascht, dann spielte es *Midnight Broadway*. Balot drehte die Lautstärke so weit herunter, wie es ihr gerade gefiel.

Sie lehnte ihren Kopf gegen den Sessel und lauschte der fröhlichen Musik. Dann hätte sie auf einmal am liebsten geweint. Aber keine Tränen flossen aus ihren Augen. In ihrer Brust war nur ein großes, offenes Loch, vollkommen ausgetrocknet. Als die schwarze Sängerin mit ihrer eigentümlichen Aussprache und ihrer heiseren Stimme das Lied zu Ende gesungen hatte, erregte etwas außerhalb des Raumes Balots Aufmerksamkeit.

Jemand näherte sich dem Zimmer. Auch was außerhalb des Zimmers geschah, konnte sie ziemlich klar erkennen: Ein Mann, allein. Die elektrischen Reaktionen in der Luft übermittelten ihr seinen Körperbau und sein Aussehen.

Die Tür öffnete sich.

»Du bist aufgewacht …«

In diesem Moment ließ ein Reflex Balot alle Lichter im Zimmer ausmachen. Sie schaltete auch das Radio aus. Der Mann stolperte in der Tür.

Die Räder von Balots Sessel bewegten sich langsam in die Mitte des Zimmers. Im Dunkeln kauerte sie sich regungslos zusammen, wo die Hand des Mannes sie nicht erreichen konnte.

»Äh …« Der Mann räusperte sich.

»Am besten ist wohl, ich stelle mich erst mal vor, was? Mein Name ist Doktor Easter. Ich bin zuständig für deine Repara… äh, ich bin dein behandelnder Arzt. Du kannst mich Doktor oder Doc nennen, meinetwegen auch Quacksalber. Ganz, wie du willst. Ich tue mein Bestes, um deine Existenz zu sichern und dein Leben zu verbessern. Dafür werde ich von der Stadtbehörde entlohnt.«

Balot hielt den Atem an und stellte fest, dass der Mann nicht weiter in das Zimmer gekommen war.

Der Doktor räusperte sich wieder und schob seine Tech-Glasses mit einem Finger hoch. Die Anzeigen und Zahlenfolgen verschwanden, die Glasses sahen wieder aus wie eine ganz gewöhnliche Brille.

»Hab keine Angst. Du bist hier in einem unserer Shells, in einem Versteck. Das war früher mal ein Leichenschauhaus, wegen Protesten der Nachbarschaft wurde es aber dichtgemacht. Genau hier war früher der Autopsieraum, der perfekte Ort für die Operation, was? Wenn du den Flur bis zum Ende runtergehst, kommst du in die Aufbahrungskammer. Da konnte man bis zu 800 Leichen gleichzeitig aufbahren. Cool, oder? War traumhaft, an 800 rumfummeln zu können, wie man wollte. Dann gab's ein Erdbeben und der Strom fiel vierzig Stunden lang aus. Wegen des Gestanks hagelte es massive Bürgerproteste.

Also haben wir es gekauft, uns mit Büro und *Fabrik* eingerichtet und noch ein paar Wohnungen draus gemacht.«

Der Doktor machte eine Atempause, er schien erschöpft zu sein.

»Und … ich würde mich wirklich freuen, wenn du das Licht anmachen könntest.«

Als wollte er sagen: »Na mach schon, wenn ich so viel erzählt habe.«

Letzen Endes war irgendwie »Shell« in Balots Ohren hängen geblieben.

Und das reichte Balot. Sie brauchte keine weiteren Erklärungen. Sie war in Gefahr gewesen, jetzt war sie in Sicherheit. Letzten Endes waren diese beiden Punkte am wichtigsten.

Balot ließ das Zimmer ganz langsam heller werden. Gleichzeitig fing das Radio an, tief zu brummen. Der Doktor warf dem Radio einen seltsamen Blick zu, zog einen Stuhl neben ihren Sessel und setzte sich hin.

»Ich habe dir etwas anderes angezogen. Sei mir deswegen nicht böse, ja? Immerhin sind deine Klamotten wie ein Streichholz in Flammen aufgegangen.«

Stimmt, dachte Balot. Sie flammte einfach auf. Wie das Zellophan einer Zigarettenschachtel. Sie sollte schmelzen, sich auflösen, am Ende sollte irgendwo nur noch ein hässlicher schwarzer Rest kleben. Zusammen mit ihr.

»Gut, mach *Aaah*«, sagte der Doktor, griff sich eine Mini-Taschenlampe, die vor seiner Brust baumelte, und forderte Balot auf, den Mund zu öffnen. Balot war gehorsam. Die TechGlasses blinkten wieder, und Zahlen und Symbolfolgen glitten darüber, als er in ihren Hals schaute. Kurze Zeit später zog er die Augenbrauen zusammen und sagte: »Hm … nicht gut. Das Gewebe hat sich gelöst.«

Erst jetzt bemerkte Balot, dass etwas in ihrem Hals nicht stimmte. Bis dahin hatte sie sich nur auf ihren neuen Sinn konzentriert, und nicht wahrgenommen, dass sie etwas *verloren* hatte.

»Kannst du sprechen?«, fragte der Doktor.

Bis er die Taschenlampe ausgeschaltet und wieder in seiner Brusttasche verstaut hatte, saß Balot wie blöde mit weit offenem Mund da.

»Die Wiederherstellung von Geruchssinn und Trommelfell hat ganz gut geklappt. Aber das Gewebe der Stimmbänder ist wegen der heftigen Schwankungen nur schwer zu stabilisieren. Na, mir wird schon was einfallen, wie ich das reparieren kann.«

Als würde einem Gerät ein Ersatzteil fehlen.

Balot atmete aus. Der Atem pfiff heiser aus ihrem Mund, aber keine Stimme.

Ihr Hals war wie ein hohler Baumstamm.

»Wie ist deine Haut so? Juckt irgendwas, hast du Schmerzen?« Sie sah den Doktor verwirrt an und schüttelte langsam den Kopf. Was habe ich bekommen, was habe ich verloren? Sie versuchte beides zu kombinieren, schaffte es aber nicht.

»Ja, eine Frau begreift ihren Körper immer sehr schnell. Dabei ist die Operation erst zwei Wochen her.«

Der Doktor war schwer beeindruckt. Wegen der Sache mit dem Licht vorhin. Und der Musik aus dem Radio. Er wusste, dass Balot nichts auch nur mit einem einzigen Finger angefasst hatte.

»Snark – ›Elektronen lenken‹. Das ist die Fähigkeit, die du dir zum Überleben ausgesucht hast«, verkündete der Doktor.

»Aktuell sind 98% deiner Körperoberfläche mit Lightight, also künstlicher Haut, bedeckt. Das ist Haut, die nicht aus den Zellen menschlicher Spender hergestellt wurde. Im Grunde genommen ist es gar keine menschliche Haut«, unterbrach sich der Doktor. Balot legte den Kopf schief und der Doktor streckte einen Finger hoch, als wollte er sagen, pass auf, jetzt kommt der wichtige Punkt: »Es sind Metallfasern mit einem eigenen Metabolismus, das ist das Zeug, aus dem die Oberfläche deines Körpers gemacht ist. War ursprünglich mal eine Technologie, um den Weltraum direkt mit dem Körper zu erfassen, dazu wurde das Material Menschen implantiert. Die Metallfaser kann drei verschiedene Dinge. Erstens: Sie beschleunigt die Wahrnehmung durch die Haut. Deine körperliche Wahrnehmung wird um ein Vielfaches geschärft.

Zweitens: der elektronische Detektor. Damit kannst du alle

Objekte in deiner Umgebung binnen Sekunden dreidimensional mittels deines gesamten Körpers erfassen. Du könntest jetzt also mit geschlossenen Augen sehen.«

Er erklärte Balot die Erfahrungen, die sie vorhin gemacht hatte, sie nickte folgsam. Daraufhin fuhr der Doktor fort, ihr den dritten Punkt zu erklären, mit einer Menge Worte, die sie noch nie gehört hatte.

»Und drittens: die Elektronen-Manipulation. Deine Haut bildet im Moment Output, der wiederum elektronische Interferenzen erzeugt. Du bist also, wenn man so will, eine lebende Fernbedienung für alle elektronischen Geräte.«

Der Doktor schob die Brille wieder hoch und löschte die Zahlenfolgen auf den Gläsern.

»Wunderst du dich, warum dein Körper so geworden ist?«

Die Frage klang unverdächtig, deshalb nickte Balot wieder gehorsam.

»Als du im Koma lagst, habe ich dir an der Bewusstseinsschwelle zwischen Bewusstsein und Unterbewusstsein »Fragen & Antworten« gestellt, wie es von der Stadtbehörde vorgeschrieben ist. Einfacher formuliert, ich habe direkt dein Unterbewusstsein befragt. Ob du leben willst und so. Du hast dieses und jenes Recht, möchtest du dich darauf berufen und weitere Fragen in der Art.«

Auf einmal erinnerte Balot sich auch wieder an diesen Traum. Der Traum über die Entscheidung. Sie hatte sich also für irgendwas entschieden – für was?

»Mardock Scramble-09«, sagte der Doktor, als wäre das die Antwort auf alle ihre Fragen. »Ein Notgesetz von Mardock City, das Leben retten und schützen soll. Bei 09 wird der Einsatz der sonst gesetzlich verbotenen Technologie ausnahmsweise genehmigt. Genau wie bei einem Krankenwagen, der im

Ernstfall bei Rot über die Ampel fahren darf. Und das ist mein Fachgebiet.«

Balot nickte nicht, sie konzentrierte sich ganz auf die Worte des Doktors und regte sich nicht. Entscheidung – Genehmigung. Die beiden Worte drehten sich wie die Zeiger einer Uhr, sie spürte, dass beide Zeiger auf dieselbe Ziffer zeigten. Eine magische Uhrzeit. Ein Zauber, der Balot zu einem anderen Ort mitnahm. Im Inneren der Uhr von Entscheidung und Genehmigung drehten sich viele komplizierte Zahnräder umeinander. Der Doktor war eins dieser Zahnräder.

»Auf deiner Bewusstseinsschwelle hast du dich für 09 entschieden. Wegen dieser Entscheidung habe ich die *Technologien genommen, die sich dein Unbewusstes am meisten gewünscht hat.*«

Balot blieb noch immer regungslos, auch als der Doktor sie gespannt anlächelte.

»So … die Frage ist also jetzt, ob dein waches Bewusstsein sich überhaupt für 09 entscheiden wird. Nun, vielleicht sollte ich dir vorher ein bisschen was über den Ursprung der Technologie erzählen?« Während er das sagte, klickte er den Monitor der TechGlasses sinnfrei an und wieder aus. Merkwürdig unruhig. Sie schloss daraus, dass er jetzt nicht mehr ihre Erlebnisse erklären würde, sondern etwas von sich selbst erzählen wollte.

»Ich habe früher in der Weltraumforschung und -erschließung gearbeitet. Ich durfte alles machen, was ich wollte, ganz egal, wie verrückt es war. Die Regierung hat mir stets ein überaus üppiges Budget zur Verfügung gestellt. Die Erschließung des Weltraums war notwendig, damit wir uns einen strategischen Vorsprung vor den feindlichen Staaten auf dem Kontinent auf der anderen Seite des Meeres sichern konnten.«

Also, ich war einer der letzten Kriegsgeneration, die – *als alles anders wurde* – plötzlich die erste Nachkriegsgeneration war.«

Balot zeigte keine Zustimmung oder sonst irgendwas. Sie hatte gar keinen Bezug zum Krieg, Soldaten waren nie ihre Kunden gewesen. Außerdem war das auch etwas, was sie während ihrer Arbeit gelernt hatte. Gar nichts tun. Den anderen reden lassen, bis er etwas sagt, was für sie von Bedeutung ist.

»War vermutlich einfach der Lauf der Zeit. Sieben Jahre nach dem Krieg wurde mir mein Doktortitel aberkannt. Das war aber noch nicht alles, man zog mich für Menschenversuche zur Verantwortung und ich wäre beinahe im Knast gelandet. War damals ein richtiger Boom, dass sie versuchten, die Verantwortung für den Krieg auf irgendwelche Leute abzuwälzen. Und der Boom rollte über mich weg. Was mich damals gerettet hat, war Scramble-09. Wir sind speziell für 09-Fälle zuständig und müssen *unsere Nützlichkeit* beweisen. Indem wir dich retten, zum Beispiel. Sonst wird es unser Schicksal sein, dass die Öffentlichkeit uns abschafft. So sieht's aus.«

Dabei lächelte der Doktor und zeigte mit einem Finger auf Balot.

»Deine Haut, zum Beispiel, haben wir selbst entwickelt … das ist eine der Technologien, die nach dem Krieg verboten wurden. Und wenn du jetzt dein Einverständnis erklärst, können wir das Programm für die Sicherung deines Lebens an das Broiler House, das Justizministerium, abgeben.«

Balot legte zweifelnd ihren Kopf schief. Ich habe doch überlebt, warum muss mein Leben gesichert werden – warum muss ich beschützt werden?

»Es gibt Menschen, die werden versuchen dich umzubringen, wenn sie erfahren, dass du überlebt hast. Wir haben dir diese Technologie nicht nur gegeben, um dich vor dem Tod zu retten. Wir haben sie dir gegeben, *damit du dich danach selbst richtig verteidigen kannst.*«

Die Gefahr für Balot war also gleichzeitig die Rettung des Doktors.

Der Doc war einer von denen, die gut darin waren, mehrere Dinge zu bedenken und miteinander zu verbinden. Manchmal waren solche Männer unter ihren Freiern gewesen. So einer konnte einen Auftrag geschickt mit dem Kauf eines Mädchens wie Balot verbinden. Das muss so sein, sagte der Kunde, während er es mit ihr trieb. Im gleichen Ton sagte er auch, dass man eben ein Ei aufschlagen müsse, wenn man sein Spiegelei *sunny side up* – also mit dem Eigelb oben – essen wolle. Aber die Unterseite von Sunny-Side-Up war immer dunkel angebrannt. Sehr, sehr viele Eier durften aufgeschlagen werden. In dieser Stadt wurden viel zu viele Eier aufgeschlagen.

»Deinen Grund zum Überleben kannst du dir selbst aussuchen. Wenn du dich rächen willst, dann ist es eben Rache. Wenn du ein neues Leben anfangen willst, kannst du das auch gern tun. Du hast genug Geld, beziehungsweise: Wir werden genug Geld verdienen. Vorausgesetzt, du arbeitest mit uns zusammen. Verstehst du?«

Sie hatte sehr wohl verstanden, was der Doktor gesagt hatte. Es war wieder Zeit, zu nicken. Dann würde er schon sagen, was er jetzt von ihr erwartete. Balot senkte ihren Blick und nickte ganz leicht.

Der Doktor atmete hörbar auf, hörbar erleichtert.

»Wir sind ganz speziell für Scramble-09-Fälle zuständig. Wenn wir Fälle von Privatpersonen lösen, bezahlt uns das Broiler House dafür, und wir bekommen eine Garantie unserer Nützlichkeit. Es ist sogar wahrscheinlich, dass die Technologie, die ich dir zugeteilt habe, nach *diesem Vorfall* legalisiert wird.

Balot hielt die Augen weiterhin gesenkt und überlegte. Wann hatte der Doktor angefangen, *wir* zu sagen? Vor kurzem war es doch noch *ich* gewesen?

Und er hatte schon wieder *Vorfall* gesagt. Ein grausam scharfes Zahnrad, das sich da hinter Entscheidung und Genehmigung drehte. Ich habe mich entschieden. Aber für was habe ich mich entschieden? Der Doktor hatte ihr die unbekannte Macht erklärt, die sie erfahren hatte. Aber was war Sinn und Zweck dieser Fähigkeit? Was soll ich denn von jetzt an tun? Als sie das dachte, sagte der Doktor: »Ich möchte, dass du vom Broiler House forderst, sie sollen deinen Fall übernehmen. Und danach ernennst du uns zu den Zuständigen für diesen Vorfall.«

[VORFALL?]

Die Stimme kam unerwartet. Der Doktor war verblüfft.

Balot war selbst überrascht. Die Stimme kam tief aus ihrem Unbewussten.

[WESSEN VORFALL?]

Die Stimme war wie ein Rauschen. Sie kam aus dem Radio. Genauer gesagt, Balot hatte sich bei der aktiven Audioausgabe eingeklinkt und sie gesnarkt, *sodass sich das Rauschen in eine Stimme verwandelte.*

Aber – es war schon merkwürdig, sie hatte irgendwie das Gefühl, das Radio hätte ihr seine Dienste angeboten.

Als verstünde das Radio, was sie sagen wollte, und sprach deswegen an ihrer Stelle.

Der Doktor sah das Radio lange an und wandte sich dann wieder Balot zu.

»Shell Septinos.«

Als sie diesen Namen hörte, schlug ihr Herz plötzlich schneller. Sie erfasste die Veränderungen in ihrem Körper, ausgelöst durch Emotionen sehr exakt, wie beim Aufziehen einer Uhr.

»Wir sind hinter diesem Mann her. Er hat den Vorfall verursacht. Und wir werden ihn mit Leichtigkeit schlagen. Er ist nur ein kleiner Ganove, er wird auch nur benutzt.«

[WAS HEISST DAS?]

»Shell arbeitet für ein Großunternehmen. Die October Company. Kennst du, oder?«

Natürlich kannte sie die. Shells Casinos hatten immer irgendeine Art von Verbindung zu diesem Konzern. Ein gigantischer Zusammenschluss von Firmen, der auf der Basis der Unterhaltungsindustrie aufgebaut war und hinter der verschiedenste Medien von Mardock City steckten. Die October Company.

»Die sind sozusagen unser Erzfeind.«

[FEIND?]

»Außer Scramble-09 gibt es noch andere Fälle, bei denen der Einsatz verbotener Technologien genehmigt wird. »Die October Company wurde von jemandem gegründet, der früher mal im gleichen Labor gearbeitet hat wie ich …« Der Doktor fing ein wenig an zu nuscheln.

»Vergnügen. Oder Wolllust und andere Annehmlichkeiten. Das ist *die Nützlichkeit* der October Company. Sie nutzen verschiedenste Technologien und bieten den Bürgern von Mardock City Unterhaltung, die Kehrseite davon ist legales und illegales Vergnügen: Drogen, Freudenmaschinen, illegale Shows, alles das. Manchmal spenden sie sogar im Sinne der Wohlfahrt bestimmte Projekte in den Slums.

Zum Beispiel die A-10-Operation, nach der das Gehirn bei

Stress automatisch chemische Substanzen freisetzt, die Glücksgefühle auslösen. Das ist auch von der October Company finanziert«, erzählte ihr der Doktor.

»Shell ist der beste Geldwäscher der October Company. Ihm ist jedes Mittel recht. Vermutlich war es Teil eines Geschäfts, dass du in Lebensgefahr warst. Die Wahrscheinlichkeit dafür ist hoch. Man könnte also sagen, wir haben einen gemeinsamen Feind.«

Der Doktor sagte damit wohl, dass man sie töten wollte, weil das eben der natürliche Lauf der Dinge war.

Dies schien ein Teil der Antwort auf ihre Frage ›Warum ich?‹.

Warum muss ich getötet werden?

Sicherlich gab es einen eindeutigen Grund dafür. Ein Grund, der von der Liebe weit entfernt war. Ihr Herz schlug schon lange wieder langsamer. Ihr Herz war so furchtbar kalt. Als ob sie sich in ein Insekt verwandelt hätte.

Wenn sie ein Insekt wäre, hätte der Instinkt sie am Leben erhalten. Aber jetzt hielt sie gar nichts am Leben.

Balot wartete, dass der Doktor den wichtigsten Teil sagen würde.

»Wir werden dein Leben beschützen und Shell verhaften. Wenn wir den Vorfall lösen, bezahlt uns die Stadt dafür. Das teilen wir uns dann 50 : 50. Weil wir gegen die beschissen gigantische October Company antreten, beträgt das Honorar bestimmt um die hunderttausend Dollar oder mehr. Eine Summe, die mehr als ausreicht, um dein Leben zu ändern.«

Der Doktor setzte eine gehörige Portion Enthusiasmus ein, um Balot zu überreden. Als wollte er sagen, wenn du willst, geben wir dir auch das ganze Geld. Um ihr Bedürfnis zu erfüllen, wollte er ihr alles geben.

»Du kriegst ein neues Leben. Und wir können wegen dieses Vorfalls unsere Nützlichkeit für die Gesellschaft beweisen – und weitere Verbrechen der October Company ans Tageslicht zerren.« Mehr schien der Doktor nicht sagen zu wollen.

Fühlte sich an, als wäre sie im entscheidenden Moment zu früh rausgeworfen worden.

Balot hatte nicht genickt. Ihr Blick sah nichts. In ihrem Mund schmeckte sie die Flammen. Der Geschmack des Rauchs, den sie eingeatmet hatte, als sie verbrannte, kam zurück wie der Schmerz einer alten Wunde. Klar und deutlich.

Das Radio spielte ein altes Lied. Eine Sängerin klagte, begleitet von einem Klavier.

Als das Lied zu Ende war, wollte der Doktor etwas sagen, doch Balot kam ihm zuvor und mischte sich wieder in das Radio ein.

[EINE MAUS.]

Die Worte formten sich aus dem Rauschen des Radios.

»Was?«

[SIE IST SÜSS UND SIE SPRICHT.]

Der Doktor zog seine Augenbrauen zusammen, er sah ziemlich überrascht aus.

Also fügte Balot hinzu:

[WIE EIGELB, SIE IST GANZ GOLDEN.]

»Wow!«, machte der Doktor plötzlich und kippte vor Lachen fast vom Stuhl.

»In deinem Zustand konntest du noch dein Bewusstsein halten! Du bist wahnsinnig anpassungsfähig und somit extrem gut geeignet! Das können nicht mal Astronauten nach einem besonderen Training!«

Er schwatzte noch eine Weile aufgeregt weiter, dann wandte er sich zum ersten Mal direkt an das tragbare Radio.

»Na, Œufcoque? Sie hat nach dir gerufen!«

Aber es kam keine Antwort.

»Er ist eben ziemlich schüchtern.«

Der Doktor stand amüsiert auf und nahm mit einer bösen Miene das Radio in die Hand. Was auch immer er sich dabei dachte – er holte aus und schmetterte das Radio auf den Boden. Der Aufprall und das Krachen des Radios ließ Balot zusammenzucken. Antenne und Griff flogen in die gleiche Richtung, der Lautsprecher knallte raus, der Drehknopf zur Lautstärkeregelung kullerte über den Boden.

Er rollte der verblüfften Balot direkt vor die Füße und kippte schließlich auf eine Seite.

»Doktor, es gehört sich nicht, Frauen so zu erschrecken«, sagte der Drehknopf mit spröder Stimme. Irgendwie klang er auch ein bisschen verlegen.

»TurnOver, Inversionsverwandlung. Er kann sich jederzeit aus den Einzelteilen wieder zusammensetzen«, erklärte der Doktor und beachtete den Vorwurf des Drehknopfs nicht weiter.

»War auch mal ursprünglich für die Erschließung des Weltraums gedacht. Er kann Materie, die in den Subdimensionen des Körpers gespeichert ist, in unsere Dimension *umkehren* und sich in jeden Gegenstand verwandeln.«

Balot hob den Drehknopf hoch. Vorsichtig ließ sie ihn in ihrer Handfläche hin und her rollen.

Dann fiel ihr die merkwürdige Kommunikation durch das Radio wieder ein.

»Œufcoque.« Der Doktor verkündete den Namen.

»Im entscheidenden Moment ist er manchmal etwas halbgar und unentschlossen.«

Der Drehknopf *kehrte sich tatsächlich um*. Die Materie des

Drehknopfs verschwand nach innen. Und eine Maus mit goldenem Fell erschien auf dieser Seite. Die Maus aus ihrem Traum.

»Guten Abend, Fräulein.« Die Maus machte eine sehr höfliche Verbeugung in ihrer Hand. Sie stand sogar auf zwei Beinchen.

»Sie haben also keine Abneigung gegenüber Mäusen?«

Die Maus breitete ihre Arme wie zu einem Appell aus, Balot legte den Kopf schief.

»Ich bin ein wenig anders als normale Mäuse … ich hoffe, das ist Ihnen nicht unangenehm, sagen Sie doch … pardon, Sie können ja nicht sprechen. Äh, wenn Sie möchten, ich kann mich gern jederzeit wieder in ein Radio verwandeln. Oder einen Fernseher. Ganz, wie es Ihnen gefällt.«

Balot legte ihren Kopf noch etwas weiter schief. Es war ihr nicht unangenehm. Sie erinnerte sich, dass die Maus in ihrem Traum etwas ganz Wichtiges gesagt hatte. Über ihren Tod. Über den Wert ihres Todes. Sie wünschte sich, dass die Maus das noch einmal sagte. Warum ich – sie hatte das Gefühl, dass sie dieses Mal eine andere Antwort bekäme.

»Was redest du denn da? Reden wir über die Arbeit …«, unterbrach der Doktor den Mäuserich verblüfft.

»Wir müssen uns an die Anordnung halten, oder?« Œufcoque hielt dem Doktor seine Handfläche entgegen.

»Sie steht noch unter Schock. Zuerst braucht sie eine psychologische Therapie.«

»Soll ich ihr ein Rezept für Antidepressiva schreiben? Oder soll ich sie gerade so high machen, dass die Arbeit davon nicht behindert wird?«

»Ich meine, wir sollten sie in einen Zustand bringen, in dem so etwas nicht nötig ist.«

[Was soll ich machen?]

Die Worte kamen unvermittelt aus dem Lautsprecher des Radios.

Der Doktor und Œufcoque drehten sich gleichzeitig zu Balot um.

[Reicht es, wenn ich nicke, um mit euch zusammenzuarbeiten? Oder soll ich einen Vertrag unterschreiben?]

»Sie macht es einfach!«, freute sich der Doktor und strahlte über das ganze hagere Gesicht.

»Gut! Dann nimm ihn – also Œufcoque, wieder in die Hand und konzentriere dich auf Shell Septinos.«

Sie verstand nicht, was die Worte des Doktors bedeuteten, aber Balot schwieg und gehorchte. Vorsichtig streckte sie Œufcoque ihre Hand hin und dachte an Shell.

Œufcoques rote Augen starrten Balot an.

Balots tiefschwarze Augen starrten Œufcoque an.

Sie erinnerte sich an Shells letztes Lächeln, sein Winken. Wie die blauen Diamanten an seiner Hand geglitzert hatten. Wenn sie nur an das Glitzern dachte, füllte sich ihr Herz langsam mit Gift. Ihre Lippen zitterten. Ihre Demütigung, ihre Traurigkeit übertrug sich abrupt über ihre Hand auf Œufcoque.

Und so bekamen Balots tiefe Gefühle eine Form.

Das war eine neue Fähigkeit von Balot, in Verbindung mit den Fähigkeiten von Œufcoque.

Œufcoque morphte. Sein besorgtes Gesichtchen wurde in einem Augenblick ausgelöscht, stattdessen lag etwas Schweres in ihrer Hand.

Ein silberner Revolver.

Balot sah still den Revolver an. Das ist jetzt also die Antwort, dachte sie. In diesem Moment entsicherte sich der Revolver von selbst. *Klick.*

Sie konnte fühlen, wie der Revolver *in seinem Inneren* geladen wurde. Bestimmt hatte Balot das gesnarkt. Der Revolver wusste, wie hoffnungslos sie war.

Während der Doktor sich die Pistole ganz genau ansah, sagte er: »Da haben wir dein Psychoprint, also dein Seelenmuster, das ist jetzt so in Œufcoque abgespeichert. Sozusagen das *Beweismaterial* deiner Seele. Deswegen werden wir dich beschützen und unser Ziel erreichen. Also Shell Septinos erledigen, die October Company angreifen und …«

»Nein, Doktor«, sagte Œufcoque, der Revolver.

»Sie wird sich selbst erschießen.«

Die Augen des Doktors wurden rund.

»Hängt sie immer noch an dem Kerl?«

»Das ist es nicht«, erwiderte Œufcoque.

Erst jetzt fiel Balot auf, dass die Pistole keinen Abzug hatte. Œufcoque hatte es so gewollt. Das war das erste Mal, dass Balot etwas von der merkwürdigen Maus bekam, das erste Mal, das jemand gütig zu ihr war.

Ihre Handfläche wurde warm. Die Pistole verlor ihre Form und morphte in die goldene Maus, die von dort aus zu Balot hochsah.

»Es ist so: Sie konnte die Schale um ihre Seele herum nicht aufbrechen. Es gab zu viel in ihrer Nähe, was sie verletzt hat.«

Balot holte tief Luft und riss die Augen weit auf, um Œufcoque anzustarren.

»Wovon redest du?«, fragte der Doktor zweifelnd.

»Sie hat alles verloren. Dann haben wir sie gerettet. Wir tragen Verantwortung für sie und müssen ihr helfen, den Sinn ihres neuen Lebens zu finden. Es ist meine Nützlichkeit, sie davon abzuhalten, auf ihr Leben zu verzichten.«

Das sagte Œufcoque und sah Balot dabei direkt in die Augen.

Ein ernster Blick voller Liebe, Respekt und Würde. Letzten Endes konnte selbst der Doktor Œufcoque nichts mehr entgegensetzen. Das hatte Balot schnell begriffen. Und sie verstand auch, warum.

Sie wusste nicht, wie er es machte, aber Œufcoque konnte einem in einer Sekunde in die Seele starren und einen vollkommen durchschauen. Er konnte den Wert einer Seele erkennen. Balot fühlte, dass das eine Gabe war, die ihr und dem Doktor und all den anderen Menschen in dieser Stadt irgendwann abhanden gekommen war.

Maus und Mädchen sahen sich lange in die Augen. Wie zwei Teile eines Puzzles, die jetzt endlich zusammenpassten. Sie blieben sehr lange so.

Irgendwann rief ihnen der Doktor, der sich etwas einsam und allein fühlte, missgelaunt zu: »Na, soll ich auch noch den Scheinwerfer auf euch richten? Auf euch zwei Turteltauben?«

Zweiter Teil 混合気

Mischen

1

Die Musik plätscherte gemächlich durch die Bar, die Töne der Streicher nahmen nur ganz vage Konturen an.

Am Ende des Tresens stand ein einsamer Mann und nippte an einem Shochu.

Die Bar lag im Untergeschoss eines Hotels im Osten von Mardock City. Das Hotel war ein Symbol des Aufschwungs der Stadt nach dem Kriegsende, und wenn man den Glanz und den Glamour sah, schienen die Geschäfte hier gut zu gehen.

Gegen Mitternacht wurde die Bar immer voller, überall redete man übers Geschäft. Weder im Süden noch im Westen der Stadt hatte man davon gehört, hier redete man über die großen neuen Deals wie über neue Drogen.

Das Gesicht des Mannes war ebenso ausdruckslos wie das des Barkeepers, der direkt vor ihm auf der anderen Seite der Theke stand. Er schenkte dem Hintergrundrauschen der Bar keine Beachtung.

Sein Name war Dimsdale Boiled.

Im Moment arbeitete er für Shell. Sein Körper war ziemlich massig, doch seine Körpertemperatur schien niedrig zu sein.

Shell Septinos betrat die Bar und setzte sich neben Boiled. Er nahm seine bleifarben schimmernde Chamäleon-Sonnenbrille ab und bestellte kalten Sake. Mit zwei Scheibchen Limette, und vergiss das Puder nicht, sagte Shell dem Barkeeper.

Der Barmann schnitt schweigend eine Limette in Scheiben, nahm eine Kapsel und schüttelte ihren Inhalt auf das Fruchtfleisch. Dann quetschte er die Limette aus und ließ sie anschließend in den Sake fallen.

Natürlich war es eine Euphoriepille. Eines der Mittel, mit denen die October Company die Menschen von Mardock City anfixte.

In letzter Zeit waren die Pillen bei den Reichen im Osten der Stadt recht beliebt, deswegen war sie etwas teurer als sonst. Kam auch vor, dass die Pillen im Westen verschwanden und im Osten auftauchten und für den zehnfachen Preis weiterverkauft wurden. Das Sozialamt hatte zwar mittlerweile ein sicheres Medikament produziert, aber niemand interessierte sich ernsthaft dafür. Die Wirkung war ganz anders. Das Zeug aus dieser Bar stammte aus dem Mitsukoshi Plaza im Central Park. Die meisten, die da zum Einkaufen hingingen, kamen mit diesen Pillen in der Tasche wieder nach Hause. Manche gaben die Pillen ihren Babys, damit sie nachts durchschliefen und nicht krakeelten. Manche nahmen sie, um sich das Rauchen oder Trinken abzugewöhnen. Aber egal, ob im Osten oder Westen der Stadt, nur wenige wussten, was die Glücksgefühle wirklich bedeuteten.

»Und, wie fühlst du dich so als Neugeborener?«, fragte Boiled.

»Als hätte ich lange geträumt.« Shell lächelte sein rasiermesserdünnes Lächeln.

»Creative Recollective Active Positioning of Memory – CRAP, der Erinnerungs-Datenspeicher-Transfer, meine besondere Fähigkeit«, sagte Shell und zeigte auf eine kleine Polklemme direkt über seiner rechten Augenbraue.

»Da stecke ich das Kabel rein. Das Glasfaserkabel verbindet sich mit meinen Stirnlappen. So werden meine Erinnerungen abgelesen und als Daten abgespeichert. Gleichzeitig werden sie schön sauber aus meinem Kopf gelöscht. Wenn ich das nicht regelmäßig mache, zersetzt sich mein Gehirn unter dem Druck der Erinnerungen wie Tofu. War eigentlich mal eine Technologie zur Behandlung der Spätfolgen der A-10-Operation, ist aber auch für andere Dinge ganz nützlich.«

»Kommt immer darauf an, was man daraus macht.«

»Ganz genau.« Shell lachte heiser.

»Wenn ich denen anbiete, dass sie ein bisschen in meinem Kopf rumfummeln dürfen, komme ich problemlos in jedes Krankenhaus. Mein Kopf enthält für diese Kerle wichtige medizinische Daten, die behandeln mich wie eine verdammte Prinzessin.«

»Was passiert mit den Daten? Nicht mit den medizinischen, sondern mit denen, die in deinem Kopf waren?«

»Glaubst du, Zahnärzte sammeln die faulen Zähne ihrer Patienten?«

»Können deine Daten nicht kopiert werden?«

»Hundertprozentig unmöglich ist es nicht, aber sehr unwahrscheinlich. Ist so, als ob jemand beim Poker nach dem Jackpot greift, der nicht mal Karten hat.«

»Wie oft hast du das in deinem Leben schon gemacht?«

»Hm. Keine Ahnung, ist alles wie ein Traum«, sagte Shell mit einem Lächeln, so kalt wie der Sake in seiner Hand.

Gleichzeitig war seine Miene scharfkantig wie zerbrochenes Glas.

»Das Neueste, an das ich mich erinnern kann, ist, dass die Vorbereitungen für das Geschäft abgeschlossen sind. Anders als bisher kommt das Geschäft nicht von oben, sondern wir bieten das Geschäft an. Meine Erinnerungen sind der Einsatz. Und unter meinen verdeckten Karten verstecke ich dich als meinen Trumpf.«

Boiled schwieg und nickte.

»Ich seh's als Entschädigung für meine Vergangenheit. Für die meisten ist eine Vergangenheit unersetzlich. Aber ich, ich kann so was nicht brauchen. Meine Vergangenheit ist wie ein widerlicher Gestank, wie verdorbene Eier, daran will ich mich gar nicht erinnern.«

Shell lachte tief und polternd. Boiled sagte gar nichts.

»Ein mieser kleiner Spieler, ein Pidgeon, im Dienst der October Company, das war ich am Anfang meines Lebens. Ziemlich schnell wurde ich ein Star-Spieler. Mir wurden Casinos anvertraut, ich schob die Kohle von rechts nach links.

Dann bekam ich den Auftrag, Gelder zu waschen. Ich hab so viele Methoden entwickelt, um Geld zu waschen und es gleichzeitig zu vermehren, da wären die nie draufgekommen. Alle, die später in die Politik gingen und jetzt in der Regierung sitzen, habe ich günstiger in den Casinos spielen lassen. Das Geld, das sie später im Auftrag ihrer Väter und Bosse an Unternehmen überwiesen, ist durch unsere Waschanlage geflossen. Ich habe jedes schmutzige Geschäft mitgemacht«, sagte Shell, fast sang er. Seine Stimme klang entsetzlich fröhlich.

Er kam aus den Slums und wollte in Mardock City die Treppe in den Himmel ersteigen – so ein Typ war Shell.

»Aber so kann es doch nicht enden, oder? Wenn das alles ist, bin ich nicht besser als ein Luxus-Dienstmädchen, das bei den Reichen die Klos putzt, oder? Ein Dienstmädchen kümmert sich um die schmutzigen Klos und die Betten, ich kümmere mich um schmutziges Geld und die Wetten. Kein großer Unterschied. Deswegen habe ich direkt mit ihnen verhandelt, damit sie mich zu einem von ihnen machen. Ich kann ein neuer Mensch werden, alles wegwerfen, was hinter mir liegt. Das müssten sie mittlerweile wissen. Ich hab's ihnen ja oft genug bewiesen. Und jetzt, als sie sich an den ganzen Schmutz erinnern, den ich bisher gewaschen habe, treten sie zum ersten Mal mit mir in Verhandlung. Glaubst du, ich habe meine Erinnerungen einfach so sinnlos weggeschmissen? Blödsinn. Alles als Daten gespeichert, an einem Ort versteckt, den nur ich kenne. Das ist mein Straight Flush. Und für sie gibt's kein Zurück. Das ist mein Spiel. Auch dein Spiel, oder, Boiled?«

Boiled nickte, sehr langsam.

»Ich will nur die Shell, die Schale. Der Inhalt wird ab jetzt schon gefüllt. Ein Gefäß für den Ruhm, das bin ich.«

Danach wurde Shell endlich ruhiger. Das war Shells Wahnsinn – denn wer verstand schon einen Mann, der jede Erinnerung an seine Vergangenheit rausschneidet und verkauft?

»Ich glaube, du wirst für mich mehr werden als nur ein Arbeitgeber«, murmelte Boiled undeutlich. Wie beiläufig nahm er einen Zeitungsausschnitt aus der Innentasche seiner Jacke und legte ihn auf die Bar.

»Mardock Scramble-09 wurde offiziell bekannt gemacht.«

Shell las den Artikel kommentarlos durch. Er bestellte einen weiteren kalten Sake und sah den Artikel ein zweites Mal an. Er las ihn nicht, er starrte nur darauf.

»Wer ist dieses Mädchen?«

»Rune Balot. Deinem Traum nach sollte sie eigentlich tot sein.«

»Traum? Verstehe – der Rohstoff für meinen blauen Diamanten, den die bestochenen Cops eigentlich hätten einsammeln sollen, lebt noch und läuft frei herum.«

Shells Stimme war ein gefühlloses Flüstern, während er an seinem Drink nippte. Zusammen mit dem Pulver auf der Limette spülte er seine theoretische Vergangenheit weg. Shell reagierte schnell.

»Wann kam der Fall zustande?«

»Die erste Gerichtsverhandlung wurde vor kurzem abgeschlossen. Das Mädchen hat irgendwelche Informationen an das Broiler House weitergegeben und das Justizministerium bevollmächtigt, gegen ihren Fall von Identitätsmanipulation und den Mordversuch vorzugehen.«

»Das Programm zur Lebensrettung wurde also ausgeführt. Das beweist, dass die Zuständigen für diese bevollmächtigten Fälle die Drahtzieher sind, diese schmierigen Rechtsverdreher. Weißt du mehr?«

»Ich hab mich umgehört.«

Shell lächelte und nickte. Der Mann vor ihm hatte noch nie etwas übersehen. Boiled war härter und intelligenter als jeder andere Bodyguard, den Shell bisher beschäftigt hatte. Wegen seiner Fähigkeiten und außerordentlichen Kompetenz kostete er natürlich dementsprechend.

Boiled war während des Krieges Fallschirmjäger gewesen, hatte an vorderster Front gekämpft und war mit seiner Truppe in Feindesland eingedrungen, in den feindlichen Kontinent auf der anderen Seite des Meeres. Shell hatte den Krieg nicht aktiv miterlebt, wegen seines Gehirnschadens war er als untauglich eingestuft worden. Shell fühlte sich in dem Punkt minderwertig, Boileds militärische Karriere interessierte ihn. Auch da war Boiled für Shell nützlich, denn er wischte seine Komplexe, nicht beim Krieg dabei gewesen zu sein, einfach weg.

In diesem Moment sah Boiled allerdings sehr merkwürdig aus. Diesen Gesichtsausdruck hatte Shell bei ihm noch nie gesehen. Wenn er es hätte beschreiben müssen, hätte er gesagt, dass er besorgt aussah. Mit diesem Gesicht nannte er den Namen des Rechtsverdrehers.

»Œufcoque Penteano.«

»Komischer Name. Kommt er vom Kontinent? Hat er während des Krieges hier um Asyl gebeten?«

»Nein – vermutlich war das so bei seinem verdammten Namensgeber. Œufcoque hat keine Heimat.«

»Du kennst ihn? Den Rechtsverdreher?«

»Wir haben früher mal zusammengearbeitet.«

Shell sah überrascht aus. Aber Boiled lieferte keine weiteren Erklärungen. »Er wird nicht mal einen Tag brauchen, um in allen Bezirken die legale Priorität zu bekommen. Wahrscheinlich nutzt er das Recht eines Anwalts voll aus, um an unsere Daten heranzukommen. Vielleicht ahnt er sogar schon, was es mit dem Geschäft auf sich hat.«

»Oder er hat es auf das Mädchen abgesehen, um mich zu kriegen.«

»Dazu ist er fähig. Es macht mir Sorgen, dass die geschwätzige Ratte schweigt.«

»Du kannst doch deinen Ex-Partner nicht als Ratte bezeichnen. Oder willst du dich mit ihm anlegen, hm?«, fragte Shell belustigt, aber Boiled schüttelte nur langsam den Kopf.

»Eine professionelle Ratte«, sagte er völlig ernst.

Shell zuckte nur mit den Schultern.

»Tatsache.«

Er bestellte den dritten Sake, doch bevor er ihn trank, flüsterte er mit tiefer Stimme »Jackpot. Das ist mein Spiel. Das versaut mir keiner. Du hast gesagt, Programm zur Lebenssicherung? Wenn das nicht mehr anzuwenden ist, dann haben die Rechtsverdreher doch kein Recht mehr, sich einzumischen, oder?«

»Richtig. *Verstirbt oder verschwindet die Betroffene, kommt der Fall nicht zustande*, das ist wohl die einfachste Lösung«, murmelte Boiled undeutlich. Shell lächelte zufrieden und trank sein Glas aus.

»Erledige das für mich. Mit den Ärzten hast du auch Recht, ist nicht wünschenswert, dass jemand außer mir den Jackpot kriegt. Du verstehst, was ich damit sagen will?«

»Klar.«

»Du bist mein Trumpf, Boiled.«

Shell stand auf und lächelte messerklingendünn. Eine so ruhige Bewegung, dass man kaum glauben konnte, er tue so, als nähme er den Arm des Rechtsverdrehers und drehe ihn um. Seine Augen verheimlichten etwas ganz Entscheidendes, er starrte in die Luft.

Als wollte er Shell auf etwas anderes aufmerksam machen, sagte Boiled: »Ich brauche Leute. Dafür brauche ich Geld.«

»Kriegst du das nicht allein hin? Ist doch nur ein kleines Mädchen, das vermutlich auf irgendeiner Intensivstation völlig verbrannt bis zum Hals in einem Sarg steckt«, entgegnete Shell überrascht, aber Boiled schüttelte nur den Kopf. Ganz langsam, wie zur Beruhigung.

»Wenn man etwas nicht mehr braucht, wird es weggeworfen. Wie deine Vergangenheit. Jedes Mal, wenn du deine Vergangenheit wegwirfst, wirst du schärfer, wie eine Rasierklinge. Ist hier das Gleiche. Ich möchte einfach ganz sichergehen.«

Shell nickte großmütig.

»Nimm das Geld vom Geheimkonto, die Nummer geb ich dir später. Ich warte auf gute Nachrichten.«

Ganz unvermittelt fügte er hinzu: »Merkwürdig.«

Sein Gesicht war sehr ernst, er betrachtete seine linke Hand.

»Während ich den Artikel las, hat mir der Ringfinger wehgetan, dabei kann ich mich doch nicht an sie erinnern. Vermutlich wollte ich sie an diesem Finger tragen, meinen neuen blauen Diamanten. Doch …« Er strich über seinen linken Ringfinger.

»… ich wollte sie auf diesem Finger tragen. War sie so etwas Besonderes, dass ich einen Verlobungsring aus ihr machen wollte? Oder hatte es keinen besonderen Grund und war nur so eine Laune?«, fragte er sich selbst mit tiefer Stimme.

Boiled antwortete nicht. Niemand hätte diese Frage beantworten können.

»Die Erinnerung an die Mädchen … wird ohne Zweifel immer als Erstes gelöscht. Das soll jedes Mal der Stress gewesen sein. Die Mädchen versuchen, mein Gehirn zu zerstören. Warum tun die das? Sind doch bloß Frauen, oder?«, sagte Shell und lachte dabei. Ein grausames, selbstironisches Lachen.

»Eine zwanzig Gramm schwere Kugel reicht, um einen Menschen zu töten«, flüsterte Boiled finster. Shell nickte, verzog die Lippen zu seinem messerscharfen Lächeln und setzte seine Chamäleon-Sonnenbrille wieder auf. Die Sonnenbrille, die ihre Farbe mit der Zeit änderte, leuchtete jetzt in dunklem Purpur. Wie die Farbe von Shells Qualen. Vergessenes, das man nie wieder gutmachen kann. Diese Art von Qualen.

»Bring mir *den Ring*. Erledige das für mich«, forderte Shell und verließ die Bar. Boiled starrte den Zeitungsartikel an, der noch auf dem Tresen lag.

»So sehen wir uns also wieder, Œufcoque«, murmelte er leise, als Shell ihn nicht mehr hören konnte.

Als Balot mit Œufcoque auf ihrer Schulter das Büro betrat, war Doc Easter gerade dabei, die letzten Eingaben auf dem Bildschirm zu beenden.

»Kannst du Balots Antwort auf die Vorladung noch einbehalten?«, fragte Œufcoque mit Nachdruck. Der Doktor war etwas verdutzt und blaffte ihn an: »Soll das ein Witz sein, Œufcoque? Was meinst du wohl, habe ich hier gerade gemacht? Richtig, natürlich habe ich gerade die Aufzeichnungen sämtlicher Gespräche mit dem Staatsanwalt als Anhang des schriftlichen Antrags ans Justizministerium geschickt. Damit habe ich die Regelungen für das erste Plädoyer vor Gericht beendet. Und jetzt sagst du, ich soll das Ei wieder zurücklegen, nachdem ich es aufgeschlagen habe.«

»Noch ist nichts angebrannt.«

Der Doktor machte ein Geräusch, als ob er erwürgt würde.

»Dann sag doch dem rohen Ei, das gerade mit der E-Mail ins Büro gerast ist, dass wir eigentlich noch nicht wissen, wie wir es zubereiten sollen. Du kannst nicht so einfach …«

Der Doktor hielt plötzlich mitten in der Bewegung inne. Dann fixierte er Balot.

»Und so schnell …«, staunte er und konnte es selbst kaum glauben, als er sich zum Bildschirm beugte, um die Daten zu überprüfen, die er gerade verschickt hatte. Die Mail war völlig leer. Alles ganz weiß. Nicht mal der Empfänger stand da. Auf dem Display lag aber eine neue Datei. Als er sie öffnete, erkannte er, dass es eine Kopie der Daten war, die er hatte verschicken wollen. Zauberei.

»Deine Begabung zum Snarken ist wirklich ganz erstaunlich.«

Der Doktor setzte sich auf, streckte seinen Rücken und starrte Balot an.

»Soweit ich weiß, hat es bisher niemand geschafft, Elektronen auf diesem Level zu manipulieren. Anders gesagt, bisher hat keiner überlebt. Weil das Tempo der Manipulation die Seele als Erstes fertig macht. Du hingegen hast deinen ganzen Körper auf dieses Level beschleunigt und konntest dich trotzdem vollständig daran anpassen. Wirklich herausragend. Aber …«

Balot hatte ihren Blick nicht gehoben. Ausdruckslos starrte sie auf den Boden.

»Kannst du mir erklären, wo der Zusammenhang ist, dass du in weniger als dreihundert Stunden nach deiner Operation bis zur Grenze deiner Bewusstseinsschwelle gehst und dich dann weigerst, vor Gericht zu erscheinen? Willst du dich für immer in dieser *Shell* verstecken?«

Balot zuckte mit ihrem Kopf zur Seite. Nur ein wenig, mehrmals. Das war ihre ganze Antwort. Œufcoque saß auf ihrer Schulter und sah den Doktor besorgt an.

»Machst du hier das Maskottchen, Œufcoque?«, entfuhr es dem Doktor grimmig. Jetzt hob Balot erschreckt ihren Blick. Aus dem Augenwinkel konnte sie sehen, wie Œufcoque gelassen mit den Schultern zuckte. Als wolle er damit sagen, dass eben das im Moment seine Aufgabe sei, hier auf der Schulter zu sitzen, niedlich und liebenswert wie ein Plüschtier.

Der Doktor seufzte, er klang müde.

»Sie hat uns, die Bevollmächtigten in diesem Fall, zur Klärung des Falls beauftragt. Als Allererstes ist sie dazu verpflichtet, vor Gericht auszusagen und dort Rede und Antwort zu stehen. Hast du ihr das richtig erklärt? Wenn nicht, kommen wir hier nämlich keinen Schritt weiter und können nur darauf warten, dass unser Feind uns einen Killer auf den Hals schickt, oder?«

Pling – in diesem Moment klingelte es ähnlich wie eine Türglocke, eine neue Mail war angekommen. Die gerade gelöschte Mail war dank des ungültigen Empfängers zurückgekommen.

Der Doktor starrte fragend das Display an. Mit einer Hand schob er verwundert seine Brille wieder hoch.

(Niemand nirgendwo ist mein Freund.)

Diese Nachricht stand einsam im Textfeld der Mail. Das war Balots Antwort. Scheinbar war das die einzige Wahrheit, die Balot kannte.

»Das heißt, du vertraust uns nicht?«, fragte der Doktor in einem wesentlich ruhigeren Ton als vorhin. Keine weiche Schmeichelei, es hörte sich an, als hätte er endlich verstanden, was los war.

Balot schüttelte den Kopf.

Pling – wieder das Geräusch.

Die gleiche Mail, ein anderer Text.

(Ich habe Angst.)

Der Doktor versuchte, etwas zu sagen.

Doch es ging weiter, mit noch einem *Pling*.

(Ich will nicht verraten werden.)

Stand in der Mail ohne Empfänger.

»Wir werden dich ganz sicherlich nie verraten. Wir werden alles daran setzen, deinen Fall zu lösen. Ist doch so, Œufcoque? Ganz egal, in welcher Gefahr …«

Aber Œufcoque antwortete nicht. Er sah noch immer ziemlich besorgt aus.

»Sag doch was.«

Wieder das *Pling*.

(Ihr habt die ganze Zeit in mich gestarrt, wie Voyeure.)

Dem Doktor fiel mal wieder die Kinnlade runter. Ein weiteres *Pling*.

(Ihr habt mich wiederbelebt und vergewaltigt.)

Erschüttert las der Doktor diese Zeilen und ließ sich kraftlos in den Stuhl fallen.

»Vergewaltigt?«

Er wiederholte diesen Teil, als könnte er dieses Wort gar nicht fassen.

Balot starrte wieder zu Boden.

Es wirkte nicht so, als wolle sie selbstsicher eine Nachricht übermitteln. Eher war es so, als hätte sie die Worte lieber in der Tiefe ihres Herzens verheimlicht, aber jetzt hatte sie jemand gesehen.

Sie blickte nie auf, sie war darauf gefasst, dass er sie anschreien würde, noch viel Schlimmeres tun würde. Und so starrte sie auf ihre Füße in den Pantoffeln.

»Als die Regierung mich ins Forscherteam geholt hatte, habe ich an zweihundert verschiedenen psychotherapeutischen Counceling Sessions teilgenommen, ich habe den Schutz der Menschenrechte verinnerlicht, mir ein tiefes, ethisches Verständnis und Moral eingeprägt, um bei diesem Projekt zu arbeiten.«

Die Stimme des Doktors klang seltsam gepresst.

»Ich bin im Meer dieser Psycho-Beratungen versunken und dabei impotent geworden. Aus diesem Grund hat sich meine Frau von mir scheiden lassen. Heute bin ich stolz auf meine Impotenz. Manchmal glaube ich fast, dass ich ein Priester bin und …«

»Äh, Doktor?«, versuchte Œufcoque ihm ins Wort zu fallen, aber der Doktor beachtete ihn nicht.

»Dann werde ich dir richtig Rede und Antwort stehen, was?« Ein leichter Zorn schwang in seiner Stimme mit, sodass Balots Schultern vor Angst zusammenzuckten. Doch der Doktor blieb bis zum Ende höflich. Er sprach zwar nicht ruhig, aber er versuchte auch nicht, andere Maßnahmen als nur Worte zu ergreifen.

»Erstens: Unsere höchste Priorität war, dein Leben zu retten. Wir konnten dich nicht in ein Notfallkrankenhaus bringen. Die hätten da sofort die Company benachrichtigt und ausgerechnet im Krankenhaus hättest du dann den *Rest* bekommen. Danach kam ich, der Quacksalber, an die Reihe. Meiner Diagnose zufolge hätte eine normale Hauttransplantation nie ausgereicht. Bevor die Haut sich hätte stabilisieren können, wärest du vor den Schöpfer zitiert worden. Und dann kam meine Technologie an die Reihe. Soweit alles klar?«

Balot nickte ganz leicht. Der Doktor benutzte normale Worte – keine Worte wie Hure oder Callgirl – sondern nur Worte, die zur Erklärung nötig waren, und er bestürmte sie damit.

Für Balot war das genug. Der Doktor hatte nicht bemerkt, dass Balot sich deswegen Sorgen gemacht hatte, denn er war mit sich selbst beschäftigt.

»Zweitens: Wir mussten dir die Kraft zum Widerstand geben, Fähigkeiten zur Selbstverteidigung, um den Fall zu einer Lösung bringen zu können. Das wird Œufcoque dir erklären.«

Ich bin hier nicht der einzige Bösewicht, wollte er damit sagen und zeigte auf Œufcoque.

Œufcoque hob beide Arme und fuhr widerstrebend fort:

»Gut, ich werde auch Rede und Antwort stehen. Wir hätten dich auch der lokalen Polizei überlassen können. Doch ob einige von ihnen bestechliche Killer sind, können wir nicht überprüfen. Es gibt viele bei der Polizei, die meinen, dass diese Art von Job sehr lukrativ sei. Darum war es wichtig, dass wir dich beschützen und du Widerstandskraft bekommst und lernst, dich zu verteidigen.«

Pling! Es klingelte wieder.

(Widerstandskraft?)

Œufcoque beugte seinen Körper auf Balots Schulter und las das Wort. »Hm, ja. Die Kraft, zu kämpfen, sozusagen. Also die Kunst der Selbstverteidigung oder wie man eine Pistole …«

(Nein. Ich will keine Soldatin oder so werden.)

Œufcoque zuckte leicht mit den Schultern. Es war ihre letzte Antwort.

Der Bildschirm war randvoll mit Balots Worten.

Der Doktor sah das Display an, klickte schnell eine Mail nach der anderen an und speicherte sie in einer einzigen Textdatei. Balots Augen folgten nervös seinen Bewegungen. Sie hatte gedacht, dass er ganz sicher alles löschen würde, aber er las den Text ruhig weiter.

»Während du dein Bewusstsein verloren hattest, haben wir über dein Gehirn Kontakt mit deiner Bewusstseinsschwelle aufgenommen«, fing der Doc wieder an und heftete seine Augen auf den Bildschirm.

»Wir haben uns keine bestimmten Erinnerungen angesehen. Wir haben dein Unterbewusstsein mit unserer Technologie und unseren Plänen konfrontiert und es auf dem Computer diskutieren lassen. Diese Methode wird oft als Urteilsbegründung verwendet, ob man einem Patienten im Koma Sterbehilfe leisten soll oder nicht. Nach dem vorgeschriebenen Zeitraum von sechs Stunden haben wir uns die Ergebnisse der Diskussion angesehen und ließen das Ganze noch mal sechs Stunden im Schlaf diskutieren. Das Ergebnis blieb beide Male das gleiche.«

Doc schrie keineswegs, nein, err sprach ganz ruhig.

»Dein Körper und dein Zustand sind das Ergebnis von dem, was du dir selbst ausgesucht hast.«

Nur wenig Zeit verging bis zum Klingeln, dann erschien ihre Antwort direkt vor seinen Augen.

(Diese Ausrede kenne ich. Immer sagt ihr Männer zu mir: *›Du wolltest das doch auch.‹)*

Balot war ernst und angespannt und fixierte das Gesicht des Doktors beim Lesen dieses Satzes. Aufrichtig und drängend. Mit dem gleichen Gesicht, mit dem sie ihnen auch gesagt hatte, dass sie nicht verraten werden wollte. Œufcoque auf ihrer Schulter legte ein winziges Händchen auf ihren Nacken. Als wolle er Balot für ihren Mut loben.

»Das Psycho-Counceling … es war wie ein Tsunami …«, flüsterte der Doktor völlig unvermittelt. Was habe ich verloren, was habe ich gewonnen, er erinnerte sich daran, wie schon so oft zuvor. Und an das, was er Balot gesagt hatte, *als nach Kriegsende alles anders wurde*, was das wirklich bedeutete.

Vor den Augen des Doktors machte es wieder *Pling!*, aber es klang irgendwie vorsichtiger, rücksichtsvoller.

(Ich weiß, dass ihr mich nicht anlügt.)

Der Doc kopierte diese Zeile in die Textdatei zu allen bisherigen Sätzen. Als ob er es wegschaufelte.

Dann wandte er sich an Œufcoque: »So – den Rest überlasse ich deinem Herzen, Œufcoque. Schließlich habe ich mich jahrelang um die Instandhaltung deines Innenlebens gekümmert. Dein Herzschlag wird also mein Barometer sein.«

Er sah ruhig und freundlich aus, aber irgendwie auch mürrisch. »Ich weiß, *was zu tun ist, aber nicht, wie ich das machen soll*. Vor allem habe ich keine Ahnung, wie ich den Körper einer Fünfzehnjährigen neu gestalten kann, damit sie vor Gericht erscheinen will.«

Pling.

– RUNE BALOT erschien in Großbuchstaben auf dem Bildschirm. Wie eine große Hoffnung. Balot und der Doktor sahen sich an.

»Hm, das ist dein Name. Ich habe Scramble-09-Patienten schon lange nicht mehr mit ihrem richtigen Namen angesprochen. Rune Balot. Du hast also auch schon raus, wie du – ähnlich wie vor einer OP – eine Einverständniserklärung deines Arztes beschleunigen kannst. Und, was hast du jetzt vor?«

Balot senkte wieder ihren Blick und schaute zu Boden.

Der Doc sah nicht im Geringsten gereizt aus, lehnte sich zurück und warf Œufcoque einen Blick zu.

»Die Kleidung, die Balot vorhin bei einem Versand bestellt hat, die ist angekommen«, antwortete Œufcoque für sie, ganz sanft.

Der Doc hob die Arme, um »Ja, und?« zu fragen. Balot zupfte ganz verlegen mit den Fingerspitzen an ihrem Patientenkittel aus Isoliermaterial herum.

»Und sie möchte die Sachen anziehen und kurz raus. So zum Mittagessen. Dabei kann ich dann auch gleich die Aufhebung ihrer manipulierten Identität beantragen.«

Der Doktor zog die Mundwinkel nach unten.

»Du wolltest dich also gar nicht einsperren? Das hättest du auch gleich sagen können.«

Balot zuckte zusammen, aber der Doktor wollte nur eine Bestätigung von Œufcoque haben.

»Du gehst sowieso mit ihr mit, oder? Schließlich bist du ihre kugelsichere Weste, hm? Aber pass gut auf sie auf. Der erste Artikel über diesen Vorfall stand schon in der Zeitung. Die Wahrscheinlichkeit, dass ihr angegriffen werdet, ist ziemlich hoch.«

»Das muss ein guter Gegner sein, dann kann sie gleich ihre Kraft und ihre Fähigkeiten ausprobieren. Außerdem hat sie noch nie meine Scramble-09-*Nützlichkeit* erlebt.«

Doc zuckte kurz mit den Schultern, stand auf und zog eine Kreditkartenbörse aus seiner hinteren Hosentasche. Er suchte eine Kreditkarte raus und hielt sie Balot hin.

Das ging zu schnell für Balot, sie wusste gar nicht, wie sie reagieren sollte. Sie starrte den Doc an, dann nahm sie die Karte ganz vorsichtig entgegen.

»Ich hab zwar schon einen Antrag beim Sozialbüro des Broiler House gestellt, aber so was dauert immer eine Weile. Das ist im Moment das Geld, das dir zur Verfügung steht. Wegen der Geheimnummer musst du Œufcoque fragen, die weiß ich auch nicht.«

Noch nie hatte ein Mann ihr auf diese Art Geld gegeben. Balot starrte den Doktor lange an. Plötzlich wurde der wieder ernst.

»Verstehe … das wird so was wie ein Test für dich. Doch, doch, das solltest du wirklich erledigen, bevor du vor Gericht erscheinst. Ich hoffe wirklich sehr, dass du mit Œufcoque umgehen kannst, ohne ihn zu *missbrauchen*.«

Noch verstand Balot nicht, was der Doktor damit meinte.

Sie schielte zu Œufcoque auf ihrer Schulter. Der Mäuserich hatte bisher ungewöhnlich aufmerksam ihrer Seele zugehört, der bis dahin noch nie jemand zugehört hatte. Viel genauer als jeder Psychotherapeut. Es gab noch so vieles, was sie erzählen wollte, so viel mehr, bei dem sie auf Verständnis hoffte.

Das war jetzt für Balot am wichtigsten.

Balot ging in das Zimmer, das jetzt ihres war. In dem Gebäude, das mal ein Leichenschauhaus gewesen war. Sie öffnete ein Päckchen nach dem anderen und legte alles in einer Reihe auf ihr Bett. Dann hob sie das schwarze Lederkleid hoch und hielt es vor ihren Körper. Die Klamotten waren alle ziemlich eng, keine Röcke, aber eine kurze Hose.

Œufcoque sah sich das Ganze vom Tisch aus recht verlegen an und machte schwach »Äh …«.

Balot zuckte nur kurz mit den Schultern und zeigte ihm das nächste Modell. Eine lange Hose, das Oberteil hatte aber keine

Ärmel. Sie deutete mit ein paar Gesten an, dass sie dazu Armstulpen tragen würde.

»Öh. Ich, ich bin dann in Docs Büro. Du kannst mich da abholen, wenn du fertig bist«, sagte Œufcoque, sprang vom Tisch und marschierte auf zwei Beinchen zur Tür. Dort sprang er für eine Maus ungewöhnlich hoch bis an die Klinke und öffnete die Tür.

Er schaffte es jedoch nicht bis nach draußen, denn Balot hob ihn einfach an einem seiner Hosenträger hoch.

»Erwarte nicht von mir, dass ich weiß, was einer Frau steht und was nicht. Außerdem will ich nicht noch mal als Voyeur beschimpft werden«, sagte er mit einer Mitleid erregenden Miene.

Balots Lippen schmollten ein wenig, als sie die Tür schloss und Œufcoque auf dem Bett absetzte. Dann nahm sie die Klamotten und rannte damit ins Bad. Nach einem Moment stand Œufcoque auf und hüpfte vom Bett. Sofort ging die Badezimmertür auf. Balot stand in Unterwäsche da und bedeutete ihm mit einer Hand, dass er da bleiben solle. Sie sah nicht wütend aus, sondern ängstlich und unsicher. So wie vorhin, als sie »Ich habe Angst« auf das Display des Docs geschrieben hatte.

»Verstanden. Ich warte hier – nein, ich beschütze dich. Ich passe auf dich auf.« Balot sah noch immer beunruhigt aus, schloss dann aber die Tür des Badezimmers wieder.

»Sie kann jede Bewegung hinter der Tür genau erkennen … trotzdem hat sie so große Angst … weil sie mit dieser Fähigkeit noch nicht richtig umgehen kann? Oder gerade weil sie damit umgehen kann, und es ihr Angst macht, wenn niemand da ist?«, murmelte Œufcoque vor sich hin und legte sich auf die Seite. Eine Weile starrte er an die Decke, dann sah Balot von oben auf ihn runter, als sie aus dem Bad zurückkam.

Balot trug eine schwarze Hose und ein schwarzes Oberteil. Ihr Hals und die Stelle direkt darunter waren unbedeckt, die Haare offen und glatt. Der Doktor hatte sie aus den Resten ihres eigenen Haarschopfs rekonstruiert, sie waren gerade erst frisch transplantiert worden. Deswegen gingen ihr beim Kämmen immer noch viele Haare aus.

Die Ärmel waren sehr lang und hatten eine kleine Öffnung für den Mittelfinger, sodass ein Dreieck den Handrücken bedeckte. Unter den kurzen Hosen trug sie eine enge Strumpfhose. Die Stiefel gingen bis zum Knie, sie klapperte ein bisschen damit und drehte sich vor Œufcoque, der abrupt aufgestanden war, von rechts nach links. Er suchte einen Moment lang nach den richtigen Worten, dann sagte er: »Das sieht gut aus.«

Dann neigte er fragend den Kopf: »Ist das nicht zu eng?«

Als Antwort umarmte Balot sich ganz fest mit beiden Armen. So sagte sie, dass enge Kleidung ihr besser gefiel. Weil es sich anfühlte wie eine freundliche Umarmung. Aus einem Päckchen nahm sie einen modischen Gürtel und wickelte ihn fest um Bauch und Hüfte und auch um die Beine. Darüber zog sie eine Lederjacke an. Gefesselt. Als wollte sie damit sagen, so kann mir das keiner wegnehmen.

Bevor sie aus dem Haus gingen, schauten sie noch kurz bei Doc vorbei.

»Ich bilde mir ja schon was auf das innovative Design meines Arztkittels ein, aber dein Outfit ist gar nicht mal schlecht«, sagte der Doktor völlig ernst. Balot zog die Augenbrauen etwas zusammen.

»Heute Abend soll es wieder kälter werden. Unterschätzt das Wetter nicht, auch wenn der Frühling gerade anfängt. Vergiss deine Tabletten nicht. Die Stabilisierung der äußeren Hautschicht ist noch nicht ganz abgeschlossen.«

Balot zog den Reißverschluss ihrer Jacke zu und sagte so, dass sie warm genug angezogen sei.

Dann klopfte sie auf ihre Taschen, so wie ein Kind den Eltern wortlos zeigt, dass sie nerven.

»So, gehen wir.«

Œufcoque saß auf ihrer Schulter und morphte in ein Samthalsband, das sich um Balots Hals schloss. Ein Metallplättchen baumelte daran herab.

Das Ganze sah mehr nach Hundemarke als nach Anhänger aus.

Balot berührte es, überlegte und wickelte ihren Finger darum. Als sie losließ, war daraus ein eiförmiger Kristall geworden, mit dem Bild einer zwinkernden gelben Maus auf der Innenseite.

Der Doktor bedachte den Kristall mit einem irgendwie nachdenklichen Blick.

»Unsere neue Klientin zeigt uns in der Tat, wie manche Dinge aussehen sollen, was?«

»Wir müssen unsere Dienste eben anpassen«, meinte Œufcoque todernst.

»Doc, bitte überprüfe doch alle nötigen Dokumente. Kannst du auch mit dem Staatsanwalt über Vorbehalte bei der Vorladung sprechen? Vielleicht unternimmt das Broiler House ja was, auch wenn sie nicht da ist?«

»Das Gericht lässt sich nicht von Gefühlen leiten. Den Regeln nach geht's nur um Macht und Geld.«

»Aber ich will nicht bei einem Machtspiel mitmachen, bei dem die Gefühle der Betroffenen keine Rolle spielen.«

»Schon gut. Ich suche mir eine sinnvolle Arbeit und erledige sie.«

»Tut mir Leid, was ich vorhin gesagt habe.«

»Äh – was?«

»Ich hab dich verletzt. Aber vielen Dank für alles. Das Geld bekommst du ganz sicher wieder.«

»Ah … wenn du redest, tu das bitte nicht mit Œufcoques Stimme. Das ist mir schlichtweg zu bizarr.«

Balot legte ihre Hand auf den Kristall und sagte: »Ich kann mich an meine Stimme gar nicht mehr erinnern.«

Diese Stimme klang jetzt wesentlich höher als die von Œufcoque. Sie öffnete versuchsweise ihren Mund. Ihr Atem klang pfeifend. Wie Wind, der durch Hochhausschluchten weht.

»Wir holen alles wieder, Schritt für Schritt, eines nach dem anderen.«

Diesmal sprach wirklich Œufcoque.

2

Nach nur einem Schritt aus der Tür blieb Balot wie versteinert stehen. Sie schloss die Augen, spürte den Sonnenschein und erfühlte ihre Umgebung. Alles war ruhig, kein Chaos in der Atmosphäre.

Nirgends schien ein Mann im Hinterhalt auf der Lauer zu liegen und darauf zu warten, eine Frau anzumachen.

Sie hörte den Motor eines benzinbetriebenen Autos hinter den Häusern, die wie auf einem Schachbrett angeordnet waren.

Alles war ganz anders als da, wo sie bisher gelebt hatte. Wo sie geboren und aufgewachsen war, im Industriegebiet einer Hafenstadt 170 Meilen nördlich von Mardock City, war es ganz anders. Wo sie wohnte, als sie sich gegen Geld einiges gefallen ließ, war es anders, auch da, wo sie sich ohne Bezahlung einiges gefallen lassen musste, war es anders gewesen.

»Gehen wir die Hauptstraße gerade runter. Da können wir uns ein LectroCar mieten«, sagte Œufcoque an ihrem Hals.

Balot öffnete die Augen.

Sie hielt den Blick gesenkt, als sie losging, doch später hob sie ihren Kopf. Die Straße war sauber, an beiden Seiten war Rasen gepflanzt worden. Sah überhaupt nicht nach einem Ort aus, an dem man ein Leichenschauhaus vermutet hätte.

Wenig später kamen sie an einem kleinen Einkaufszentrum vorbei. Läden für Möbel, Computer, Kleidung, Obst und Gemüse, Cafés – alles so sauber.

Als sie an der Kreuzung ankamen, war Balot ein bisschen schwindelig. Bis jetzt hatte sie ja immer nur in einem Gebäude alles erfasst, jetzt war alles so viel größer, da kam ihr Bewusstsein nicht ganz mit. Also blieb sie kurz auf dem Bürgersteig stehen und überlegte, was zu tun war. Sie kam schnell auf die richtige Idee: Sie musste ihre Reichweite begrenzen. Ihren Radius, den sie erfassen wollte. Ein Kreis mit einem Radius von etwa 15 Metern. Das war Balots Gebiet.

»Da sind wir. Da vorn können wir ein Auto mieten.«

Auf der anderen Seite der Kreuzung war ein Mietwagenhändler. Balot ging, als die Ampel grün war, und wartete, wenn sie rot war. Selbst wenn sie nicht hinsah, konnte sie fühlen, wie präzise die Ampel funktionierte.

Und sie verstand auch, dass die Ampel wie ein Uhrwerk lief und nicht eine Sekunde lang aus dem Takt kam.

Vorsichtig berührte sie den Ampelmast. Ganz langsam manipulierte sie sich rein und snarkte die Ampel. Sie beschleunigte das Ampelsignal. Die Ampel blinkte, und die Fußgänger rannten hastig los. Die Benzinautos blieben mit einem Quietschen stehen, die Fahrer sahen die Ampel etwas erstaunt an. Balot überquerte die Straße. Œufcoque sagte kein Wort.

Electric Engine Car Rental stand auf dem Schild der Autovermietung. Darunter, etwas kleiner »Ab 14 Jahren«. Balot starrte diese Worte an. Ab 14. Sie war ein wenig überrascht, dass sie gerade in diesem Alter war. Irgendwann war sie ohne es zu merken 15 geworden.

»Was ist denn?«, fragte Œufcoque, aber wie hätte sie ihm darauf antworten können? Also schüttelte sie nur ihren Kopf.

Hinter der Scheibe aus kugelsicherem Glas blätterte der Inhaber in einer Zeitschrift.

Balot drückte den Summer, er sah in ihre Richtung. Sie blieb wortlos da stehen.

»Was willst du?«, fragte er mit einem merkwürdigen Gesichtsausdruck. Balot zeigte auf das Schild und berührte dann den Kristall an ihrem Hals.

#Ich möchte einen roten Wagen. Ich bin fünfzehn.#

Er fixierte Balot verwundert, die ohne ihre Lippen zu öffnen mit einer mechanischen Stimme sprach.

»Ich hab auch einen Wagen für Behinderte, willst du den? Damit kannst du umsonst parken.«

Balot schüttelte kurz den Kopf und reichte ihre Karte durch den Schalter.

»Hier unterschreiben.«

Sie schrieb Rune Balot auf das Blatt. Die Adresse hatte sie von Œufcoque. Natürlich nicht die Adresse des Verstecks. Das ist nur ein Dummy, hatte Œufcoque gesagt.

»Wenn was ist, drückst du auf den Notfall-Button. Kannst du ein Telefon benutzen?«

#Kein Problem.#

Die Stimme war dieses Mal viel zu hoch. Der Inhaber sah irgendwie unsicher aus.

»Hoffentlich geht das Ding nicht kaputt. Wenn irgendwas passiert, dann müssen wir …«

#Es wird nichts passieren.#

Sie stellte es so ein, dass sich die Stimme so freundlich wie möglich anhörte. Der Inhaber gab ihr den Autoschlüssel und ermahnte sie, sich auch ja anzuschnallen.

Es war ein Zweisitzer, hinten war bloß Platz für Gepäck. Sie drehte den Schlüssel, das Navigationssystem fuhr hoch und zeigte mögliche Routen an, wie zum Beispiel zum nächsten Einkaufszentrum.

Bei diesem Nav musste man den Bildschirm antippen, um das Fahrziel zu bestimmen. Balot fasste allerdings gar nichts an. Sie erfühlte den Aufbau des Wagens und übermittelte ihren Willen an die Elektronik. Es gab weder ein Lenkrad, noch gab es Spiegel. Lediglich Tempo und Ziel konnte man selbst bestimmen. Die Höchstgeschwindigkeit entsprach den Richtlinien für Electric Engine Cars. Es hatte eine Stereoanlage und ein TV-Gerät, das sofort mit einer Sightseeing-Tour für Touristen anfing. Sie schaltete das Gerät aus und Musik an.

Mit fröhlicher Musik erreichte das Auto die Kreuzung. Die Sonne schien warm in das Auto, es fuhr eine Weile an den vielen Navi-Stationen vorbei, die entlang der Straße standen, dann blieb es vor einer roten Ampel stehen.

Balot sah durch die Windschutzscheibe zur Ampel hoch. Die Entfernung reichte zum Snarken.

»Lass es, Balot.«

Œufcoques unerwartete Warnung ließ Balot erschreckt zusammenzucken.

»Bedroht die Ampel dich gerade? Bist du in Lebensgefahr?«

Er klang sehr streng. Die Musik dudelte fröhlich weiter.

[Warum hast du vorhin nichts gesagt?]

Sie fragte Œufcoque nicht direkt, sondern durch Snarken der Stereoanlage. Sie ärgerte sich ein bisschen.

»Ich habe deine Selbstbeherrschung beobachtet. Deine Fähigkeiten sollten nur zur Verteidigung eingesetzt werden. Ich habe dir diesen Ausflug erlaubt, damit du das lernst.«

Jetzt war Balot eingeschnappt. Die Ampel schaltete um, das Auto fuhr von selbst los. Ein Wagen nach dem anderen zog an ihr vorbei. Balot erhöhte die Geschwindigkeit. Genau bis zur vorgeschriebenen Grenze.

Wenn sie wollte, konnte sie jederzeit die elektronische Sicherheitssperre des Autos knacken und so schnell fahren, wie sie wollte.

»Was ist mit dem Sicherheitsgurt? Wenn du durch die Gegend rasen willst, sollten wir in den Freizeitpark fahren, da kannst du in einem Spiel mit Mach 2 in einem Kampfflieger rumdüsen.«

[WARUM BIST DU SO PLÖTZLICH SO UNFREUNDLICH ZU MIR?]

»Weil ich möchte, dass du dich an die Regeln hältst, und dass du selbst entscheidest, an welche Regeln du dich halten musst.«

Regeln – schon wieder dieses Wort. Sie schüttelte den Kopf. Sie wollte dieses Wort nicht von Œufcoque hören, auch wenn alle anderen es sagten.

[WIR HABEN DA EINE FALSCHE ADRESSE ANGEGEBEN. LÜGEN IST ALSO OKAY?]

»Das ist eine legale Adresse, dahin wird uns alles weitergeleitet. Die Wohnung und den Briefkasten gibt es wirklich. Es kann nur niemand herausfinden, wem die Wohnung gehört.«

[BIST DU WÜTEND AUF MICH? WEIL ICH MIT DER AMPEL GESPIELT HABE?]

»Ich bin nicht wütend auf dich. Ich werde auch nicht böse, weil du ein bisschen mit der Ampel spielst. Und wenn jemand überfahren wird, weil du mit der Ampel gespielt hast, dann tut es dir weh, nicht mir. Selbst wenn jemand bei einem Unfall sterben sollte, wird wahrscheinlich niemand die wahre Unfallursache herausfinden, und ich werde dich selbstverständlich nicht anzeigen. Wenn später aber ein ähnlicher Unfall geschieht, dann werde ich dich vermutlich zur Rede stellen. Aber auch dann werde ich nicht wütend sein. Nur traurig.«

[ICH WAR NUR EIN BISSCHEN ÜBERMÜTIG. BITTE SEI NICHT BÖSE AUF MICH. ICH HAB MICH SO AUFS SHOPPEN GEFREUT ...]

»Ich möchte, dass du mir etwas versprichst. Geh mit deinen Fähigkeiten so um, dass du niemandem schadest, in Ordnung? Oder willst du freiwillig dein Recht aufgeben, Scramble-09 zu benutzen?«

[Ich mach es nicht wieder. Aber bevor ich etwas verspreche, will ich darüber nachdenken. Nicht mehr böse sein.]

»Ich bin nicht böse. Deine Anpassung ist wirklich sehr gut. Ich war überrascht, dass du die Ampel gesnarkt hast.

Die sind nämlich so konstruiert, dass man sie eben nicht so einfach fernsteuern kann. Du überraschst mich wirklich schon die ganze Zeit ...«

[Sag das nicht so, bitte.]

»Gut, tut mir Leid.«

[Ich werde es versprechen.]

»Gut. Ich will dir keine einseitigen Regeln aufdrängen«, meinte Œufcoque freundlich. »Ich sage ganz deutlich nein zu deiner grundlegenden Einstellung beim Einsatz deiner Fähigkeiten. Sie sind dazu da, um dich zu beschützen. Genauso werde ich nichts tun, wozu du nein sagst. Ganz sicher nicht. So als Basis für unsere Beziehung. Wollen wir uns das versprechen, du und ich?«

Plötzlich fielen ihr die Worte des Doktors wieder ein. Diese Situation und dieser Körper – Balot hatte beides gewollt. Sie hatte das Gefühl, sie war sich ganz sicher, dass das ein Teil der Antwort auf ihre Frage *Warum ich?* war.

Balot griff nach dem Kristall. Nicht, um zu snarken. Sondern um ihn festzuhalten. Danach legte sie den Sicherheitsgurt an und drosselte die Geschwindigkeit.

Das LectroCar fuhr in einen Stadtteil voller Touristenshops, anscheinend wollte es beim Toshiba-Tower halten. Balot snarkte den Wagen und änderte das Ziel in East Side.

Sie kamen dem Hafen immer näher, Fußwege und Straßen waren voll. Hier fuhren nur Benzinautos, da und dort gab es Flohmärkte vor den Mittelschicht-Einkaufspassagen. Ab und zu sahen sie Männer vom Bürgersteig aus an und pfiffen ihr hinterher, aber niemand kam ihr grinsend mit einer Pistole in der Hand entgegen.

Balot machte das Fenster auf, der Wind wehte den Geruch des Meeres in den Wagen.

Wenig später hielt das LectroCar auf einem Parkplatz für Mietwagen an.

Sie stieg aus, ging los und sah ein paar Teens, ganz offensichtlich ohne Behinderung, die ihre Autos auf dem speziellen Behindertenparkplatz geparkt hatten und jetzt hier abhingen.

Während sie an ihnen vorbeiging, snarkte sie den Parkplatzzaun. Die Jugendlichen starrten den Zaun ziemlich erstaunt an, als er sich mit einem lauten *Gazang!* schloss. Alle fixierten den Notruf-Button. Man konnte ihnen ansehen, dass sie sich ausrechneten, wie hoch das Bußgeld für die unerlaubte Benutzung des Behindertenparkplatzes sein würde.

#Man muss sich doch an die Regeln halten?#

Balot fragte direkt in den Kristall. Ohne Stimme, nur als elektrische Signale.

»... das ist richtig.«

Œufcoque schien noch etwas anderes sagen zu wollen, letztendlich hatte er aber nicht mehr als das gesagt. Im Einkaufszentrum war viel los, der frische Wind ließ die bunten Schilder wehen und klappern. Alle liefen mit zielsicheren Schritten hin und her.

Einige Cops patroullierten paarweise durch das Einkaufszentrum, aber sie machten nicht den Eindruck, als würden sie nach einem Schwächeren suchen, den sie ein bisschen zusammenschlagen konnten. Auch sie hatten ein Ziel. Der Straße fehlte dieser eigentümliche Geruch, dass jemand etwas Unerlaubtes tat und sich dann pervers daran erfreute.

Balot passte sich ihrer Umgebung an, ihre Schritte und ihre Miene wurden sehr zielbewusst. Sie testete, wie gut es sich in den neuen Stiefeln laufen ließ, und klapperte mit den Absätzen, als Œufcoque sie ansprach: »Besorgen wir uns ein paar Scheine. Bei Kreditkarten verliert man so schnell den Überblick, wie viel man ausgegeben hat.«

Wie ein Vater. Er selbst kaufte nichts, sondern beobachtete nur, was der andere einkaufte.

Am nächsten Geldautomaten zogen sie ein paar Scheine.

Zwanzig Zwanziger. Œufcoque hatte diese Summe genannt. Balot hätte lieber weniger als zehn gehabt, weil es ihr Angst machte, mit so viel Geld herumzulaufen. Œufcoque meinte allerdings, etwas Anspannung würde nicht schaden. Sie faltete die neuen Scheine und steckte sie in die neue Geldbörse. Einen Schein nahm sie raus und steckte ihn in die Jackentasche, nachdem sie ihn mit der Hand zerknüllt hatte. Als hätte sie nur diesen einen Schein.

Mit dem Schein kaufte sie in einem Laden des Einkaufszentrums eine Tasche. Der Verkäufer sah den zerknüllten Schein an und gab ihr mit den Worten »Ist ein Geschenk« ein billiges Portemonnaie zusammen mit der Tasche.

Balot fügte sich gehorsam den Regeln dieses Viertels.

Im Schatten eines Hochhauses steckte sie die neuen Scheine in das neue Portemonnaie und legte es in die Tasche. Statt die Scheine zu zerknüllen, erfasste sie alle Bewegungen im Umkreis von fünfzehn Metern.

Damit ihr niemand die Handtasche klauen konnte, trug sie den Riemen über einer Schulter und zog die Jacke darüber an.

Jetzt musste ihr nur noch einfallen, was alles in die Tasche reinsollte.

In einer Drogerie kaufte sie Kosmetik, Tampons, Taschentücher und Haargummis, dann bummelte sie durch das Einkaufszentrum. Klamotten, Schuhe, Schmuck, Elektronik, ethnisch-exotischer Kleinkram, Accessoires. Beim Begutachten von Kunsthandwerk oder Souvenirs schwatzten sie und Œufcoque vertraut über harmloses Zeug. Sie sagte, das Bild passt gar nicht zu dem Rahmen, er sagte, dieses Gerät könnte ich auch sein. So was eben.

»Bekommst du nicht langsam Hunger?«, fragte Œufcoque und zeigte damit, dass er ihren Biorhythmus exakt erfasst hatte. Er überprüfte ihren Puls und checkte gleichzeitig, ob auch keine Gefahr in der Nähe war.

#Darf ich mir aussuchen, was wir essen?#

»Natürlich. Ist ja für dich. Ich muss nicht unbedingt was essen.«

In einer Telefonzelle suchte sie im Umgebungsplan nach Restaurants. In der Nähe war ein Open-Air-Restaurantplatz mit vielen verschiedenen Ständen, also machte sich Balot auf den Weg.

Es dauerte nicht lange, und sie sah schon die ersten Stände mit colinesischem Essen. Die ganze Szenerie hatte etwas Exotisch-Imaginäres, und Colinesien war nicht nur wegen seines Essens sowieso der ultimative Traum. Auf dem Platz standen Tische und Stühle aus weißem Plastik. Balot nahm sich am Geschirrstand ein Wegwerftablett und sah sich an mehreren Ständen um. Es war ein hyper-internationaler Schmelztiegel, jeder an den Ständen sprach mehrere Sprachen.

Anscheinend lernten die Angestellten die Sprachen fast automatisch, indem sie jeden Tag mit den Gästen palaverten, und jeder wusste hier, wie man mit Gästen umging, die kein Wort sagten. Balot stapelte ihr Tablett voll mit Pappschachteln und setzte sich hin. Es gab Udon-Tick-Nudeln mit einer großen Portion roter Charly-Sekiguchi-Soße. Gekochter Ika-Tintenfisch und in dicke Scheiben geschnittenes Gemüse waren da drin. Dazu frittierte Surimi und Fisch mit Gräten, gebraten mit Peperoni.

»Das machst du wirklich sehr geschickt«, sagte Œufcoque anerkennend, als Balot problemlos alles mit Stäbchen aß.

»Ich frage mich immer wieder, warum man als Besteck zwei Stäbchen aufbrechen muss.«

Balot hatte den Fisch filettiert und dabei bemerkenswert ordentlich die Gräten vom Fischfleisch getrennt.

#Ich konnte damit am besten von allen umgehen. Die anderen Mädchen haben auch immer gesagt, dass ich geschickt bin.#

Während sie aß, sendete sie ihre Worte in Form elektronischer Signale an Œufcoque. Es war praktisch, gleichzeitig sprechen und essen zu können.

#Zum Fossilien ausgraben oder so kann man solche Fähigkeiten sicherlich brauchen, oder?#

»Möchtest du das später mal machen?«

#Ja. Meinst du, ich kann das?#

»Wenn du weißt, was du machen willst, dann ist das wirklich fantastisch.«

#Ich glaube schon, dass es das ist, aber vielleicht fällt mir ja auch einfach nichts anderes ein.#

Balot dachte über die Lebewesen nach, die schon vor langer Zeit gestorben waren. Die Erde begrub sie, und nach einer Ewigkeit versteinerten sie. Und wurden vergessen. Aus welchem Grund mussten sie dann ausgegraben werden?

#Ich weiß es nicht.#

Gab sie ehrlich zu. Œufcoque wechselte das Thema.

»Musst du nicht noch deine Tabletten nehmen?« Balot warf das Tablett weg, ging zum öffentlichen Wasserspender und nahm alle Pillen, die ihr der Doktor gegeben hatte. Hautschichtstabilisatoren, Haarwuchspillen, etwas zur Stabilisierung ihrer Wimpern, Vitamine und Kalzium. Eine ganze Menge, was sie da schlucken musste. Während sie das Zeug einnahm, dachte sie wieder an Fossilien. Ein bestimmtes Fossil.

Eine Schale, zusammengerollt zu einer Spirale. Die verschlossen sich in ihrer Schale und bewegten sich mit Tentakeln, die wie ein Mopp aussahen, auf dem Meeresboden vorwärts. Wie heißen die?

»Ammonit … oder so ähnlich?«, antwortete Œufcoque pflichtbewusst, als sie ihn fragte.

Später, als sie noch ein wenig durchs Einkaufszentrum bummelten, tauchte ein ganzer Schwarm dieser Spiralen direkt vor ihr auf. Eine Computergrafik, die auf die Mauer eines Hochhauses projiziert wurde. Balot blieb vor dem Laden stehen. Dort wurden Eject-Poster verkauft. Kleine Kisten, die ein Bild an die Wand unter sich projizierten, wenn man sie irgendwo an der Wand platzierte.

Einige Bilder waren aufgelistet, außerdem hatten sie auch eine Memory-Card mit mehr als hundert Bildern von Fossilien.

»Wenn es dir gefällt, kauf es ruhig. Es wird dich ablenken, und dein Zimmer ist ohnehin zu trostlos«, sagte Œufcoque.

Balot folgte gehorsam dem spendablen Vorschlag und kaufte das Eject-Poster und die Fossilien-Memory-Card. Als sie weiterging, warf sie dabei einen Blick in das Handbuch. Ammonit, Nautilus, Trilobit – ihr Leben als Computergrafik rekonstruiert, Fotos ihrer versteinerten Form und der Spiralmuschel, die sich in Gold, Silber oder Kristalle wandeln konnte, wenn sie mit anderen Mineralien vermischt wurde.

Sie verstaute es in ihrer Tasche. Irgendwie schlug ihr Herz schneller.

#Darf ich etwas kaufen, was ich möchte?#

»Natürlich.«

Balot ging in die Schreibwarenabteilung eines Kaufhauses und kaufte ein E-Notebook, wie es Kinder benutzen, und Marker in sechs verschiedenen Farben. Danach kaufte sie einen Lippenstift in einem Laden, den sie im Vorbeilaufen entdeckt hatte. Er leuchtete mohnrot, ihr gefiel das Design der Verpackung. Während sie weiter durch das Kaufhaus schlenderte, fühlte sie mehr und mehr, wie sie eins mit Œufcoque wurde. Wo auch immer sie hinging, er war immer bei ihr. Wie ihr Mojo, ihr Zauberspruch-Talisman, aus den Blues-Songs.

Plötzlich kam Widerstand von Œufcoque.

»Stopp, Balot. Ich warte draußen.«

Das Halsband morphte und wurde wieder zu der gelben Maus, die von Balots Schulter runtersprang. Balot hatte die Flugbahn jedoch genau berechnet, griff in die Luft und fing Œufcoque ohne Schwierigkeiten an den Hosenträgern auf.

»Ich hab's dir doch gesagt – ich will nicht, dass du mich noch mal als *Voyeur* bezeichnest«, sagte er aus den Tiefen seiner Seele, und so snarkte sie, bis er wie eine Alarmglocke aussah. Eine leuchtend mohnrote Alarmglocke. Nachdem er überprüft hatte, dass niemand sie beobachtete, klebte er sich unauffällig an die Wand.

»Ich passe auf dich auf. Jetzt geh schon«, versprach er ihr, wie einem Kind, das sich nachts nicht allein aufs Klo traut.

Balot betrat die Damentoilette.

Alles schien sauber, niemand war da. Sie ging in die letzte Kabine, lockerte ihren Gürtel und ließ eins nach dem anderen Hose, Strumpfhose und Unterhose bis auf die Knie rutschen. Ihr fest eingeschnürter Bauch war befreit, und sie fühlte sich gleichzeitig erleichtert und unsicher. Sie setzte sich auf die Klobrille und nahm eine Salbe aus der Jacke. Das weiße Zeug sah aus wie Feuchtigkeitscreme, sie schmierte es sich auf den Bauch und die Oberschenkel, wo ihre Haut noch ganz rau und trocken war.

Als sie die Salbe auftrug, pellte sich ihre trockene Haut ab, wie die Innenhaut eines gekochten Eis.

Sie wischte es weg und verteilte den Rest der Salbe auf Ellenbogen und Schultern. Danach blieb sie einfach sitzen und wartete auf das Pipi. Verträumt starrte sie an die Klotür. Weißes Linoleum, sauber, keine Graffiti.

Plötzlich hatte sie das Gefühl, dass etwas nicht stimmte. Sie dachte darüber nach, während sie sich erleichterte. Ihr Pipi roch nach Medizin, das lag daran, dass sie pro Tag achtzehn Tabletten schlucken musste. Dass darunter nicht eine einzige Psychopille war, hatte selbst den Doktor überrascht. Deine Psyche ist erstaunlich zäh, hatte der Doc bewundernd zu ihr gesagt. Balot wäre es ehrlich gesagt lieber gewesen, wenn es eine Pille gäbe, die ihre Seele zäher machen würde.

Als sie fertig war, benutzte sie das Bidet. Auch nachdem sie gespült hatte, blieb ein leichter medizinischer Hauch in der Luft. Sie zog sich ordentlich wieder an und wickelte den Gürtel fester um sich als vorher.

Dann streckte sie ihre Hand aus, wegen des Gefühls von vorhin, dass irgendwas nicht in Ordnung sei.

Es lag an einem Ventil. Dieses Ventil war an ein Rohr montiert, das die Spültaste mit der Kloschüssel verband, und fiel sofort ab, als sie daran drehte. Sie schüttelte es und eine Mini-Kamera rutschte heraus, so groß wie ein Fingernagel.

Eine versteckte Voyeurkamera – in gewissen Zeitschriften oder Netseiten wurde das mit dem Spruch »Aufgenommen mit Hilfe geheimer Mitarbeiter!« beworben. Das Putzpersonal oder die Verkäufer besserten damit wohl ihr Gehalt auf.

Balot erweiterte ihr Bewusstsein, mischte sich in den Magnetstrom der Kamera – und snarkte sie.

Der Chip der Kamera hatte eine Aufnahmekapazität von mehr als zweihundert Stunden! Sie überspielte alles mit einer Aufnahme des Kaufhausmaskottchens, das fröhlich in die Kamera winkte. Irgendwer steckte in dem Maskottchenkostüm und winkte endlose Stunden immer und immer wieder in die Kamera. Dann steckte sie die Kamera zurück an ihren Platz und zückte den roten Lippenstift aus ihrer Tasche. Damit schrieb sie an die Wand direkt neben dem Ventil:

– Der kleine Horror!

Sie schrieb noch ein Wort:

– Vorsicht!

Balot verließ die Kabine. Während sie sich die Hände wusch, flüsterte sie in ihrem Herzen, dass das nur rein ihrer Verteidigung gedient habe. Sie wusste, dass diese Art der Kriminalität nicht verschwinden würde, selbst wenn sie es dem Personal meldete. Das wusste sie nur zu gut. Sie wusste auch, dass Putz- und Wachpersonal unter der Hand Geld dafür bekamen. Sie wusste genau, dass die weiblichen Lockvögel auch Geld bekamen.

Und auch, wie viel …

3

Balot trat aus der Tür und die Alarmglocke morphte wieder in eine gelbe Maus, die auf ihre Schulter sprang. Dann huschte sie zu ihrem Nacken und morphte in das Halsband mit dem Kristall.

»Das hat aber lange gedauert.«

#Wegen eines Voyeurs.#

»Ich …«

#Nicht du! In der Toilette war eine Kamera. Ich hab sie ein bisschen aufgemotzt.#

»Eine Kamera?«

Œufcoque überlegte eine Weile, dann machte er *Ah!* und antwortete: »Eine Kamera, illegal installiert zur visuellen Dokumentation des weiblichen Körpers.«

#Verstehst du das wirklich?#

»Ich glaube, ich verstehe, was du im Moment fühlst. Du bist wütend. Sehr wütend. Du bist gereizt, und du schämst dich für etwas. Reue ist da auch. Du *riechst* danach.«

#Riechen?#

»Dein Körpergeruch. Mäuse erkennen und verstehen die Gefühle anderer über den Geruch. Wusstest du das nicht?«

Balot griff nach dem Kristall und klopfte mit einer Fingerspitze darauf. Hart und bitter. Voller Traurigkeit und Schmerz.

Œufcoque erfasste in der Tat sofort, wie Balot sich fühlte.

»Äh, entschuldige. Um ganz ehrlich zu sein, ich verstehe nicht vollständig, *wie du dich genau fühlst*. Vielleicht reicht meine Vorstellungskraft nicht. Ich bin eben keine Frau … und auch kein Mensch.«

Œufcoques Worte beruhigten Balot langsam.

#Ich finde, du bist freundlicher, nicht so egoistisch wie die meisten Menschen.#

Œufcoque nahm jede Änderung ihres Seelenzustandes ganz genau wahr. Über verschiedene chemische Substanzen, die ihre Haut freisetzte, ihren Puls, durch die Atmosphäre.

»Da oben ist ein Café. Da können wir arbeiten.«

Er meinte ein Internet-Café im obersten Stockwerk des Kaufhauses. Unter ihren Augen breitete sich das chaotische Hafenviertel aus, ganz hinten am Horizont konnte sie das Meer sehen, eine schmale Linie.

Die Tische und Stühle standen weit genug voneinander entfernt, um in Ruhe die Arbeit erledigen zu können.

Sie bestellte einen Cappuccino beim Kellner, indem sie mit dem Finger auf die Karte zeigte. Dann klappte sie den Notebook-ähnlichen Bildschirm auf dem Tisch hoch.

Sie wollte sofort ins Netz gehen, doch dann hielten ihre Hände an.

#Darf ich erst ein bisschen über mein Hobby reden?#

Wegen des *Voyeurs* hatte sie es völlig vergessen. Œufcoque stimmte bereitwillig zu.

Balot zog das E-Notebook aus ihrer Tasche, das Handbuch für den Fossilien-CG-Chip legte sie daneben, ebenso die sechs Marker. Sie nahm den gelben Stift und markierte ein paar Worte aus den Überschriften des Handbuchs.

Dann snarkte sie das E-Notebook, ohne es anzufassen, und trug die markierten Begriffe ein. Den Namen einer großen Spiralmuschel.

Während sie das Buch las, schrieb sie oberflächliche Erklärungen in das Notebook und fügte ihre persönlichen Eindrücke hinzu.

Dinge wie ›es hat die gleiche Farbe wie Achat‹ oder ›wenn es noch lebte, hätte ich es gern als Haustier‹, all so was.

#Ich schreibe ein Lexikon. Meins, nur für mich.#

»Das ist großartig! Willst du Sprachforscherin oder Autorin werden?«

#Eigentlich wollte ich immer in die Schule gehen und die gleichen Lexika haben wie alle anderen auch. In eine Schule, die eben alle in meinem Alter besuchen. Das mache ich stattdessen. Mein Selbststudium.#

»Du kannst hingehen. Wenn der Fall geklärt ist, beantragen wir eine Wiedereinschulung.«

#Geht nicht. Ich brauche die Unterschrift meiner Eltern.#

Antwortete Balot kalt.

#Kinder, die das nicht haben, landen in den Sozialen Einrichtungen. Da will ich nicht wieder hin.#

»Ich bin mir sicher, dass deine Eltern noch leben …«

#Für sie bin ich kein Kind mehr. Nicht ihr *Kind jedenfalls.#*

Der Marker in ihrer Hand hielt nicht an, als sie das Œufcoque sagte. Ohne Stimme. Nur elektronische Signale.

Als der junge Kellner ihr Getränk brachte, hielt ihre Hand das erste Mal still.

»Ein Referat? Für die Schule?«, fragte der Kellner. Balot nickte vage. Der Kellner lächelte mit blitzend weißen Zähnen. Dann zeigte er auf das Display auf dem Tisch und sagte: »Damit kannst du so gut wie alles recherchieren. Das Café darf auch auf Bibliotheken zugreifen. Es gibt aber ein Zeitlimit von zwei Stunden. Aber wenn du länger möchtest, sag mir Bescheid, vielleicht kann ich da was machen.«

Balot berührte ihr Halsband, sodass der junge Kellner es sehen musste.

[VIELEN DANK. WENN ICH VERLÄNGERN MÖCHTE, WENDE ICH MICH AN DICH.]

Als er das elektronische Knarzen hörte, gefror sein Gesicht für einen Moment.

Auch wenn der Kellner keiner von denen zu sein schien, die sich dachten »Wenn ich ihr das Gerät am Hals abreiße, dann kann sie keinen Laut mehr von sich geben«, war klar, dass er die ganze Situation jetzt anders sah. Er zuckte kurz mit den Schultern, es war ihm unangenehm. Als wäre er zu Balot unhöflich gewesen.

Balot räumte ihre Sachen auf und stopfte sie wieder in die Tasche. Der Kellner sah sich das einen Moment lang an, dann rief ihn ein anderer Gast und er verschwand sofort.

Definitiv kein schlechter Typ.

Es war nur eine Frage des Stolzes. Sein Stolz und Balots Stolz.

#Arbeiten wir.#

Sagte Balot.

Œufcoque morphte in die Maus, sprang auf den Tisch, überprüfte, ob der Kellner nicht in seine Richtung sah, und verwandelte sich dann in ein externes Anschlussgerät.

»Probier das mal.«

Auf dem Bildschirm flimmerte seit einiger Zeit nur noch die Kaufhausinfo. Sie zog das Kabel an der Seite raus und stöpselte Œufcoque ein. Einen Moment lang wechselten sich die Bilder hektisch ab.

Œufcoque verband die eigentlich vom Kaufhaus gesicherte Netznavigation mit einer großen Anzahl anderer Dienste.

»Die Identität, die Shell Septinos gefälscht hatte, haben wir bereits im Broiler House gesichert. Zugriff auf deine Bürger-ID aus jeder Route gilt als schweres Hacking. Zugriff ist nur mit dreizehn verschiedenen Passwörtern möglich, und mit einem bestimmten externen Anschlussgerät – kurz, man kann nur über mich auf deine Daten zugreifen.«

Balot starrte auf den Bildschirm, der sich nach und nach dekodierte. Unwillkürlich fiel ihr das Zimmer ein, das ihr im Versteck zugeteilt worden war. Nachts konnte sie es von innen abschließen.

Es gab zwei Schlüssel. Der eine war ein elektrischer Schlüssel an der Türklinke. Damit konnte der Doktor die Tür auch von außen öffnen. Der andere Schlüssel war eine Kette. Die konnte nur Balot öffnen. Eine Kette war in dieser Stadt nicht viel wert, dass wusste der Doktor natürlich genauso gut wie Balot.

Aber der Doktor hatte gesagt, dass die Kette aus einer besonderen Fasermetalllegierung gemacht war. Die geht nicht so einfach ab. Ganz sicher nicht. Warum nicht? Weil sie nämlich Œufcoque gemacht hat. Das beruhigte Balot. Eine Kette – made by Œufcoque.

Die Kette, die jeden Spalt der Tür fest verschloss.

»Gut, wir sind drin. Wollen wir jeden Punkt einzeln durchgehen? Bist du so weit?«

Balot legte ihre Hand schwer auf das Gerät. Irgendwie konnte sie an ihrer Handfläche Œufcoques Herzschlag spüren.

#Ich bin so weit.#

Sagte sie nach einer angemessenen Pause direkt in Œufcoque.

Es war wirklich katastrophal.

Sie hätte nie gedacht, dass jemand ein derart enormes Graffiti über ihr Leben sprühen würde.

Von ihrem Geburtsort bis zu ihrem Geburtstag, den Namen ihrer Eltern, der Struktur ihrer Familie, Lebenslauf, Adresse, Telefonnummer, Kreditkartenabrechungen, Internetzugang, ausgefüllte Formulare von Onlineshops und Kaufhäusern, E-Mail-Daten, Briefe an ihre Freunde.

Alles eine Lüge. Sie erkannte, wie abnorm Shell Septinos war, dass er so detailliert und skrupellos das Leben anderer manipulierte, ganz wie es ihm passte.

Das alles war auch nicht einfach so hingeschmiert. Nein, es war sehr schön.

Nur ein grausamer Anstrich, um zu vermeiden, dass jemand erfuhr, wie hässlich das eigentliche Bild war. Œufcoque wies auf einigen Seiten auf bestimmte Punkte hin, jedes Mal mischte sich Balot ein und schrieb in einer anderen Datei auf, wie es wirklich gewesen war.

Unter der ganzen elitären Pracht grub sie die Fossilien aus.

Balot versuchte sich daran zu erinnern, wie es gewesen war, als sie zum ersten Mal – und auch zum letzten Mal – auf diese Daten zugegriffen hatte. Dieser Moment des Zugriffs, der Grund, weshalb Shell sie verbrennen und töten wollte. Habe ich mich damals eigentlich bei dem Mann bedankt, der mir diese ganze Pracht geschenkt hat?, fragte sie sich dann.

Wenn sie das getan hatte, wäre das nicht ziemlich dumm gewesen? Das wäre ja, als würde sie mit einer Feile an der vollkommenen Schale um ihr Herz, an der vollkommenen *Shell* kratzen.

Diesen Daten nach war Balot bereits 19 Jahre alt. Sie stammte aus einer Familie der Mittelschicht, oder anders gesagt: einem intakten und sauberen Umfeld. Ihr großer Bruder hatte nie ihren Vater so zusammengeschlagen, dass der eine bleibende Behinderung behielt. Nie war ihr Bruder deshalb ins Gefängnis gewandert, das war alles nie geschehen.

Ihre Mutter war nie vom Hilfswerk für Alkohol- und Drogensüchtige wegen Beeinträchtigungen ihrer Schwangerschaft gezwungen worden, ihr Kind durch extrakorporale Befruchtung zu bekommen. Ihre Mutter hatte nie deswegen unter Depressionen gelitten, sie hatte Balot nie wie ein Stück Dreck behandelt, all das war nie passiert.

Ihr Vater war hier ein tadelloser Geschäftsmann. Er hatte sich nie wegen seiner harten Arbeit eine Erkrankung der Gehirnnerven zugezogen. Er hatte nie jede Hoffnung verloren, nachdem man ihn gefeuert hatte, und er hatte sich nie an seiner Tochter vergangen, die er als Frau sah, nie hatte er sich an sie geklammert und sie entjungfert. Balot war ganz normal auf eine ganz gewöhnliche Schule gegangen, sie war nicht im Social Welfare Home missbraucht worden. Sie war nie mit ein paar anderen Kindern aus der Anstalt geflohen, sie musste nie etwas über sich ergehen lassen, was noch schlimmer war als ihren Körper und ihre Seele zu verkaufen.

Eine Traumfamilie, ein Traumleben. Ein tränenloses Leben, fernab von Emotionen wie Enttäuschung und Hass.

»Tatsache … so langsam verstehe ich die Struktur des Verbrechens, das er dir angetan hat – sein Business«, sagte Œufcoque.

Während sie ihre persönlichen Daten überprüften, surften sie durch das riesige Netzwerk und sammelten zusammenhängende Informationen.

»Das ist eins der illegalen Geldgeschäfte, die er verwaltet. Gemäß dieser Daten hast du in den letzten sechs Monaten fast 170 000 Artikel gekauft. Die Daten sind allerdings fiktiv, denn selbstverständlich wurde gar nichts gekauft oder verkauft. Worum es eigentlich geht, ist der Fluss des Geldes.«

Balot fühlte, wie ihr Herz bei diesen Worten langsam wieder mit Gift voll lief.

»Zuerst gibt er dir eine falsche Identität. Dann lässt er es so aussehen, als hättest du das Geld veruntreut. Hier bist du als Bankangestellte eingetragen. Diese Bank ist ganz eng mit der October Company verbunden, für die Shell arbeitet, ein paar Leute von der Regierung stecken da auch mit drin. Zuerst eröffnen sie im Computer mit deiner gefälschten Identität ein fiktives Konto mit einem gefälschten Guthaben. Solange der Kontoinhaber nicht ein einziges Mal darauf zugreift, geschieht nichts. In dem Moment jedoch, in dem du darauf zugreifst, startet automatisch das Verfahren.«

Automatisch. Balots Tod inbegriffen. Warum sollte ich sterben – warum ich? Ein Teil der Antwort stand ihr plötzlich vor Augen und Balot fühlte, wie ihr gesamter Körper so voller Hass war wie noch niemals zuvor.

»Deinen gefälschten Dokumenten wird ein fiktives Dokument beigefügt, auf dem ein Gehalt festgelegt ist, und danach fließt das Geld aus der Nichtbank auf das Konto. Ein paar Millionen Dollar. Aber die Nichtbank braucht etwas Zeit, um das Kapital zu beschaffen. Wenn der Fall innerhalb einer Woche zustande kommt, hätten wir und die Staatsanwaltschaft das Recht, da einzudringen. Verstehe. Hier wird dann Shells Gehirn zum Problem. Vermutlich wurden längst alle Erinnerungen, die etwas mit der Sache zu tun haben, aus seinem Gedächtnis gelöscht. Das ist schon keine Geldwäsche mehr, das ist Gehirnwäsche. Sozusagen. In der Zeit, in der das Gerichtsverfahren gegen seine Erinnerungen eingeleitet wird, ist die Kapitalbeschaffung bereits abgeschlossen …«

Balot atmete aus, ganz langsam. Ihr Herz schlug wieder langsamer, doch sie konnte fühlen, wie der Hass ein Teil ihres Blutes, ein Teil ihres Körpers wurde und ruhig durch ihre Adern pulsierte.

»Wenn nach Beendigung der Transaktion die Erinnerungen daran aus Shells Gehirn verschwinden, können wir nichts mehr machen. Aber andererseits – falls Shells Erinnerungen irgendwo gespeichert wurden …«

Balot hatte nicht verstanden, wie Shells Konstrukt funktionierte, aber ihr war völlig klar, dass sie selbst eins der Zahnräder angestoßen hatte, die dann zu ihrer Ermordung führten.

Nein. Shell hatte gewusst, dass Balot selbst es in Gang setzen würde.

Konnte es überhaupt jemanden geben, der nicht wissen wollte, als welche Art von Person man ihn behandelte?

Am Ende ging es in der Zusammenfassung des Gesuchs an das Justizbüro hauptsächlich um die Manipulation der Identität, in mehr als 280 sagenhaften Punkten.

Währenddessen hatte Balot sich noch einen Cappuccino bestellt. Der junge Kellner von vorhin zwinkerte Balot beruhigend zu, als sie ihn rief, und legte einen zusätzlichen Keks zum Cappuccino. Bei der Bedienung des Notebooks hielt Balots Hand manchmal an, in diesen Momenten drehte sich ein merkwürdiges Lied in ihrem Kopf.

– Dish, wash, crash, mash …

Irgendwo hatte sie diesen Reim schon mal gehört. Der Cappuccino verwandelte sich in ihrem Mund und schmeckte nach dem Rauch der Explosion.

– Hash, gash, josh, bash …

Diese Arbeit war wie mit dem Kopf in einen höllischen Sumpf einzutauchen. Als sie fertig waren, starrte Balot ruhig auf den Bildschirm, sie blinzelte nicht einmal. Der verdorbene Inhalt einer zerbrochenen Schale … Sie weinte auch nicht. Ihr Kopf war seltsam klar und wach. Ihr Herz schien voller Gift, langsam pulsierte es durch ihren Körper. Zwischen diesem Herzschlag und dem nächsten wurde eine versteinerte Wahrheit wieder zum Leben erweckt.

»Ich hätte nie gedacht, dass wir in so kurzer Zeit ein so detailliertes Dokument fertig bekommen.«

#Mehr halte ich im Moment auch nicht aus.#

»Du hast das sehr gut gemacht. Jetzt müssen wir es nur noch ans Broiler House abschicken.«

#Abschicken?#

Balot war entsetzt. Die plötzliche Erkenntnis traf sie wie ein Schlag.

#Das bekommt jemand zu sehen? Meine Daten? Wie meine Vergangenheit in Wirklichkeit war?#

»… Ja.«

Das Dokument wurde plötzlich komprimiert und wandelte sich in eine Maildatei. Œufcoque hatte dafür gesorgt. Balots Körper erstarrte. Sie konnte ihre Augen nicht vom Bildschirm lösen. Genauso, wie man die Augen nicht von einer scharfen Klinge lösen kann, die einem direkt vor die Pupille gehalten wird.

Aber die E-Mail war immer noch nicht verschickt. Œufcoque schwieg und wartete auf Balot. Balot hatte bisher weder *ja* noch *nein* gesagt.

»Balot?«

#Warte einen Moment, bitte. Versteh mich.#

Sie presste die Arme über ihre Brust. Sie wollte sich viel, viel enger und fester zusammenschnüren. Wenn sie das nicht schaffte, würde sie in viele kleine Scherben zerbersten.

»Balot? Versuch doch mal, es so zu sehen«, sagte Œufcoque ganz zurückhaltend.

»Eigentlich ist es wie das Ausgraben von Fossilien. Die gefährlichen Bestien werden nach und nach im Erdreich sichtbar. Aber wir alle wissen, dass sie schon lange tot sind. Ganz gleich, zu welcher grausamen Spezies sie auch gehörten, sie sind schon vor langer Zeit zu Stein geworden und ruhen in Frieden.«

#Willst du mir so wehtun?#

Balot senkte den Blick und biss die Zähne fest zusammen.

Œufcoque wählte seine nächsten Worte ganz behutsam.

»Du lebst heute, nicht in der Urzeit, als die Dinosaurier noch lebten. Einst existierten diese Lebewesen, mit sicherer Gewissheit in der Vergangenheit. Aber du bist es, die heute und jetzt wirklich lebt.«

#Warte. Nur noch ein bisschen.#

»Natürlich kannst du das Dokument auch löschen. Wenn das deiner Meinung nach der beste Weg ist, um die Fossilien zu beseitigen.«

Sie wusste, dass es Œufcoque damit ernst war. Allerdings wusste sie auch, dass es ernsthafte Probleme verursachen würde, wenn sie es denn täte.

Die ganze Zeit waren Balots Gefühle Œufcoques oberste Priorität.

Er wird nichts unternehmen, wenn ich nein sage. Sie konnte ihm vertrauen.

Dieses Vertrauen war besser als alles andere, es hielt sie fest.

Diese Sicherheit, nicht hintergangen zu werden – wenn es davon mehr auf der Welt gäbe, bräuchte niemand mehr Drogen oder Waffen.

Balot atmete leise und langsam aus. Sie streckte ihren Rücken ganz gerade und mit dem Gefühl, als sterbe sie jetzt, starrte sie auf den Bildschirm. Allmählich verschwanden die Dinge in ihrer Umgebung aus ihrem Bewusstsein. Bald war alles verschwunden, nur sie selbst war noch da, sie und diese Vergangenheit auf dem Bildschirm, die vielleicht hätte gewesen sein können. Deshalb bemerkte sie nicht, wie der Kellner direkt hinter ihr vorbeiging.

Der junge Kellner näherte sich Balot einige Male und entfernte sich dann wieder. Wie ein Hotelpage, der sein Trinkgeld noch nicht bekommen hatte. Direkt vor seinen Augen snarkte sie den Bildschirm, ohne auch nur einen Finger zu bewegen. Unvermittelt bemerkte sie den Blick des Kellners und sah erschreckt hoch.

Balot hatte ihn überrascht. Nicht, weil er einen Blick auf etwas geworfen hatte, das vermutlich sehr privat für sie war, sondern ihre Fähigkeit hatte ihn erstaunt. Sofort nickte er anerkennend, als wollte er damit sagen, dass sie dazu vermutlich irgendein neuartiges Gerät benutzt hatte.

Balot wandte ihren Blick wieder von dem Kellner ab – als würde sie ihn kühl zurückweisen. Sie checkte den Bildschirm, sah, wie das Symbol aufpoppte, mit der das erfolgreiche Verschicken einer E-Mail bestätigt wurde.

Ohne Eile nahm sie die Hand von Œufcoque und kramte ihren Lippenstift aus der Handtasche.

Sie drehte ihn auf und schrieb mohnrot auf den Bildschirm.

Switch, bitch, witch …

Kein besonders durchdachtes Verhalten. Aber wenn sie es nicht tat, würde sie höchstwahrscheinlich platzen.

… Which I am.

Fügte sie hinzu und steckte den Lippenstift wieder weg.

Aus dem Anschlussgerät ragte ganz plötzlich Œufcoques

Kopf, der den Hals reckte, um Balots Worte lesen zu können. Ohne ein Wort zu sagen, verwandelte er sich vollständig zurück in eine Maus und blickte Balot an. Balot sah zur Seite und nippte an ihrem Cappuccino, fühlte den warmen Milchschaum an ihren Lippen. Sie leckte ihn ab. Gründlich. Sanft und mehr als nur ein wenig unanständig. Dann stellte sie die Tasse wieder ab, als könne sie Œufcoques Blick nicht länger ertragen. Ganz gleichgültig streckte sie ihre Hand zum Bildschirm aus und konzentrierte sich auf ihre Fingerspitze. Der Strom kitzelte sie. Ihre Lippenstiftworte blätterten ab und krümelten vom Display. Œufcoque war offenbar überrascht davon, dass Balot mit ihren Fähigkeiten bereits so flexibel umgehen konnte und sie entsprechend einzusetzen vermochte. In weniger als fünf Sekunden war das Display wieder sauber.

Sie tippte ihren Finger in die Lippenstiftreste, die vom Bildschirm abgefallen waren. Sie rieb so lange, bis sich die Reste schließlich mit dem Schmutz aus ihren Poren vermischt hatten und ganz schwarz geworden waren. Sie hielt ihren Finger unter Œufcoques Nase.

[DAS BIN ICH.]

Sie hatte das Display gesnarkt und ließ diese Worte aufblinken.

»Das ist ein schönes Rot. Wenn man das richtig vorbereitet und poliert, würde dieses Rot glänzen wie Lack«, bemerkte Œufcoque völlig ernst, mit einem Gesicht, als wolle er in Ruhe darüber diskutieren.

»Das bist du in Wirklichkeit. So meinst du das doch, oder?«

Obwohl er eine Maus war, brachte er ein verbittertes Lächeln zustande.

Balot seufzte. Tief. Lange. So lange, dass ihre engen Sachen wieder lockerer saßen.

#Wie kleine streitende Kinder.#

Sagte sie schließlich durch eine elektronische Manipulation und schaltete das Display ab. Mit einer Serviette wischte sie sich gründlich den roten Fleck vom Finger. Œufcoque morphte wieder in das Halsband und sie legte ihn an.

Die gelbe Maus im Inneren des Kristallanhängers trug einen auffälligen roten Lippenstift und zwinkerte.

4

#Seit wann beobachtet ihr mich?#

Fragte Balot ihn durch direktes Einmischen, während sie durch das Einkaufszentrum bummelte.

»Schon bevor du in die Wohnung von Shell Septinos eingezogen bist.«

#Die ganze Zeit, als ich mit Shell zusammen war?#

»Hauptsächlich, ja. Damals haben wir dich allerdings noch nicht besonders im Auge gehabt.«

#Wie weit sind eure Nachforschungen über mich gegangen?#

»Wir wissen nicht mehr als im Dokument steht, das du heute angefertigt hast.«

#Da steht alles drin, aber irgendwie nichts über mich.#

»Was meinst du damit?«

#Glaubst du auch, dass ich verrückt bin?#

»Verrückt? Warum?«

#Zum Beispiel, weil ich mich gegen Geld anfassen lasse. Weil ich so ein Mädchen bin.#

»Ich weiß nur, dass solche Tätigkeiten in einem sozialen System ihre Berechtigung haben. Viele männliche Ideen beruhen auf einem solchen System. Wenn du also verrückt bist, müsste dann nicht etwas ziemlich Großes auch verrückt sein?«

Balot ließ ihren Blick durch das Einkaufszentrum schweifen, das im Licht des Sonnenuntergangs lag. Fast alle anderen hielten den Kopf gesenkt, weil der Wind gerade verdammt kalt hereinwehte.

#Kann ich dir was über mich erzählen?#

»Ich höre dir zu.«

#Als die Polizei einen Laden hochgehen ließ, in dem ich früher gearbeitet habe, fragte mich einer der Cops: ›Warum bist du eine Prostituierte?‹ Ich antwortete: ›Weil ich keine Jungfrau mehr bin.‹

Der Polizist pfiff, so pfiiiieh. *Als hätte ich irgendwas ganz Cooles gesagt. ›Stimmt was nicht mit mir?‹, habe ich dann gefragt.*

Der Hunter antwortete: ›Ihr Mädchen von heute seid echt stark und zäh.‹ Dann hat er gefragt: ›Und wann hast du einem glücklichen Mann deine Jungfräulichkeit geschenkt?‹

Ein glücklicher Mann – ich wusste gar nicht, dass man so darüber denken kann.

Also sagte ich ihm: ›Es war mein Vater. Ich war zwölf.‹

Ich dachte, der Polizist würde sicher wieder pfeifen, aber er hat gar nichts mehr gesagt. Vorher hatte er mir erzählt, dass er Töchter hat. Zwei. Die Große besucht die Highschool, die Jüngere ist so alt wie ich. Damit ich ihm vertraue und ihm alles erzähle und so. Darum habe ich ihn gefragt.

›Hast du auch schon mal daran gedacht, deine Töchter anzufassen? Wolltest du mit einer schlafen?‹

Ich wollte nur wissen, ob jeder so war. Aber der Cop regte sich total auf: ›Das ist verrückt. Völlig krank ist das. So was ist total krank.‹

Ich verstand nicht, warum das ›so was‹ war, es machte mich traurig, dass er ›verrückt‹ sagte. Der Hunter sah mich an, als wäre ich total durchgeknallt. Ich verstand gar nichts. Nur, dass der Cop auch nicht auf meiner Seite war.

Kurz danach habe ich Shell getroffen. Er kam zu mir und sagte, er wäre ein Fan von mir. Er war auch einmal mein Freier.

Er wollte mir alles schenken. Er wollte mein Produzent werden. Ich habe ihn gefragt ›Heißt das, du liebst mich?‹ Und er hat geantwortet: ›So ist es.‹ Darum bin ich in sein Auto eingestiegen. Œufcoque, wirst du das dem Doc erzählen?#

»Nein. Die Informationen, die du mir gibst, sind in mir verschlüsselt. Außer dir kann sie niemand dekodieren.«

#Was meinst du? Glaubst du, ich bin verrückt?#

»Hm, nun, ich weiß es nicht. Ich bin schließlich nur eine Maus, deren Intelligenz zum Zweck der Forschung auf ein menschliches Niveau erhöht wurde. Genau genommen bin ich nicht mal eine Maus. Ich bin *etwas*, das so aussieht wie eine Maus. Gibt genug Leute, die meinen, meine ganze Existenz sei krank und verrückt.«

#Du? Warum?#

»Also, ihrer Vorstellung nach bin ich eben verrückt und krank. Nach meiner Geburt habe ich mich lange gefragt, wer ich bin, letztendlich weiß ich es aber immer noch nicht. Ich habe die Tatsache als Basis genommen, dass ich ursprünglich eine männliche Maus war. Also habe ich männliche Vorstellungen von Menschen studiert und verhalte mich wie ein Mann. Aber ob das richtig ist, da bin ich mir nicht sicher.«

#Wer bist du? Warum wurdest du geboren?#

»Gewisse Leute haben Wissenschaftler damit beauftragt, das kompetenteste Werkzeug der Welt zu entwickeln.« So war das, sagte Œufcoque.

»Auftraggeber war das Militär. Ein paar Prototypen wurden hergestellt, einer davon war ich. Der Forschungsauftrag wurde allerdings widerrufen und ich wäre fast als *etwas, das niemals existiert* hat, entsorgt worden.«

#Sie wollten dich wegwerfen? Warum?#

»Politische Gründe nach dem Krieg. Ist der Mensch böse

oder ist die Waffe böse? Nachdem die Föderation mit dem Kontinent einen Friedensvertrag geschlossen hatte und der Krieg somit beendet war, gab es viele Diskussionen in der Art.«

#Ist der Mensch böse oder ist die Waffe böse?#

»Stell dir vor, ein Verbrechen wird mit einer Pistole verübt. Ist dann der Mensch schlecht, der die Pistole benutzt hat? Oder ist die Existenz der Pistole das eigentliche Übel? Die Politik der Nachkriegszeit lehnte die Existenz der Pistole ab und bejahte den Menschen. Es hieß, die Existenz der Kriegswaffen sei das eigentliche Übel. Danach gab es Diskussionen über Waffen und alle Technologien, die damit zusammenhängen, und wie man sie kontrollieren kann. Um Menschen zu schützen.«

#Wurdest du auch abgelehnt?#

»Ich wurde aus politischen und militärischen Gründen geboren, und aus den gleichen Gründen hätte man mich auch ausgelöscht. Wäre Scramble-09 nicht in Kraft getreten, hätte man mich ohne jeden Zweifel beseitigt. Wenn ich nicht immer wieder meine Nützlichkeit für die Gesellschaft beweise, wird meine weitere Existenz nicht genehmigt.«

#Hilfst du mir deswegen?#

Œufcoque wollte antworten, schwieg aber unvermittelt.

#Ist irgendwas?#

»Seltsame Gerüche. Mehrere. Großes Pflichtbewusstsein. Planmäßiges Vorgehen. Feindseligkeit.«

Balot wäre beinahe stehen geblieben, doch Œufcoque befahl ihr im scharfen Tonfall: »Weitergehen. Nicht anhalten.«

Balot gehorchte ihm. Unbewusst waren ihre Schritte schneller geworden.

»Geh mitten durch das Kaufhaus. Ich werde mich vergewissern, ob uns jemand folgt.«

Œufcoque zeigte ihr einen Weg. Während Balot der Route folgte, erfasste sie alle Bewegungen der Menschen in ihrer Umgebung dreidimensional. Sie war so angespannt, dass ihre neue Haut davon aufplatzen konnte. Bald merkte sie, dass ihr sechs Menschen aus vier Richtungen in der Menschenmenge folgten. »Das Internetcafé von vorhin. Irgendein Zugriff auf Shells Informationen wurde von der anderen Seite registriert. Also haben sie den Zugriff zurückverfolgt und sofort jemanden geschickt.«

#Was jetzt?#

»Wir schlagen sie in die Flucht und dann gehen wir nach Hause.«

In einem Tonfall als sagte er etwas wie: »Es regnet, wir sollten einen Schirm kaufen.«

#Wie denn?#

Balot war völlig verängstigt. Am liebsten hätte sie geweint, aus Angst, dass gleich etwas Schreckliches passieren würde.

»Nimm mich in die Hand.«

Balot nahm ihr Halsband ab. Sobald es in ihrer Hand lag, morphte es zu einem schwarzen Lederhandschuh und erklärte: »Hab keine Angst. Ich bin ein Universal Item, das als ultimative Nahkampfwaffe entwickelt wurde.«

Als Balot das Einkaufszentrum verließ und in eine leere Seitenstraße einbog, näherten sich ihr sechs Männer, die ihr pflichtbewusst und vollkommen emotionslos den Fluchtweg abschnitten.

Balots erweiterte Wahrnehmungsfähigkeit konnte erkennen, dass sie über Handy Kontakt miteinander aufnahmen.

»Drei Gruppen, je zwei Männer. Zwei sollen dich einfangen. Sie riechen nach einer planmäßigen Aktion. Die anderen vier bereiten sich darauf vor, dich anschließend mit einem Auto oder einem anderen Fahrzeug wegzuschaffen.«

Balot erfasste die Bewegungen der restlichen vier, die sich tatsächlich an einem Ort sammelten und in ein geparktes Auto einstiegen.

Die zwei, die auf sie angesetzt waren, teilten sich auf. Einer lief in die Richtung, in die Balot sich bewegte, der andere wollte sie von hinten in die Zange nehmen.

#Sie kommen immer näher.#

»Wenn dir jemand entgegenkommt, streck einfach nur die Hand aus, an der du mich trägst.«

Niemand hielt sich in der Dämmerung in dieser Straße auf. Sie wollte stehen bleiben, aber eine seltsame Energie trieb sie an, vorwärts, vorwärts.

Sie streckte ihre rechte Hand – die mit Œufcoque – aus und erreichte die Ecke, hinter der einer der Männer auf sie lauerte.

Dann blieb sie abrupt stehen, er sprang plötzlich vor. Beides passierte im gleichen Augenblick.

Panisch streckte sie ihm die rechte Faust entgegen. Im nächsten Moment wuchs ein silberner Stab mit entsetzlichem Tempo aus dem Handschuh. Seine Spitze erwischte den Mann an der Kehle, er ächzte und röchelte.

Vor den Augen der erstaunten Balot brach der Mann zusammen. Er zuckte in Krämpfen, Schaum bildete sich vor seinem Mund, und er verdrehte die Augen, bis nur noch das Weiße zu sehen war.

»Ich habe ihm einen Stromschlag verpasst. Der steht so schnell nicht mehr auf.«

Erst jetzt bemerkte Balot, dass sie in ihrer rechten Hand eine Art Schlagstock hielt. Œufcoque.

In dem Moment kam der andere Mann von hinten.

Er sah seinen Kollegen am Boden liegen und raste unfassbar schnell auf sie zu.

Wie in Trance streckte sie den Schlagstock aus, doch der Mann wich ohne Schwierigkeiten aus.

Nein, es sah nur so aus, als wäre er ausgewichen, *aber der Stab hatte ihn nicht ausweichen lassen.* Balots rechte Hand mit Œufcoque bewegte sich mit einem eigenen Willen und rammte den Schlagstock ruckartig unter das Kinn des Mannes.

Er ging in die Knie, allerdings war der Stoß zu schwach, er war noch bei Bewusstsein und starrte Balot an. In dieser Sekunde morphte der Schlagstock in eine Pistole. Der Mann starrte entsetzt in die Mündung der Waffe. Balot war vor Schreck wie gelähmt.

Mit einem trockenen *Peng!* traf ein Schuss sein Gesicht. Keine scharfe Munition. Ein Netz aus dünnem Draht. Es wickelte sich um seinen Kopf und setzte Stromstöße frei. Das hielt keiner lange aus. Ohne einen Ton verlor er das Bewusstsein und fiel ins Koma.

Die Pistole morphte und verschwand.

»So! Beeilen wir uns, schnell zum Parkplatz!«, rief Œufcoque, der sich wieder in den Handschuh verwandelt hatte. Balot starrte immer noch verblüfft die beiden Männer zu ihren Füßen an.

Hastig rannte sie zurück zum Parkplatz und stieg in das LectroCar.

»Das ging schnell. Die anderen haben bemerkt, dass es nicht nach Plan läuft, und sind unterwegs.«

#Was soll ich tun? Wieder kämpfen?#

»Wenn es nicht nötig ist, zu kämpfen, ist es auch das Beste, nicht zu kämpfen. Beeilen wir uns, nichts wie raus hier. Möglicherweise haben sie den Ausgang des Shopping Centers versperrt. Wenn alles glatt geht, fahren wir ganz einfach wieder nach Hause.«

#Glaubst du wirklich, dass nichts passiert?#

Fragte Balot und fühlte sich schrecklich hilflos, während sie das Fahrzeug startete.

»Ich wäre sehr froh, wenn nichts passiert.«

Œufcoques Worte hinterließen einen faden Beigeschmack.

#Ich weiß nicht, ob ich mich auf dich verlassen kann oder nicht!#

Entgegnete Balot in leicht verärgertem Tonfall.

»Damit bringst du mich in Verlegenheit. In diesem Fall musst du Zeugin meiner Nützlichkeit werden«, erklärte Œufcoque, jetzt wirklich nervös. In diesem Moment glitt das Auto vom Parkplatz auf den Ausgang des Shopping Centers zu. Von der anderen Seite näherte sich plötzlich ein großer Van.

»Da sind sie! Snark den Wagen und weich aus!«

#Es passiert also doch was.#

Dieses Mal war sie wirklich wütend und snarkte das Auto, ohne groß darüber nachzudenken. Mit einer Geschwindigkeit, die das vorgeschriebene Tempo deutlich überstieg, raste sie über die Bordsteinkante haarscharf am Kühler des Vans vorbei, der ihr um ein Haar den Weg versperrt hätte.

Als sie zurücksah, folgte ihr der Van. Sie konnte hören, wie die anderen Fahrer empört hupten.

#Und was mache ich jetzt?#

»Wir sollten deine Fähigkeiten weiterhin zur Flucht nutzen. Ich werde dir die richtige Route zeigen«, sagte Œufcoque und morphte in ein Navi, als Balot fragte:

#Also ist es okay, wenn ich richtig schnell fahre?#

»Schnall dich an und achte auf Fußgänger.«

#Kann ich mich wirklich ganz auf dich verlassen?#

»Natürlich.«

Balot spitzte den Mund und schnallte sich an. Sie fixierte den Bildschirm des Navigationssystems, konzentrierte sich auf die innere Mechanik des LectroCars und snarkte die elektronischen Signale, wie es ihr passte.

Im Bruchteil einer Sekunde hatte sie die Positionen der Wagen, Fußgänger und sonstiger Hindernisse in der Umgebung erfasst, das kleine Auto raste durch extreme Zwischenräume, glitt wie ein Eisschnellläufer durch die Kurven, beschleunigte auf Höchstgeschwindigkeit.

#Ich bin noch nie Auto gefahren.#

Verkündete Balot erst jetzt.

»Es gibt für alles ein erstes Mal«, antwortete Œufcoque gleichmütig.

Sie raste durch die East Side und erreichte schließlich die Hauptstraße – auf der ihr schon die Scheinwerfer zweier Wagen in einem irrsinnigen Tempo entgegenkamen. Sie hatten ihren Fluchtweg vorhergesehen. Die beiden Vans kamen immer näher, Balot konnte sie genau erfassen, ohne auch nur in ihre Richtung sehen zu müssen.

Bei einem Van öffnete sich das Beifahrerfenster, aus dem Spalt streckte sich ein dünnes, langes Ding.

»Die werden auf uns schießen, weich aus. Mit deinen Fähigkeiten sollte das doch kein Problem sein.«

Œufcoques Worte gaben ihr das Gefühl, das wirklich zu können. Ganz seltsam. Sie verstand jede Bewegung aller Personen im Van ganz klar. Bei hundert Kilometern pro Stunde erkannte sie glasklar die ganze Welt und wie sich der Finger des Mannes um den Abzug krümmte.

Balot manipulierte jetzt jedes einzelne Teil des Autos und snarkte alle Mechanismen gleichzeitig.

Der Schuss ging im heftigen Quietschen der Bremsen unter. Als die Kugel das Heck streifte, beschrieb der vordere Teil des Wagens bereits einen großen Bogen in die andere Richtung.

Sie erkannte, dass die beiden Vans sie von rechts und links einholten. Die vier Reifen des LectroCars rauchten, als Balot einen U-Turn machte und in die Richtung zurückfuhr, aus der sie gekommen war.

Die Fahrer der entgegenkommenden Autos rissen vollkommen entgeistert an ihren Lenkrädern. Balot erfasste auch die kleinste Bewegung, wich den Wagen aus – ohne einen einzigen Kratzer. Nach ein paar hundert Metern spürte sie, dass einer der Vans hinten mit einem der Wagen kollidierte und stehen blieb.

Jede Wendung, jede Kurve, die ganze Route hatte Œufcoque ihr vorgegeben. Balot folgte nach wie vor strikt seinen Anweisungen und lenkte den Wagen wieder in die dreckigen Straßen der East Side.

#Œufcoque? Bist du eigentlich Pazifist? Oder ein Extremist?#

»Ein Pazifist natürlich.«

#Du jagst mich in der falschen Richtung durch die Straße und behauptest, du wärst ein Pazifist?#

»Das war der sicherste Weg aus der Notlage vorhin. Ich darf mich schließlich nicht in eine Rakete morphen und den Gegner wegpusten.«

#In so was kannst du auch morphen?#

»Verstößt gegen das Bundesgesetz. Am Tag danach wäre meine Entsorgung beschlossene Sache.«

#Auch wenn es ein Notfall ist?#

»Es geht um die Wahl der angemessenen Mittel.«

Balot folgte mit einem entgeisterten Gesichtsausdruck Œufcoques Anweisungen und raste weiterhin durch die komplizierten Straßen und Gassen, um den anderen Van abzuschütteln. Sie fuhren durch einen Tunnel, danach über einige Kreuzungen, und als sie schließlich die Ausläufer des Zentrums von Mardock City erreichten, war von dem Van schon lange nichts mehr zu sehen. Die Vorfrühlingsnacht über der Stadt war so dunkel, als hätte jemand schwarze Tinte über den Himmel gekippt.

»Die wir zuerst erfasst haben, die haben wir schon lange abgeschüttelt, aber …«, murmelte Œufcoque – immer noch als Navi –, während er weiter überlegte.

#Meinst du, es folgt uns noch jemand?#

Balot fühlte sich sehr allein und unsicher, sie zog ihre Augenbrauen zusammen und griff nach dem Navigationssystem.

»Hier und da habe ich einen komischen Geruch wahrgenommen. Emotionslos, aber zielbewusst … als würde jemand uns einfach nur beobachten.«

Balots neue Instinkte sagten ihr, dass ein Auto näher kam. Es war noch etwa einen Block entfernt und bewegte sich parallel zu ihr.

#Einer verfolgt uns noch. Ein Feind?#

»Nein … dieser Geruch …«, sagte Œufcoque, als der Wagen plötzlich in dieselbe Straße einbog. Nur wenige Autolängen hinter ihnen, doch er blieb dran.

#Œufcoque?#

»Er ist es. Ganz sicher«, flüsterte Œufcoque sehr leise und doch so ernst, wie sie es noch nie bei ihm gehört hatte.

Sie bemerkte, dass der Verfolger schnell die Distanz zwischen ihnen verringerte.

Rasch blickte sie zurück. Als sie den Fahrer sah, vergaß sie zu atmen. In jener Nacht – in der sie ins Auto gesperrt und verbrannt worden war – hatte dieser Mann das AirCar gelenkt, mit dem Shell weggefahren war. Shells Bodyguard.

»Dimsdale Boiled ... *Scramble-09 der October Company*«, erklärte Œufcoque mit tiefer Stimme, als Boiled seine Scheinwerfer aufblinken ließ.

#Was? Will er mir damit sagen, dass ich halten soll?#

Balot riss ihre Augen weit auf. In diesem Moment blinkte die Funksprecheinrichtung des kleinen LectroCars.

{Ich erwarte die Freigabe von Information im Vorfeld der Verhandlungen zwischen den Zuständigen bezüglich des beauftragten Falles.}

Blankes Entsetzen ließ Balot das Blut in den Adern gefrieren. Œufcoque schwieg. Kein Zweifel: Ihr Verfolger, dieser Boiled, hatte sie über Lautsprecher angefunkt.

{Ich habe bereits Erkundigungen über den Mietwagen eingezogen. Wenn du die Freigabe ablehnst, wird der Öffentliche RentalCarService als mein Zeuge gegen dein Verhalten aussagen.}

#Was soll das heißen? Warum können wir ihn hören? Wovon redet er eigentlich?#

»Die Zuständigen eines beauftragten Falles können vorher über eine einvernehmliche Lösung verhandeln oder bestimmte Informationen freigeben. Wird das abgelehnt, zählt das vor Gericht als großer Minuspunkt.«

#Was jetzt?#

»Lass uns da vorne parken. Ich werde kurz mit ihm reden«, sagte Œufcoque und morphte vom Navigationssystem wieder in einen Handschuh an ihrer rechten Hand. Balot war starr vor Angst, doch schaffte sie es, den Wagen am Straßenrand zu parken.

5

Boileds Auto stoppte etwa zwei Wagenlängen hinter ihnen.

Balot öffnete die Tür, in der gleichen Sekunde stieg auch Boiled aus und wartete neben seinem Wagen. Andere Autos rasten an ihnen vorbei, für einen Moment schwiegen sie sich an.

Als der riesige Mann sie anstarrte, mit seinen fast schon anorganischen Zügen und ohne jeden Ausdruck, stieg in Balot eine Angst hoch, von der ihre Knie weich wurden. Nicht die Angst, dass er sie einfach so töten könnte. Sondern die Angst, *dass er sie töten würde, ohne dass sie sich wehren und Widerstand leisten könnte*. Diese Angst sog ihre ganze Willenskraft und jeglichen Widerstand aus ihrem Körper.

»Beruhige dich, Balot. Solange ich bei dir bin, wird er nicht versuchen, dir etwas anzutun«, sagte Œufcoque, der Handschuh, der ihre Gedanken so sensibel verstand.

Boileds Augen bewegten sich das erste Mal, er fixierte Balots rechte Hand.

»Da bist du also, Œufcoque«, sagte Boiled mit seiner knirschenden Stimme. Eine gefühllose Stimme wie eine Druckwelle, eine Stimme, die sich anfühlte, als stünde man im Visier einer bereits entsicherten Pistole.

»Wann hast du das Verfahren des gegnerischen Mandats abgeschlossen?«, fragte Œufcoque. Boileds blaue Augen waren kalt, sehr kalt und voll mit hartem Licht.

»Heute Nachmittag. Ist *das da* dein neuer User?«, sagte Boiled und zuckte mit seinem Kinn minimal in ihre Richtung.

»Sie ist die Betroffene des Vorfalls. Welche Information soll nach deiner Forderung freigegeben werden, Boiled?«

»Zieh das Programm zur Lebensrettung zurück.«

»Das ist eine Drohung, keine Information. Glaubst du heutzutage immer noch, dass du auf diese Weise einen Fall lösen kannst?«

»Ich löse keine Fälle. Ich will nur die Kontrolle darüber erlangen. Sag mir, warum ihr gegen Shell Septinos Anklage erhoben habt.«

»Die Staatsanwaltschaft wird das ordnungsgemäß verkünden. Warte auf das Verfahren.«

»Sag mir, was ihr machen werdet, wenn die Betroffene des Vorfalls verschwindet oder stirbt.«

»Wir werden *unsere Aktivitäten fortsetzen*, um sämtliche bisher ungelösten Fälle aufzuklären.«

Nach Œufcoques entschiedener Erklärung glänzten Boileds Augen noch kälter und härter.

»Du hast Angst, oder?«, knurrte Boiled und richtete seinen Blick wieder auf Balot.

Balots Beine zitterten jetzt stärker. Verzweifelt und mit fest zusammengepressten Lippen erwiderte sie seinen Blick.

»Wenn du nicht sterben willst, dann zieh den beauftragten Fall zurück und verzichte auf dein Recht, das du als Betroffene eines Vorfalls ausübst«, sagte Boiled. Seine Worte zerstörten auch noch die letzten Reste von ihrem ohnehin schon schwachen Mut.

»Hör nicht hin, Balot. Wenn du die Ausübung deines Rechts aufgibst, kann dich niemand mehr beschützen.«

In der Anspannung, die ihr die Luft zum Atmen nahm, konnte sie nur nicken. Sie hielt Œufcoque in ihrer Hand ganz fest. Nur mit absoluter Konzentration gelang es ihr, nicht vor Angst und Demütigung zu weinen.

#Ich will nicht sterben.#

Ihre Gefühle, aus den Tiefen ihres Herzens, überfluteten Œufcoque vollkommen. Sie glaubte zu spüren, dass der Handschuh ein wenig wärmer wurde.

Dann sprach wieder Boiled.

»Sag mir, wann der Termin für das Eilgericht ist und ob die Betroffene teilnehmen wird.«

»… der Termin ist in drei Tagen. Für alles andere musst du das Verfahren abwarten. Bis dahin solltest du Maßnahmen wie diese nicht wieder ergreifen. Sonst bringe ich dich vor Gericht.«

»Ich weiß nicht, wovon du sprichst«, behauptete Boiled und verzerrte sein Gesicht zu einer Grimasse, die zu grausam war, um sie als furchtloses Lächeln zu bezeichnen.

»Ich freue mich darauf, dich wieder in der Hand zu haben, Œufcoque«, erklärte Boiled, stieg in sein Auto und startete den Motor. Und fuhr einfach kalt an ihnen vorbei.

Balot sah dem Auto hinterher.

#Ein Bekannter von dir?#

»Früher haben wir mal zusammengearbeitet. Heute sind wir Feinde.«

Sie fragte nicht weiter. Ihre Kraft verließ sie ganz plötzlich und sie stieg ebenfalls ins Auto.

Sie schloss die Tür, umarmte ihre Knie auf dem Sitz und für eine lange Zeit konnte sie sich nicht mehr bewegen.

Sie wollte nicht mehr reden, sie wollte sich in einer Schale einschließen.

»Vertrau mir bitte. So wie ich dir vertraue«, sagte Œufcoque. »Ich werde dich beschützen und dir meine Nützlichkeit beweisen.«

#Warum? warum ich?#,

Fragte sie schneidend. Nicht einmal Œufcoque wusste darauf sofort eine Antwort. Tränen sammelten sich in ihren Augen und regneten auf ihre Knie. Vor lauter Angst, Wut und Trauer konnte Balot nur noch zittern und weinen.

Das LectroCar fuhr langsam an. Kein Snark mehr von Balot, sondern die automatische Steuerung. Im Radio lief fröhliches Easy-Listening-Gedudel. Ihre Tränen waren bereits getrocknet. Mit verquollenen Augen starrte sie gedankenverloren die nächtlichen Silhouetten der Stadt an und betrachtete ihre transparente Reflexion im Spiegel des Fensters.

Noch so viele Regeln, die sie aushalten musste. Aber nichts konnte sie gegen diese Angst tun, die jede Hoffnung, jeden Widerstandswillen in ihr erstickte.

Œufcoque war noch immer ein Handschuh und schien die ganze Zeit intensiv über etwas nachzudenken.

»Du bist nicht verrückt.«

Balot richtete ihren Blick, verschlossen und nach innen gerichtet, auf ihren rechten Handschuh.

»Dein Verstand und deine Gefühle sind völlig normal. Du bist nicht krank. Darum gebe ich mir solche Mühe für dich, meinen User, um diesen Fall zu klären.«

#Welchen Fall?#

»Es gibt keinen einzigen Grund, aus dem du hättest sterben müssen. Trotzdem haben sie dich in den Wagen gesperrt und verbrannt, dir schwere Verbrennungen am ganzen Körper zugefügt. Mordabsicht und Mordursache enthüllen, die Widerrechtlichkeit dieses Handelns nachweisen – das ist es, was ich tun will.«

#Mein Fall?#

»Ja. Als Betroffene des Falls hat du Scramble-09 gewählt und so die Technologie und mich erhalten.«

Balot versuchte, darüber nachzudenken, aber es gelang ihr nicht besonders gut. Sie glaubte nicht, dass sie wirklich etwas tun konnte. Wenn es irgendwas gab, was sie tun könnte, dann wären ihre neuen Fähigkeiten bestimmt die Antwort darauf.

Aber sie war sich nicht mehr sicher, warum sie das alles tun musste. Auf den Straßen war zu viel los, überall Autos. Das Navigationssystem lotste Balot nicht mehr wie bei der Verfolgungsjagd durch die Gegend. Sie sah Kinder oder Pärchen in LectroCars vom gleichen Mietwagen-Service sitzen, sie hörte Radio, dann manipulierte sie wieder.

[Sagst du mir bitte, warum ich vor Gericht erscheinen muss?]

»Genau genommen ist das noch kein richtiger Gerichtstermin. Dieses Mal geht es nur darum, Shell eindeutig als Verdächtigen zu identifizieren. Wenn du anwesend bist, wird der Vorfall offiziell zu einer Klage gegen den Verdächtigen erhoben. Gleichzeitig wird anerkannt, dass die Ermittlungen in dem Fall kontinuierlich weitergehen.«

[Was heisst das?]

»Wir werden vor Gericht beweisen, dass der Mordversuch an dir vor dem Hintergrund eines viel größeren, planmäßig begangenen Verbrechens geschehen ist. Wenn wir den Fall lösen, werden wir vom Broiler House dafür entlohnt.«

[Und wenn ich nicht da bin, geht das nicht?]

»Richtig. Wenn die Betroffene des Vorfalls verschwindet, können wir gar nichts mehr machen. Dann werden das Justizbüro und die Cops den Fall so abschließen, wie sie es für richtig halten.«

[Deswegen beschützt du mich? Und deswegen soll ich mich beschützen? Was habe ich davon?]

»Dein Leben, deine Würde, das Recht, vor Gericht Klage zu erheben, Unterhalt – all so was.«

[ŒUFCOQUE?]

»Hm?«

[DARF ICH NOCH EIN BISSCHEN EINFACH SO HERUMFAHREN?]

»Ja, ganz wie du willst. Aber wir sollten auch langsam zurück, sonst wird es so spät.«

Das Auto, in dem Balot saß, fuhr von der East Side in Richtung South Street. Hinter dem Fenster glitzerte die Stadt so klar, dass sie sich die Hand daran aufschneiden würde, wenn sie die Finger nach den Lichtern ausstreckte.

Balot machte die Heizung an und schloss die Reißverschlüsse ihrer Jacke. Als wollte sie sich selbst enger zusammenschnüren.

»Wenn du das zu eng machst, kann das die Stabilisierung deiner äußeren Hautschichten behindern. Deine inneren Organe belastet es außerdem.«

[ICH FÜHLE MICH SO SICHERER.]

Sagte Balot und sah den Handschuh gedankenverloren an. Ihre Augen fokussierten deutlicher als zuvor und sie erfasste Œufcoques Existenz.

[DU GLAUBST ALSO NICHT, DASS ICH VERRÜCKT BIN?]

»Ich glaube nicht, dass du verrückt bist.«

[ŒUFCOQUE?]

»Ja?«

[HAST DU MAL VID-AUFZEICHNUNGEN GESEHEN? MIT *KINDERN, SO WIE ICH* ES BIN?]

»Ein paarmal. Im Rahmen eines Experiments zur Erforschung meines Sexualtriebs. Letzten Endes habe ich es nicht wirklich verstanden.«

[WEISST DU, WAS SM IST? FETISCH-SEX UND SO?]

»Nicht im Detail. Wieso?«

[IN DEM LADEN, IN DEM ICH FRÜHER WAR, GAB ES EINEN STAR, SIE

NANNTEN SIE MEGAMI, ALSO GÖTTIN. SIE MEINTE, SM WÄRE NICHTS FÜR MICH. DIE KUNDEN WOLLEN, DASS DIE MÄDCHEN DABEI SCHREIEN ODER WEINEN, ABER ICH *VERKAUFTE* MICH EBEN GUT, WEIL ICH DABEI WIE TOT BIN. DER LETZTE LADEN, IN DEM ICH WAR, MUSSTE WEGEN IHR SCHLIESSEN, ABER NIEMAND HAT JE SCHLECHT ÜBER SIE GEREDET.]

»Hmhm?«

[NUR EINMAL HABE ICH EINE VON MEGAMIS SHOWS GESEHEN. MIT EIN PAAR MASOCHISTISCHEN MÄDCHEN. SIE HAT SIE MIT BONDAGE-SEILEN FESTGESCHNÜRT UND GESCHLAGEN. ALLE WAREN SO SCHÖN. EINS DER MASO-MÄDCHEN LIEBTE NADELN. MEGAMI BAND SIE FEST UND STECKTE IHR JEWEILS ZWEI NADELN WIE EIN KREUZ IN DIE BRUSTWARZEN. ›DAS SIND WEGWERFKANÜLEN‹, ERKLÄRTE MEGAMI. UND DASS SIE NIE BEI EINER ANDEREN VERWENDET WURDEN ODER WERDEN. DAMIT NIEMAND KRANK WIRD. ABGESEHEN DAVON HABEN NORMALE NADELN EINE RAUE OBERFLÄCHE, *DAS TUT NUR UNNÖTIG WEH*. DARUM SIND DIE WEGWERFKANÜLEN AM BESTEN DAFÜR GEEIGNET.]

»Verstehe. Und dann?«, erwiderte Œufcoque ernst auf Balots endlose Wortflut.

[NACH DEM RAUSZIEHEN DER NADELN SCHNÜRTE SIE DAS MÄDCHEN NOCH FESTER ZUSAMMEN, IHRE BRUSTWARZEN VERGOSSEN BLUT. DAS MÄDCHEN HATTE SEHR HELLE HAUT, DARUM SAH IHR BLUT WIE TRÄNEN AUS. SIE WAR WUNDERSCHÖN. ICH GLAUBE, SIE WAR SO SCHÖN, WEIL MEGAMI *SIE SO SCHÖN GEMACHT HATTE*. DAS MÄDCHEN SAGTE DAS AUCH. WENN SIE FEST EINGESCHNÜRT WAR, SAGTE SIE, ES FÜHLE SICH AN WIE ›DIE UMARMUNG EINES GELIEBTEN‹. SIE SAGTE, DASS ES NICHT BEI JEDEM SO WAR, SONDERN DASS NUR MEGAMI IHR DIESES GEFÜHL GEBEN KONNTE. SIE SAGTE, SEILE ODER KETTEN FÜHLEN SICH AN WIE DIE HÄNDE VON VATER ODER MUTTER. SIE MOCHTE ES AUCH NICHT, VON MÄNNERN ZU BRUTAL GEBUNDEN ZU WERDEN, DAS HAT SIE MIR NACH DER SHOW ERZÄHLT. WEIL DIE ES NICHT VERSTEHEN.]

»Und deswegen trägst du alles so eng?«

[Kann sein. Ich habe mich daran erinnert, was sie damals bei der Show gesagt hat. Es fühlt sich an wie eine Umarmung … nach Megamis Verhaftung hat das Mädchen Drogen genommen und sich von einem Mann bei einem Job zu fest einschnüren lassen, dabei ist sie dann draufgegangen.

Der Mann, der sie festgeschnürt hatte, war viel zu high und hat sie erdrosselt. Damals gab es auch eine Gerichtsverhandlung, aber der Mann war nicht schuldig, hiess es da.]

»Hast du damals bei Gericht zugeschaut?«

[Ja. Die Mama-san, die mir meinen Namen gegeben hat, hat Klage erhoben, am Ende hat sie den Prozess aber verloren. Es ging lange hin und her, das Broiler House wurde auf uns aufmerksam und Cops haben eine Liste mit Kundennamen beschlagnahmt, hat Mama-san erzählt. Sie und ihren Laden habe ich nicht so sehr gehasst wie die anderen. Schliesslich gibt es so viele Läden, in denen es wesentlich schlimmer ist … Bei den Vid-Aufzeichnungen gab's mal einen Film, in dem ich wirklich sehr schön aussehe, alle waren da sauber und nett. Ich habe gehört, da waren auch wirklich widerliche Typen, wie ich sie von den anderen, grausameren Orten her kannte. Aber die Männer, die Mama-san zu mir schickte, waren nicht so. Damals sagten alle, wenn ich lerne zu lächeln, könnte ich Schauspielerin werden. Diese Vid-Produktionsfirma ist auch pleite gegangen … hast du schon mal einen Film mit mir gesehen?]

»Nein.«

[Möchtest du einen sehen?]

»Wie soll ich das sagen – ich weiß es nicht. Warum wurde Megami verhaftet?«

[Flashback.]

Sagte Balot und dachte darüber nach, wie sie die schwerwiegende Bedeutung dieses Begriffs verständlich machen könnte.

[Sie hat pro Nacht ein- oder zwei Tausender verdient. Sie war wirklich sehr schön, ihr Gesicht, ihr Körper. Sie konnte alles und liess auch alles mit sich machen. Sie hat sich nicht billig verkauft, aber wenn sie es musste, hat sie es getan, ohne darunter zu leiden. Machte ihr nichts aus. Es war normal, dass man darunter ziemlich litt. Davor und danach. Verstehst du? Und dann soll jemand wie sie einen Freier getötet haben. Mit einer versteckten Pistole. Geplant. Als sie ihren Kunden fest verschnürt hatte, hat sie mehr als dreissigmal auf ihn geschossen. Im schallisolierten Raum eines Love-Hotels. Sie schoss weiter auf ihn, auch als er schon lange tot war.]

»Warum?«

[Ein Flashback halt. Das hat Megami jedenfalls im Gefängnis der Mama-san erzählt. Vor Gericht hat sie die Aussage verweigert. Ich habe bei Megamis Prozess zugesehen. Und danach dem Prozess des ermordeten Mädchens. Das hat nicht besonders lange gedauert, denn da war gar nichts. Die Männer da arbeiten nur für ihren Stolz und für das Geld. Diese Show war wirklich albern, das Allerletzte. Haben alle Mädchen aus dem Laden gesagt. Ich fand das auch. Niemand wusste, warum Megami ihn ermordet hatte. Die Männer haben immer nur gestritten. Aber Megami lächelte und lächelte, die ganze Zeit.

Flashback.

Die Männer haben sich wirklich angestrengt, um herauszufinden, was in ihrer Kindheit passiert war, aber Megami schwieg. Als alles vorbei war, gab Mama-san ihr einen Kuss und sagte: ›Es tut mir Leid.‹ Megami sagte: ›Ist schon gut. Ich liebe dich. Auf Wiedersehen.‹]

»Mord erster Klasse, bei einem geplanten Vorgehen. Lebenslänglich Gefängnis. Waren sie verliebt ineinander?«

[Megami und Mama-san waren nicht *so*. Also nicht lesbisch.

Mehr, wie man sich innerhalb einer Familie lieb hat. Darum würde ich die Mädchen aus dem Laden gern mal wieder sehen, nur so ab und zu.

So wie eine Familie. Wir kamen alle aus verschiedenen Ländern, letzten Endes sind wir hier in Mardock City gelandet. Hier kann man am meisten verdienen, in dieser masslosen Stadt. Aber hier ist es auch am schlimmsten. Das eine Mädchen, mit dem ich aus dem Kinderheim geflohen bin … ich weiss überhaupt nicht, was sie jetzt macht, aber ich würde sie gern wieder sehen.]

»Kannst du. Wenn dein Fall geklärt ist, kannst du sie so oft besuchen, wie du willst.«

[Aber wenn wir uns treffen, dann ist sie vielleicht neidisch auf mich oder ich bin neidisch auf sie. Wir wetteifern immer miteinander, wer von uns am meisten geliebt wird. Vielleicht ist es besser, wir sehen uns doch nicht.]

»Wer am meisten geliebt wird?«

[Von einem Lover, gleich ob Mann oder Frau. Von den Göttern oder vom Schicksal, das ist auch gleich. Sterben, ohne geliebt worden zu sein, das wäre das Allerschlimmste. Ich glaube, alle sterben, weil sie das nie hatten.]

Der Wagen fuhr plötzlich nicht mehr in Richtung South Street, sondern wieder in Richtung City. Dahin, wo so viele verschiedene Widersprüche und Viertel von Mardock City aufeinander prallten.

Œufcoque dachte noch immer ernst darüber nach, was Balot gesagt hatte.

[Œufcoque?]

»Ja?«

[Vor Gericht, werden sie mich da nach meinem Vater fragen? Wegen meines *Flashbacks*?]

»Das weiß ich nicht … wenn der gegnerische Anwalt bereits über diese Information verfügt und sich dafür entscheidet, dass deine traumatische Erfahrung für ihn von Vorteil ist, dann wird er das wahrscheinlich machen.«

[Wenn sie beweisen, dass ich verrückt bin, dann kommt der Fall nicht zustande, oder?]

»So ungefähr, ja.«

[Wie lautet die Anklage? Wie ist der Name des Verbrechens, dessentwegen ich vor Gericht ziehe?]

»Verstoß gegen das Gesetz zum Schutz Minderjähriger, Fälschung von amtlichen Dokumenten, Identitätsmanipulation, Vergewaltigung und Mordversuch …«

[Werden sie darüber reden, ob ich dabei einen Orgasmus hatte, was er mit mir machte, was ich mit ihm machte, welche Sachen ich anhatte? Vor Gericht heisst es ja immer, *was er ihr für ein Leben ermöglicht hat* und *wenn die Frau dabei einen Orgasmus hatte, ist der Mann unschuldig*.]

»Ich werde diese Art von Logik bei diesem Fall nicht zulassen.«

[Die Mama-san hat etwas Ähnliches gesagt, damals. Dass es eben einfach Unsinn ist. Aber niemand hat ihr zugehört. Dabei sind so viele Mädchen so.]

»Dieses Mal werde ich das nicht zulassen.«

[Ich möchte mit euch zusammenarbeiten, wirklich. Glaubst du mir das?]

»Ja.«

[Ich will einen Grund haben. Einen Grund, eine Ausrede, eine Entschuldigung, damit ich, obwohl ich verletzt worden bin, nicht verletzt werde. Ein Trick, um das Ziel zu erreichen. Ich will das Gefühl haben, dass ich es für jemanden tue, dass ich es wegen etwas tue. Tief in mir ist ein Ich, das meint, es wäre

GUT, SO ZU STERBEN. ABER ICH WILL NOCH NICHT STERBEN. ICH WILL SO NICHT STERBEN.]

»Balot, du …«

[ICH HABE IMMER NUR ALBTRÄUME. IMMER, JEDE NACHT. SEIT DAS PASSIERT IST. TRÄUMST DU EIGENTLICH, ŒUFCOQUE?]

»Nein, nur ganz selten. Aber ich weiß, wann du einen Albtraum hast, ich kann es riechen, wenn du schläfst …«

[ICH WILL NICHT SO MIT DIESEM GEFÜHL STERBEN. DAS WEISS ICH. ABER ICH HABE SOLCHE ANGST, SO SEHR, DASS ICH MICH KAUM BEWEGEN KANN. WIRKLICH. FOSSILIEN AUSGRABEN, AUTORIN ODER WISSENSCHAFTLERIN WERDEN, DAS REICHT MIR NICHT ALS GRUND. EIN TRAUM, EIN ZIEL KANN FÜR MICH KEIN GRUND WERDEN. ICH MÖCHTE *ETWAS* BEKOMMEN, *WAS ICH HABEN WILL*. ICH HABE NOCH NIE BEKOMMEN, WAS ICH HABEN WOLLTE.]

»Balot, du hast bis jetzt sehr gut gekämpft. Wirklich großartig.«

[… WAS MEINST DU DAMIT?]

»Du hast alles ertragen und widerstanden. Du wurdest unter großem Druck zu Unterwürfigkeit und Gehorsam gezwungen, so konntest du überleben und dich selbst beschützen. Ein bitterer Kampf, für den man viel Mut und Ausdauer braucht. Und von jetzt an werde ich mit dir kämpfen. Wenn du willst, werde ich jede Waffe sein, die du haben willst. Das ist vielleicht nicht die Art zu kämpfen, die du kennst. Kann auch nicht sagen, welche Art die bessere ist. Ich möchte, dass du unsere Art des Kämpfens kennen lernst. Wir wollen den Plan, den du uns während deines Komas gezeigt hast, nach deinem Erwachen mit dir zusammen revidieren und optimieren, um so alles ans Licht zu bringen, was beinahe zu deiner Ermordung geführt hätte.«

[IST DAS DEIN GRUND? DU HÖRST DIR MEIN GEJAMMER AN, DAFÜR

BEKOMMST DU EINE MENGE GELD. IST ES DAS, WAS DEN WERT DEINES LEBENS AUSMACHT?]

»Genau wie du versuche ich herauszufinden, wer ich wirklich bin. *Etwas wirklich auch zu bekommen, was ich haben wollte.*

Ich drücke dieser Stadt meinen Stempel auf. Ich drücke ihn in die verbrannte Asche der Verbrechen in den finsteren Straßen von Mardock City, *meine eigene verbrannte Asche.*«

Wenig später erreichte der Wagen den Central Park.

Vorbei am Bootshaus in der Nähe des Vergnügungsviertels, dahin, wo ein paar Quadratmeter schwarz verkohlten Grases mit einem Polizeiband abgesperrt waren. Wo sie gestorben war, in ihrer Schale fast verbrannt.

Balot parkte den Wagen. Nach einem Moment des Zögerns nahm sie ihren ganzen Mut zusammen und stieg aus. Die kalte Nacht setzte ihr zu, kein Polizist war in der Nähe, alles menschenleer.

Sie kletterte über die Absperrung und stellte sich auf den Boden, der immer noch verbrannt roch. Sie sah in den Himmel und hätte am liebsten ganz laut geschrien, über ihre Lippen kam aber nur ein rauer Hauch wie ein pfeifender Luftzug.

#Es gibt nichts, was ich tun will. Alle – alle Mädchen, die ich kenne, sind so, sie haben nichts und leben in einem Chaos aus Drogen und Männern. Dabei wollen sie auch nur einen Grund zum Leben haben.#

Balot schloss ihre Augen und mischte sich kurz darauf fest entschlossen direkt in Œufcoque ein.

#Liebe mich.#

»Bitte? Was?«

#Gib mir den Grund. Ich will das für dich tun. Ich werde vor Gericht ziehen, alles tun, was du mir sagst. Damit du mich liebst.#

»So wie eine Familie? Wie Megami und die Mama-san, von denen du mir im Auto erzählt hast?«

#Shell hat gesagt, dass er mich liebt. Darum bin ich in sein AirCar eingestiegen. Ich möchte von jemandem, der so ist wie du, *geliebt werden.#*

»Warte bitte. Führt das zu einer Lösung? Für dich?«

#Was bin ich für dich?#

In dieser Sekunde passierte es! Œufcoque morphte plötzlich in Balots Hand in seine ursprüngliche Mausgestalt zurück!!

Balot hatte es vollständig mit einem Snark erzwungen!!! Œufcoque riss die Augen weit auf und wich vor Schreck ein paar Schritte auf ihrer Hand rückwärts.

»Du … du hast meine InitialProtec-Sperre aufgebrochen? So schnell?«

#Antworte mir.#

»Hm, hm. Warte. Kurz gesagt, du bist meine Auftraggeberin. Die Betroffene eines Falls, die ich beschützen muss. Wenn du mit mir und meinem Verhalten unzufrieden bist, kannst du jederzeit einen Antrag an das Justizbüro stellen und …«

#Interessiert mich nicht. Das ist nicht das, was ich dich gefragt habe.#

»Ich habe gesagt, du sollst warten. Wie du siehst, bin ich die einzige Maus auf der Welt, die sprechen und tanzen kann. Irgendwas hast du falsch verstanden. Glaubst du, ich verwandele mich in einen Mann, wenn du es wünschst? Das ist nicht möglich. Es gehört nicht zu meinen Funktionen, mich in andere Lebewesen zu verwandeln.«

#Ich weiß. Du bist eine Maus. Eine süße, sprechende, freundliche Maus. Glaubst du jetzt auch, dass ich verrückt bin? Wie damals der Cop?#

Œufcoque seufzte tief. Er war erschöpft. Bis seine Hosenträger ganz locker wurden.

»Glaubst du, ich bin so eine Art Haustier? So wie die Tiere, die in Zoohandlungen in Käfigen verkauft werden?«

Balot machte ein ganz trauriges Gesicht. So traurig hatte er sie bisher noch nie gesehen. Œufcoque sah zum ersten Mal ihr typisches Balot-Gesicht.

#Das wollte ich nicht, aber …#

»Ganz gleich, für was du mich hältst, ich werde dich beschützen, ich werde deine Waffe sein und die Gefahr von dir fern halten. Du musst um deiner selbst willen am Leben bleiben wollen und dein Leben für dich gewinnen.«

#Ein neuer Buddy.#

»Was?«

#Du hast das hier gesagt. Als ich ganz schwarz und verbrannt war. Ein neuer Buddy. Dabei hast du mir in die Augen gesehen.#

Œufcoques rote Augen wurden ganz groß und rund.

»Daran kannst du dich erinnern? In dem Zustand, in dem du warst, kannst du dich an Dinge erinnern, die in deiner Umgebung passiert sind?«

#Medikamente wirken bei mir nicht besonders gut. Ist meine Konstitution. Ganz egal, ob high oder down, von Drogen werde ich entweder müde oder mir wird schlecht. Deswegen wurde ich nie drogenabhängig, so wie meine Mutter.#

»Selbst dann ist es noch sehr ungewöhnlich. Du hattest fast am ganzen Körper Verbrennungen dritten Grades. Und du warst … trotzdem bei Bewusstsein. Du warst so wach, dass du dich sogar genau an Dinge erinnerst, die andere gesagt haben.«

Schrecklich traurig biss Balot auf ihre Unterlippe. Völlig verzweifelt stand sie da, allein mit ihrer Traurigkeit, die ihr das

Herz kalt werden ließ. Als Œufcoque das erkannte, setzte er sich in ihrer Hand hin.

»Ich, als Werkzeugwesen, erwarte viel von meinem User. Deswegen stehe ich jetzt auch so vollständig auf der anderen Seite als der, mit dem ich früher eng verbunden war. Aber wenn du dich als meine Auftraggeberin siehst und als mein Partner arbeiten willst, dann …«

#Gut! Ich werde alles tun, was du sagst. Ich gehe auch vor Gericht.#

»Hm … ich werde das Gefühl nicht los, dass unsere Motivationen dabei nicht so ganz übereinstimmen … macht aber nichts. Du wirst noch viel lernen müssen, aber das scheint dir auch nichts auszumachen.«

Balot fixierte Œufcoque. Sie sah sehr verletzlich aus, gleichzeitig bereit, auch von ihm verletzt zu werden. Œufcoque gab sich geschlagen und streckte seine winzige Hand aus.

»Gut, dann machen wir das erst mal so. Auf gute Zusammenarbeit, Partner.«

Balot drückte sein Händchen mit ihrer Fingerspitze und sagte zu ihm:

#Balot. Das ist mein Name, nenn mich so.#

»Ja, aber dein richtiger Name ist …«

#Die Mama-san, die mir diesen Namen gab, meinte, dieser Name wäre am passendsten für mich. Und das finde ich auch. So wie du auch halb gekochtes Ei genannt wirst, Œufcoque.#

»So? Okay. Verstehe. Dann auf gute Zusammenarbeit, Balot. Ich bin Œufcoque, das ist mein Name und mein Charakter. Ich habe als Scramble-09-Bevollmächtigter eine Lizenz vom Broiler House. Die glauben natürlich, ich wäre ein Mensch.«

#Das glaube ich auch.#

Und Balot küsste ihn einfach so auf das kleine Köpfchen, ohne vorher zu fragen.

Ein drittes Mal weiteten sich seine mürrischen roten Augen vor Schreck.

Balot ließ zu, dass Œufcoque sich wieder in das Halsband verwandelte, und legte es sich um. Dann winkte sie dem kohlschwarz verbrannten Boden unter ihren Füßen zu. Ein kleines, sanftes Winken.

6

Als sie wieder im Versteck ankamen, zeigte das Display auf dem Schreibtisch des Docs mehrere Dringend!-Notruf!-Icons, übereinander aufgepoppt. Alles Anfragen des Staatsanwalts.

Der wichtige Empfänger dieser Nachrichten hatte sich in das hintere Labor zurückgezogen. Seine Hände steckten in Handschuhen, die sozusagen in der Seite einer Art Aquarium steckten. Er kämpfte mit einem Mikroskop.

»Doc, der Staatsanwalt möchte gern deine Mailbox fluten«, grinste ihn Œufcoque an.

»Soll mir recht sein. Ich habe getan, was ich konnte. Jetzt muss ich nur noch wirklich konstruktive Arbeit leisten.«

Sie sahen sich nicht mal an, während sie so vertraut miteinander redeten. Balot stand dazwischen und fühlte sich plötzlich ganz allein. Das fand sie nicht komisch, also stupste sie den Doktor mit der Schachtel an, die sie in der Hand hielt.

»Vorsicht.«

Überrascht trennte sich der Doc von seinem Mikroskop und sah Balot an.

»Das ist eine ziemlich große Schachtel. Was ist da drin?«

»Dein Anzug, Doc. Du musst ihn anziehen. Das ist die Voraussetzung dafür, dass Balot vor Gericht erscheinen wird«, erklärte Œufcoque, der wieder vom Halsband zurück in die Maus gemorpht war und auf Balots Schulter stand.

»Und du hast den Anzug ausgesucht? Du, Rune Balot?«

Balot nickte. Es war das Letzte gewesen, was sie gekauft hatte.

»Also, ich hab schon Sachen, mit denen ich mich in der Öffentlichkeit blicken lassen kann …«

»Dein Sinn für Mode entspricht nicht ganz den Wünschen unserer Auftraggeberin.«

Balot zeigte mit einem Finger auf die Haare des Doc. Seine scheckig bunt gefärbten Haare. Und dann fuhr sie sich mit den Fingern durchs Haar, als wollte sie sich kämmen. Mach deine Haare auch ordentlich, wollte sie damit sagen.

»Das hättest du aber auch gleich sagen können, dass es an meinem Stil liegt. Der Staatsanwalt arbeitet gerade wie ein Wahnsinniger daran, dass alles bis zum Plädoyer beim Eilgericht fertig wird.«

Balot schmollte ein bisschen und stupste ihn erneut mit der Schachtel.

»Doc, du hast es nicht verstanden. Unsere Klientin ist kapriziös, naiv und launisch. Wenn du nicht in jedem Augenblick ihre Gefühle sensibel errätst, wird sie noch im selben Moment einen Antrag auf den Austausch der Zuständigen stellen«, sagte Œufcoque todernst von ihrer Schulter aus.

»Du hast das ja anscheinend ganz gut verstanden, Œufcoque?« Der Doc überprüfte, welche Größe auf der Schachtel aufgedruckt war, und nickte beeindruckt.

»Exakt die richtige Größe.«

Für Balots neue Fähigkeiten war das ziemlich einfach gewesen. Sie zeigte unzufrieden auf den Bildschirm, der mittlerweile voller *Dringend!-Notruf!*-Icons war, doch der Doc sah nicht so aus, als würde ihn das besonders interessieren. Das Aquarium interessierte ihn viel mehr, der Inhalt der kleinen Reagenzgläser und Petrischalen, in denen er seit einiger Zeit herumtastete.

»Mach dir keine Sorgen, wenn du so weit bist, wirst du ganz

schnell wieder sprechen können«, sagte er, klemmte sich die Schachtel nachlässig unter den Arm und steckte wieder eine Hand in den Aquarium-Handschuh.

»Ich muss noch ein wenig experimentieren und was ausprobieren, bis das was wird. Wenn ich so darüber nachdenke, das ist ganz schön schwierig. Die Rekonstruktion von etwas, das noch im Wachstum war. Mit einem Ersatz wird sie wohl nicht zufrieden sein.«

Balot zog die Augenbrauen zusammen. Sie hatte keine Ahnung, wovon der Doc sprach.

Als hätte er ihre Gefühle erraten, fragte Œufcoque in diesem Moment nach.

»Was machst du da, Doc?«

»Na, was schon – ich arbeite daran, Balots Stimme wieder herzustellen.«

Dieses Mal machte Balot ein ganz erstauntes Gesicht. Plötzlich fielen ihr seine Worte wieder ein.

Konstruktive Arbeit – das hatte er gesagt, ganz sicher. Eine Sekunde lang konnte sie die Bedeutung nicht erfassen, doch auf einmal füllte etwas die Lücken in ihrem Herzen. Das Gefühl, dass sie endlich jemanden gefunden hatte. Den Mann und die Maus, alle beide. Bis zu diesem Moment hatte sie diesen Gedanken mit Absicht vermieden, weil sie immer noch Angst gehabt hatte, verraten zu werden, das merkte sie erst jetzt.

»Ach, genau, vielen Dank, Balot. Ich nehme den Anzug dankend an, und ich werde ihn auch anziehen. In den Bericht ans Broiler House kann ich das natürlich nicht schreiben. Wäre ja Bestechung durch eine Betroffene. Aber so gelegentlich ist das schon okay. Erinnert mich an die Zeiten, als ich noch *respektabel* war.«

Balot schüttelte ihren Kopf. Sie wollte sich bei Œufcoque und dem Doc bedanken, aber sie hatte ja keine Stimme. Stattdessen schnappte sie dem Doc die Schachtel aus den Händen und drückte ihre Lippen darauf.

Die abrupte Bewegung schleuderte Œufcoque von ihrer Schulter, doch er rollte sich geschickt auf dem Schreibtisch ab. Als Doc Easter seine Schachtel wieder hatte, starrte er fassungslos Balot hinterher, die sich schnell umgedreht hatte und weggerannt war. Mit einem lauten Knall fiel ihre Tür ins Schloss.

Der Doc sah erst die Tür an, dann warf er Œufcoque auf dem Tisch einen fragenden Blick zu.

»Hab ich was Falsches gesagt?«

»Ich verstehe es auch nicht. Erst dachte ich, sie freut sich, dann kam ein Gefühl von Scham und Schüchternheit, Ablehnung und schließlich Angst. Ich mache mir Sorgen. Vielleicht zweifelt sie an unserer Nützlichkeit.«

»Nein – das kannst du so nicht sagen. Schau mal.« Der Doc zeigte ihm die Schachtel mit dem mohnroten Kussmund.

»Doc, kann ich das als menschlichen Brauch, seine Dankbarkeit auszudrücken, interpretieren?«

»Ganz genau, Œufcoque. Anscheinend mag sie uns sehr, was?«

Doc Easter und Œufcoque freuten sich wie kleine Kinder.

Balot war in das Zimmer gerannt, das man ihr zugeteilt hatte, und schloss die Tür sorgfältig ab: erst der elektronische Schlüssel, dann die Kette. Sie legte alles auf den Tisch, was sie heute gekauft hatte, dann nahm sie das Eject-Poster und befestigte es an der Wand.

Sie setzte sich aufs Bett und umarmte ihre Knie, dann snarkte sie den Projektor und suchte sich die Bilder der Fossilien aus.

Die Nautilusschalen erschienen, eine nach der anderen über die ganze Wand verteilt, und verschwanden wieder. Während sie sich das ansah, versuchte sie, ihr Bewusstsein im Raum schweben zu lassen. Wie sie es bisher immer getan hatte.

Aber es ging nicht. Sie konnte einfach nicht aufhören zu weinen.

Es war, als würde alles, was heute passiert war, in diesem Augenblick explodieren. Es kam alles zusammen, häufte sich an, bis es irgendwann ein Berg war, der kollabierte.

Am liebsten wäre sie schnell weggerannt vor dem Elend, keine Stimme zu haben, dann fragte sie sich, ob das wirklich nötig war. Und genau deshalb weinte sie weiter.

Das ging noch eine Weile so dahin, dann stand sie plötzlich auf, ihr Atem hörte sich dabei an wie ein kalter Winterwind. Sie nahm den Lippenstift aus ihrer Tasche und schrieb große, mohnrote Buchstaben an die Wand, auf der im Schwindel erregenden Tempo Muschelschalen erschienen und wieder verschwanden.

– Ich bin jetzt hier.

Direkt darunter schrieb sie:

– Niemand nirgendwo ist mein Freund.

Dann noch ein Satz, direkt darunter:

– Ich bin jetzt hier.

Ohne Stimme zu weinen war viel bitterer, als sie gedacht hatte.

Der Atem aus ihrem ganzen Körper floss aus ihrem Mund und löste sich in Nichts auf. Sie fühlte sich so starr wie Eisen.

Doch Balot ertrug es. So wie sie es bisher immer ertragen

hatte. Sie drückte sich ganz fest gegen die Wand. Anders als sonst wollte sie sich jetzt nicht mehr umbringen. Nur in diesem Punkt war sie sich ganz sicher.

Die Fossilien erschienen auf ihrem Körper und auf der Wand wie in einem Strudel und verschwanden wieder.

#Warum ich?#

Irgendwie glaubte sie jetzt, dass sie eine andere Antwort auf diese Frage gefunden hatte.

»Ein Problem haben wir allerdings«, sagte Œufcoque.

»Wie definiert man Liebe, Doc?«

Der Doc, der eigentlich gerade wieder zum Aquarium gehen wollte, drehte sich um und sah ihn überrascht an.

»Ist das … das Erwachen eines neuen Egos in dir? Ein neues Bewusstsein, Œufcoque?«

»Nein. Nur ein einfaches Bedürfnis. Ich glaube, ich werde in nächster Zeit flexibel darauf reagieren müssen.«

»Die Liebe in wenigen Worten zusammenzufassen, das ist nicht einfach. Familienliebe, Nächstenliebe, die Liebe der Götter.«

»Klingt kompliziert. Schlicht und einfach Liebe, das reicht.«

»Soll ich eine weibliche Form von dir machen? Du bist der Einzige aus der ganzen Testreihe, der damals wie durch ein Wunder entstanden ist. Ist wie früher, das Militär erhebt da bestimmt wieder absurd alberne Forderungen, aber es wird sicher nicht einfach, eine weibliche …«

»Es geht nicht um mich. Um sie. Balot.«

»Aha, okay.«

Doc Easter nickte verständnisvoll. Schon im nächsten Augenblick schob er allerdings seine Brille misstrauisch mit einem Finger hoch.

»Liebe? Von dir? Was möchte sie von dir?«

»Eine psychische, stabile Basis ... vielleicht kann ich das so interpretieren. Meine Nase sagt, dass sie verschiedene Begabungen hat. Sie war bisher nur nie in einem Umfeld, in dem sie daran hätte arbeiten können. Und als Grundlage für so ein Umfeld braucht sie unbedingt diese Basis. Die sie Liebe nennt.«

»Ich weiß, wie fein deine Nase ist. Die meisten Forscher aus dem Team, das für dich verantwortlich war, haben im Grunde ihres Herzens schreckliche Angst vor dir gehabt. Sie fürchteten sich vor dem Tag, an dem du sie auf die Grenzen ihrer Fähigkeiten hinweisen würdest. Früher hast du über Menschen wie über eine Mischung verschiedener chemischer Substanzen geredet.«

»Das ist in der Tat schon ziemlich lange her. Heute weiß ich, dass das nicht unbedingt stimmen muss.«

»Da wirst du wohl Recht haben. Aber was genau willst du eigentlich sagen, Œufcoque?«

»Ich will sie beschützen. Aber – was kann ich darüber hinaus noch für sie tun?«

»Ich weiß, *was ich tun muss, aber nicht, wie ich es tun soll.*«

»Sie fängt an, mich so zu behandeln wie einen Menschen.«

»Ich wusste nicht, dass du das nicht willst, Œufcoque. Ich und auch dein Ex-Partner behandeln dich wie einen Menschen. Das ist eine ganz normale Entwicklung.«

»Es ist anders. Anders als bisher. In mir hat sich etwas verändert. Sie hat sich dazu entschlossen, vor Gericht zu erscheinen. Aber mir tut sie wirklich schrecklich Leid.«

»Hm ...«

Doc Easter sah sich Œufcoque aus der Nähe an, als sähe er etwas sehr Seltenes und Seltsames.

»Du solltest das alles viel gelassener und nüchterner sehen …«

»Ja.«

Unvermittelt murmelte der Doc verständnisvoll und ernst: »Das schaffst du nicht.«

Œufcoque legte sich auf dem Schreibtisch hin und seufzte, so tief, dass sein kleiner Körper noch viel kleiner zusammenschrumpfte.

Dritter Teil 発動

Aktivieren

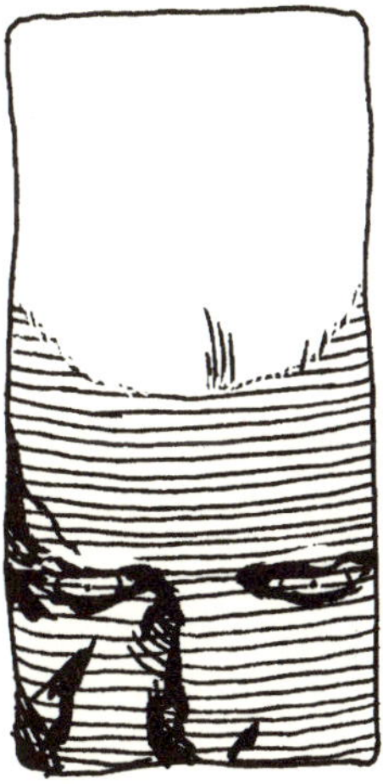

1

Im grellen Licht der Morgensonne glänzte die Treppe schneeweiß und majestätisch.

Diese Wendeltreppe war das monumentale Symbol von Mardock City. Ihre unvollendete Form vollendete sich in drei großen Spiralkreisen; sie endete sauber nach dem dritten Kreis.

Am äußersten Rand der Treppe war ein Relief des Planeten des Gottes Jupiter zu sehen, Geländer und Säulen hatte man mit mythologischen Szenen verziert. Das Monument war einst von den Einwanderern gebaut worden, voller Hoffnung und Glauben – sie nannten sie Mardock: die Treppe in den Himmel. Noch heute galt sie so vielen, die in die Stadt strömten, als das Symbol für Träume, Hoffnungen und Ehrgeiz. Genau das war das große Ziel für Unzählige, die in dieser Stadt lebten. Die Treppe zu ersteigen und dabei die höchste Stufe zu erreichen, das war die höchste Ehre für sie.

Am Fuß dieser Treppe vor dem Gerichtshof im Zentrum des Regierungsviertels stand Balot mit dem Doc im Anzug und Œufcoque, den sie wieder als Halsband trug.

#Jedes Mal, wenn ich diese Treppe sehe, kann ich die Geister der Menschen sehen, die von der höchsten Stufe herabstürzen.#

Sagte Balot durch direkte elektronische Einmischung in Œufcoque.

»Das System haben die Menschen schon vor langer, langer Zeit aufgebaut, um Gewinner und Verlierer zu erschaffen. Bezieht sich nicht unbedingt auf die gesamte Menschheit. Ist nur ein Teil des Systems. Nimm's dir nicht so zu Herzen.«

#Wenn ich von der Treppe runterfalle, heißt das doch, dass ich dann sterbe, oder?#

»Ich werde mich in jedes Werkzeug verwandeln, um das zu verhindern«, sagte Œufcoque ganz leise, und das stimmte sie zuversichtlich.

Mit entschlossenen Schritten betrat Balot zusammen mit dem Doc das Gerichtsgebäude.

Die Verhandlung begann exakt um 9:30 Uhr, für Mittag war eine Pause von dreißig Minuten angesetzt. Nachdem alle Platz genommen hatten, warteten sie noch zwei Minuten, bis der Richter wieder von der Toilette zurückkam.

Danach dauerte es nur zwanzig Minuten, bis Balot sich entschied, zu schweigen. Und um 15:22 verkündete der Richter mittels der Schläge seines Holzhammers, dass die Gerichtsverhandlung beendet war.

Das Ergebnis des fast sechsstündigen Disputs war für den Doc an ihrer Seite, Œufcoque, immer noch als Halsband, und den Staatsanwalt ausreichend, um ihr Ziel zu erreichen. Für Balot war es nichts anderes als eine stundenlange Erniedrigung gewesen.

»Ist vielleicht sogar ein Vorteil, dass du nicht sprechen kannst. Macht einen guten Eindruck«, hatte der Staatsanwalt direkt vor seinem Plädoyer zu ihr gesagt.

»Auch wenn es nur eine vorläufige Jury ist, schadet es ja nicht, zu demonstrieren, dass du einen Schaden erlitten hast.«

Eine halbe Stunde zuvor hatte der Senior-Assistenzstaatsanwalt Doc Easter und Balot wie berühmte Popstars begrüßt, als sie sich gerade durch die Menschenmenge der Center Street in das elfstöckige Gerichtsgebäude gekämpft hatten. Nicht nur er, auch die anderen Staatsanwälte, die eigentlich mit eigenen Fällen und anderen Dingen beschäftigt waren, warfen einen Blick ins Wartezimmer, um sich Balot anzusehen.

Hey, ist das die *Starke*? Die sieht ja schmuck aus. Was will die denn anklagen? Solche Sätze hallten durch den Raum, wenn die Tür auf und wieder zu ging.

»Die älteren Staatsanwälte machen sich gern über solche Fälle lustig«, sagte der junge Staatsanwalt entschuldigend, während er die Tür schloss und alle, die nichts mit dem Fall zu tun hatten, aussperrte. »Die fragen heute noch, was an Vergewaltigung oder Zuhälterei denn so schlimm sein soll.«

Aber dieser Staatsanwalt schien anders zu sein. Er hatte es selbst gesagt, der Doc hatte ihn auch so vorgestellt – als einen Mann, der Verständnis für Underdogs habe und für Frauen, die Gewalt hilflos ausgeliefert gewesen seien.

»Der Anwalt der Gegenseite wird gegen diesen Punkt ganz bestimmt angehen. Bist du bereit dafür? Du solltest so gelassen wie möglich sein. Rechtsanwälten ist es egal, ob ihr Mandant schuldig ist oder nicht.« Der Staatsanwalt lachte, als er Balot alles erklärte. Vermutlich meinte er, das wäre eine gute Methode, um sie zu beruhigen.

»Denen ist die Wahrheit wirklich absolut egal. Ganz gleich, was für ein fieser Schwerverbrecher ihr Klient ist, sie werden sich richtig ins Zeug legen, um ihn vor dem Gesetz zu verteidigen. Und dafür bekommen sie 60 000 Dollar oder mehr im Jahr.«

Er zuckte bekümmert mit den Schultern und schüttelte den Kopf.

»Wenn wir gegen diese Leute angehen wollen, müssen wir ihren Hauptzeugen als Verdächtigen identifizieren. Dieses Mal ist der Rechtsanwalt gar nicht so unfähig. Das Prozessverfahren wurde zwar eingeleitet, aber der Angeklagte Shell Septinos ist weder im Gefängnis, noch ist bisher ein Verdacht auf ihn gefallen. Er plädiert auf nicht schuldig, versteckt sich hinter seinem Anwalt und verweigert jede Aussage. Wir haben es dafür bis zum allerletzten Moment herausgezögert, ihm unser Prozessverfahren zu zeigen.« Der Staatsanwalt kicherte, als hätte er gerade einen guten Witz gemacht.

»Beim Entwurf ihrer Strategie sind sich unsere Gegner wohl ein bisschen in die Haare gekommen. Immerhin haben sie nicht die geringste Ahnung, auf welcher Grundlage wir sie überhaupt anklagen.«

Balot saß einfach nur da.

Auf dem Stuhl im Wartezimmer. Auf dem Stuhl hinter dem Tisch des Klägers. Sie saß einfach nur da und ertrug die Blicke und Worte, die sagten: *so ein gepflegtes, hübsches Mädchen, typisch.*

»Darum wird der Rechtsanwalt wohl so einiges ... eine Menge über dich sagen. Wenn er alle von der Unschuld seines Mandanten überzeugen kann, indem er an die sexuell diskriminierende Einstellung des gesamten Gerichts appelliert, dann wird er das ohne jeden Zweifel versuchen. Du solltest wirklich auf jeden Fall ganz ruhig rüberkommen – und du hast ja auch die Behinderung. Du musst dann nur auf die Buttons Ja, Nein oder Schweigen drücken.«

Zum ersten Mal nickte Balot. In diesem Ton sagten ihr die meisten Männer, was sie tun sollte. Das war beim Staatsanwalt nicht anders.

»Gut, gehen wir«, sagte er, und sie machten sich auf den Weg ins Gericht. Er, Balot, die Antragstellerin eines beauftragten Falles und der Doc, der Zuständige des Falles.

Im Fahrstuhl meinte der Staatsanwalt zu ihm: »Du siehst heute wirklich gut aus, Easter. Ich wäre begeistert, wenn du immer so schick wärst.«

Der Doc hatte seine Haare schwarz gefärbt und ordentlich gekämmt. Der Anzug stand ihm sehr gut, er sah aus wie ein Gentleman, und ein kompetenter noch dazu. Die Laune des Staatsanwalts hob sich und er flüsterte dem Doc ins Ohr: »Vor dem nächsten Termin sollten wir noch mal über ihr Outfit sprechen. Für ein Mädchen aus dem Westen, das zum Opfer eines Mannes aus dem Osten der Stadt wurde, sieht sie – viel zu sauber und hübsch aus.«

Natürlich hatte Balot das gehört. Nicht deutlich Wort für Wort, aber sie konnte es in der Atmosphäre erfassen, worüber sie sich unterhielten. Unbewusst verschränkte sie die Arme und hätte gern etwas Enges angehabt, was sie fest einschnürte. Der Rock ihres Kleides war dunkel und reichte ihr bis unters Knie.

Der Staatsanwalt hatte bestimmt, dass sie so etwas anziehen sollte. War fast wie bei einem Kunden, der großen Wert darauf legte, dass sie etwas Bestimmtes anhatte, wenn sie seine Bedürfnisse erfüllte.

Œufcoque, das Halsband, schwieg.

Gegenüber Dritten war die Existenz von Œufcoque ein Geheimnis, im Moment wollte sie allerdings auch gar nicht, dass er irgendetwas sagte. Der Anhänger am Halsband war ein eiförmiger Kristall, aber diesmal ohne das Bild einer gelben Maus, sondern nur mit einem abstrakten Muster.

9:25 Uhr. Balot und ihre Begleiter nahmen auf der Klägerbank Platz.

Auf der Seite des Angeklagten saßen der Rechtsanwalt, der Angeklagte und der Zuständige des Angeklagten für diesen Vorfall. Balot konzentrierte sich ganz stark auf ihre Fähigkeiten. Sie musste nicht hinsehen und konnte dabei trotzdem erfassen, wer in welchem Gemütszustand war. Der Angeklagte war kühl und gelassen. Er schien ein bisschen Angst zu haben, aber er war es ja nicht, der wirklich würde kämpfen müssen. Er war es ja auch nicht, der verletzt werden würde. Das war die Aufgabe des Rechtsanwalts und des Zuständigen.

Und Balots Aufgabe.

Der Mann sah Balot nicht ein einziges Mal an.

In der ersten Reihe der Besucherplätze drängelten sich die Reporter mit einer Pressemarke an einem Band um den Hals. Sie hatten sehr großes Interesse an Balot, doch waren ihre Motive weit, weit entfernt von dem, was Balot und Doc Easter beabsichtigten. Die Reporter wollten unbedingt einen Skandal aus ihrem Fall machen.

Sie wollten Balot als moderne Lolita verkaufen. Es reizte sie alle, zu schreiben, dass sie sich trotz ihres zarten Alters ihres Charmes voll bewusst war und es verstanden hatte, den Direktor einer Entertainment-Firma zu verführen. Und jetzt versuchte, ihn in den Ruin zu treiben.

Wie hatte sie sich denn mit den Zuständigen für diesen Fall in Verbindung gesetzt? Und wie war sie überhaupt die Geliebte des Direktors geworden? Mit anderen Worten: Die Kleine *wusste über sich bereits gut Bescheid.*

Dieser Direktor – Shell Septinos – war möglicherweise etwas einfältig. Dieses kleine Mädchen wollte ihn betrügen, sogar jetzt stahl sie ihm mit diesem Prozess die Zeit, die er als viel beschäftigter Mann besser im Büro hätte verbringen sollen.

Genau. Sie wollte ihn betrügen. Dieses kleine Mädchen. Und die anderen auch.

Ganz egal, wie die Wahrheit aussah – unabhängig von den konkreten Fakten –, wenn der Prozess zu diesem Ende käme, das wäre einfach brillant. Eine leicht zu verstehende, nach Cash klingende Schlagzeile, ganz hervorragend.

Die Verhandlung begann, zuerst sprach der Staatsanwalt eloquent davon, wie groß der Schaden war, den Balot erlitten hatte. Dass Shell Septinos ihr das vorsätzlich angetan hatte, was hinter diesem seinem Vorsatz steckte.

Jedes Mal erhob der Rechtsanwalt Einspruch und rief »Unzureichende Beweislage« oder »Frei erfunden!«. Nach einiger Zeit warf der Rechtsanwalt sogar ein, dass der ganze Fall nur fingiert sei, weil sie versuche, so an Shells Vermögen heranzukommen.

Direkt im Anschluss hielt der Rechtsanwalt sein Plädoyer.

Er führte detailliert aus, was für einen maßlos unmoralischen Lebenswandel Balot hatte und fügte dann peinlich genau hinzu, dass Shell Septinos keine Mühe gescheut hatte, sie davor zu retten. Niemand hatte Balot gezwungen, bei Shell zu bleiben, sie war freiwillig geblieben und hatte sich Shell Septinos geradezu aufgedrängt.

Der Staatsanwalt erhob Einspruch und widersprach, indem er Dinge rief wie »Das geht vorsätzlich am Thema vorbei« oder »Das ist nicht objektiv, sondern subjektiv«.

Gelegentlich wurde von Balot eine Aussage verlangt, dafür presste sie jedes Mal den Ja-, Nein- oder Schweigen-Button.

Waren konkrete Worte nötig, schrieb sie es auf einen dafür vorgesehenen Zettel und reichte ihn dem Gerichtsdiener.

Das Gericht verschwendete wenig Freundlichkeit an Menschen, die nicht sprechen konnten. Alles wirkte eher ungelenk. Als wäre man unangenehm davon berührt, dass jemand vor Gericht zog, der stumm war.

Der Rechtsanwalt zeigte auf sie und sagte: »Sie ist selbst schuld und hat nur bekommen, was sie verdient.« Außerdem sei es »ruchlos und tollkühn, den Angeklagten dafür zur Verantwortung zu ziehen«. Ihr Staatsanwalt argumentierte auf der anderen Seite damit, wie groß der Schaden war, den sie erlitten hatte.

Wie bei einem Tennisspiel drehte die Jury bei jedem Satzwechsel den Kopf, wie man dem hin und her fliegenden Ball folgt. Gut oder Böse. Schuldig oder nicht schuldig. Wie bei einem Kinderspiel, bei dem man bei jedem Schritt auf einer Treppe *schuldig* oder *nicht schuldig* flüsterte, um oben angekommen auf der letzten Stufe die Wahrheit zu erfahren.

»Letzten Endes bleibt die Frage, warum sie sich nie gewehrt hat«, stellte der Rechtsanwalt fest. Wenn Shell wirklich ihre Identität manipuliert hätte, sie wirklich vergewaltigt hätte, sie wirklich im Auto eingesperrt hätte, dann hätte sie sich doch irgendwann gewehrt.

Während der Widerrede des Staatsanwalts erinnerte sich Balot an die Zeit, als sie im Heim gewesen war; damals, als die Sozialarbeiter das ganze Jahr lang zu ihr gesagt hatten: »Du bist ein böses Mädchen.«

Unter den ehrenamtlichen Sozialarbeitern gab es auch welche, die *nicht so waren*, aber die, *die so waren* hatten deutlich mehr Macht gehabt gegenüber den Kindern im Heim.

Wenn nachts das Mädchen, das unten im Etagenbett schlief, von einem Sozialarbeiter vergewaltigt wurde, blieb dem Mädchen im Bett oben nichts anderes übrig, als vor Angst zu zittern und so zu tun, als würde es schlafen.

Sie hatten dort alle die Angst kennen gelernt, ohne Geld einfach »entsorgt« zu werden. Und die Demütigung und die Furcht, dass andere einem alles antun konnten, was sie wollten, ohne Geld.

Einmal hatte ein Mädchen sich im Heim beim Küchendienst

ein Messer in ihren Fuß fallen lassen. Vor Balots Augen hatte die Klinge sich sauber in den Fuß gebohrt, ihn aufgespießt, bis durch zur Sohle des Slippers. Sie hatte die Spitze der Klinge in ihrer Fußsohle sehen können. Das Mädchen wusste nur zu gut, was auf sie in der Nacht wartete, wenn sie es nicht getan hätte.

Das Mädchen wurde in die Krankenstation des Heims gebracht, doch schon nach zwei Tagen wurde sie wieder zurückgeschickt. Sie ging an Krücken. An dem Abend, als sie zurückkam, wurde sie von drei Sozialarbeitern vergewaltigt …

»Warum hat sie sich nicht gewehrt?«, fragte der Rechtsanwalt. Wenn Shell ihr vorsätzlich Schaden zugefügt hatte, dann wäre doch irgendeine Form des Widerstands durchaus angemessen gewesen.

Der Staatsanwalt erhob Einspruch. Hastig. Und laut.

Ja, warum hatte sie sich nicht gewehrt? Alle hatten sie versucht, zu fliehen. Es gab auch Kinder, die sich dem Heim angepasst hatten. Die wussten, wie Autorität funktionierte. Doch die meisten wollten abhauen, mehr als alles andere.

Jeden Tag saß ihr damals das Messer an der Kehle, ganz egal, ob es dabei um Klamotten, Essen oder einen Platz zum Schlafen ging, jedes bisschen Spaß und jede Freundschaft konnten die Sozialarbeiter ein- oder ausschalten, ganz *wie es ihnen passte* – und dann fragte jemand: »Warum hast du dich nicht gewehrt?«

Die Erwachsenen, die den Kindern auch nicht gesagt hatten, wie sie sich denn hätten wehren sollen.

Ihre Antwort auf diese Frage war Schweigen, einfach nur Schweigen.

Dann kam die Mittagspause und der Staatsanwalt sprach mit dem Doc die Fehler durch.

Während die beiden genau diskutierten, wie sie vor der provisorischen Jury noch eine Anklage erheben würden, ging Balot mit Œufcoque etwas essen. Sie hatte keinen großen Hunger und Œufcoque war ziemlich schweigsam.

[Ich möchte daran glauben, dass ich das für dich tue.]

Snarkte Balot sich bei Œufcoque ein. Er schwieg einen Moment, dann antwortete er deutlich: »Das ist das Verfahren. Du machst das weder für mich, noch für dich. Mein Kampf fängt erst nach diesem Verfahren an.«

Es schien ihm irgendwie Leid zu tun, er konnte dieses Gefühl auch nicht richtig unterdrücken. Er wollte nicht versehentlich *Es tut mir Leid* sagen oder *Entschuldige*. Balot legte ihre Hand fest auf den Kristall des Halsbands.

»Jetzt muss ich Ihnen eine schockierende Wahrheit eröffnen!« Mit seiner tiefen, wohlklingenden Stimme. Als ob er sich heimlich freute, das sagen zu müssen – und natürlich freute er sich.

»Als sie noch jünger war, als sie es heute ist, hatte sie mit ihrem eigenen Vater Geschlechtsverkehr. Das ist doch wahr, oder, Rune Balot?«

Im Gerichtssaal brach ein Tumult aus. Kurz, voller moralischer Entrüstung. Der Staatsanwalt war aufgestanden und erhob laut Einspruch: »Das hat nichts mit diesem Fall zu tun.« Aber das Interesse des Gerichtes richtete sich mit einem Schlag auf diese Frage.

Sie waren neugierig, und nichts Schlimmeres gab es im Gericht, als die Neugier der Jury zu behindern. Dem Staatsanwalt blieb nichts anderes übrig, als zähneknirschend wieder Platz zu nehmen.

Balot erwiderte den Blick des Rechtsanwalts. Eiskalt. So

kalt, dass das Gift in ihrem Herzen gefror. Ruhig und kühl drückte sie den Button.

– Ja.

Wieder Lärm im Gerichtssaal. Der Richter schlug mit seinem Hammer. Der Rechtsanwalt stellte die nächste Frage. Eine sinnfreie, alberne Frage.

»Hat Ihr Vater das von Ihnen verlangt?«

– Ja.

»Haben Sie sich dagegen gewehrt?«

– Nein.

Der Saal wartete und hielt gespannt den Atem an.

»Warum haben Sie sich nicht gewehrt?«

Balot bekam ein neues Blatt, sie schrieb schnell ein paar Worte darauf und reichte es dem Gerichtsdiener.

Der Gerichtsdiener gab es dem Richter, der es dann vorlas.

»Ich habe meinen Vater geliebt.«

Wieder brach ein Tumult aus. Der Richter klopfte mehrmals und laut mit seinem Hammer auf den Tisch.

»Heißt das, Sie haben ihn als Mann geliebt?«

– Nein.

»Sie haben ihn als Ihren Vater geliebt?«

– Ja.

»Ist es bei einem Mal geblieben?«

– Nein.

»Unzählige Male?«

– Nein.

»Können Sie sich erinnern, wie oft es war? Konnten Sie es genau zählen?«

Balot hob ihre Hand und streckte drei Finger hoch.

»Dreimal?«

– Ja.

»Als Ihr großer Bruder Ihre Beziehung mit Ihrem Vater bemerkt hat, ist er da Ihrem Vater gegenüber gewalttätig geworden?«

– *Ja.*

»Verstehen Sie, warum Ihr Bruder damals so wütend war?«

– *Ja.*

»Warum?«

Ein neues Blatt. Sie schrieb kurz etwas hin, gab es dem Gerichtsdiener und wartete, bis der Richter es vorlas.

»Weil er mich geliebt hat.«

Wieder brandete der Lärm im Gerichtssaal auf. Ein paar Reporter verließen ihre Besucherplätze und beeilten sich, alles in die Redaktion zu bekommen.

»Er hat Sie als Frau geliebt?«

– *Nein.*

»Als seine kleine Schwester?«

– *Ja.*

»Danach wurde Ihr Vater vom Stadtkrankenhaus als Schwerbehinderter eingestuft?«

– *Ja.*

»Haben Sie Ihren Vater seitdem wieder gesehen?«

– *Ja.*

»Was haben Sie dabei gedacht?«

Balot senkte den Blick und antwortete nicht. Der Staatsanwalt sprang auf und schrie: »Die Fragen sind ohne Belang und ohne Bedeutung für diesen Fall!«. Der Richter ließ den Holzhammer niedersausen. Der Rechtsanwalt fragte weiter.

»Lieben Sie Ihren Vater noch heute? Als Vater?«

– *Schweigen.*

»Warum antworten Sie nicht?«

– *Schweigen.*

»Lieben Sie Ihren Vater als Mann?«

Balot schüttelte den Kopf. Der Staatsanwalt schrie und redete sich in Rage. Sie unterbrach ihn, hob eine Hand und winkte dem Gerichtsdiener, damit sie ein neues Blatt Papier bekam. Darauf schrieb sie ganz deutlich:

»Ich weiß nicht, wie ich meine Familie lieben soll.«

»Also nicht nur Ihren Vater?«

Schweigen.

»Ihr Bruder ist noch im Gefängnis?«

– *Schweigen.*

»Nach diesem Vorfall wurde Ihre Mutter in einer Einrichtung des HAD – dem Hilfswerk für Alkohol- und Drogensüchtige – untergebracht? Ist sie heute noch da?«

– *Schweigen.*

»Wusste Ihre Mutter von der Beziehung zwischen Ihnen und Ihrem Vater?«

– *Schweigen.*

»Glauben Sie, es ist Ihre Schuld, dass Ihre Familie so auseinander gebrochen ist?«

Es war ein Reflex. Sie drückte keinen Button. Aber sie snarkte.

– *Ja.*

Niemand hatte gesehen, wie Balot auf die Taste gedruckt hatte, aber wer interessierte sich schon für so was? Außer dem Doc. Der Rechtsanwalt stellte weiter seine Fragen, eine nach der anderen. Balot fixierte diesen einen Button, snarkte, konzentrierte all ihre Gedanken darauf, nicht davon abzuweichen. Nachfolgend beantwortete Balot jede Frage mit Schweigen.

2

Balots Vater war ein sanftmütiger Mann. Er hatte einen Bart, machte keinen Angst einflößenden Eindruck. Er war nicht zu dick und ein ordentlicher, normaler Arbeiter. Seine Finger waren rau und kräftig, aber dennoch sanft. Selbst als seine Hirnnervenerkrankung sich verschlimmerte und er nur noch drei Finger an seiner rechten Hand benutzen konnte, wirkte er immer noch wie ein freundlicher Mann. An der linken Hand hatte er nur noch den Daumen. Mit diesen vier Fingern hatte er ihr die Schuluniform ausgezogen, als sie von der Schule nach Hause kam.

Damals hatte sie gelernt, ihr Bewusstsein im Raum schweben zu lassen. Zunge und Finger ihres Vaters streichelten Balots Körper wie kostbares Porzellan und sie fühlte etwas Unbekanntes. Verzweifelt unterdrückte sie es und ließ es frei. Ihre Schuldgefühle waren unerträglich, ihr Bewusstsein eiskalt. Mit halb geschlossenen Augen starrte sie in das Zimmer, auf die Möbel, und versuchte, ihr Bewusstsein woandershin schweben zu lassen.

Aber damals hatte sie ihre Technik, ihr Bewusstsein freizulassen, noch lange nicht perfektioniert.

Manchmal entfloh ihre Stimme ihren Lippen. Unwillkürlich. Wie es die Frauen in den Filmen taten, wenn sie in den Armen ihres Liebsten lagen. Keuchend.

Sie wehrte sich.

Sie biss sich auf die Lippen, sah verzweifelt weg. Damit sie das Gesicht ihres Vaters nicht sehen musste. Wie lange blieb sie so? Plötzlich geschah etwas, das die lauwarme Lust auspustete. Ein Gefühl von Hitze und Schmerzen. Er drang in sie ein. Sie hörte, wie er um Verzeihung bat. Sie hörte, wie sie sagte *Hör bitte auf*. Aber es tat so weh. Ihr Vater fing an, sich zu bewegen. Sie versuchte, seinen Körper mit beiden Armen wegzudrücken. Ihr Vater weinte. Mit seinen drei Fingern drückte er ihren Arm weg. Tränen tropften auf ihre Brust, ihren Arm. Als huste er Blut. Bald ebbten die Schmerzen ab und etwas Lauwarmes – keine Tränen – tropfte auf ihre Schenkel.

Das war der glückliche Mann, von dem der Polizist gesprochen hatte. Warum hast du dich nicht gewehrt? Auch wenn der Rechtsanwalt das fragte – sie hatte keine Antwort auf diese Frage.

Sie konnte sich immer ganz genau an das traurige Gesicht ihres Vaters erinnern. So sehr, dass sie sich an kein anderes Gesicht mehr erinnern konnte.

Irgendwie hatte sie ihm die Traurigkeit nehmen wollen. Sie wusste nicht, dass ihr Vater seine eigene zwölfjährige Tochter wie eine Frau lieben wollte, aber damals wäre es für sie unmöglich gewesen, seine Forderung abzulehnen.

Nachdem er es das letzte Mal mit ihr gemacht hatte, stand Balot geistig völlig leer unter der Dusche, als sie Schreie und Beschimpfungen hörte. Dann ein Schuss. Sie rannte mit einem Handtuch um den Körper gewickelt raus und sah ihren großen Bruder, der tobte und brüllte wie ein wildes Tier.

Und wie sich der Körper ihres Vaters zu den Füßen ihres Bruders wand.

Als ihr Bruder sah, wie sie nass am ganzen Körper dampfte, fing er laut an zu schluchzen.

Er war ein freiwilliger Mitarbeiter beim Hilfswerk für Alkohol- und Drogensüchtige. Früher, als er noch ein Kind war, hatte seine Mutter ihn angeschrien, nur ja den Gürtel ordentlich festzuhalten, mit dem sie sich den rechten Arm abschnürte. Deswegen war er beim HAD.

Ihr Bruder hatte, ganz wie die Mutter, ein nervöses Temperament. Er versuchte seiner Mutter zu helfen, doch sein Hass und seine Wut wurden immer größer. Er war der Einzige in der Familie, der normal Geld verdienen konnte. Oft dachte er darüber nach, wie er so schnell wie möglich eine Menge Geld verdienen könnte.

Im Lauf der Zeit geriet er in schlechte Gesellschaft. Falsche Freunde zogen ihn in ihre Geldgeschäfte mit hinein, später arbeitete er als illegaler Waffentransporter.

All das kam nach der Gewalttat gegen seinen Vater heraus, deswegen musste er ins Gefängnis. Als sie ihn das letzte Mal besuchte, sagte ihr Bruder zu ihr: »Es war alles umsonst.«

Balot hatte nichts gesagt, nur seinem Rücken hinterhergesehen. Dann wurde sie in das Heim geschickt, das mindestens genauso furchtbar war wie das Gefängnis. Lange, lange Zeit hatte sie gedacht, dass es ihre Strafe war, da zu sein. Sie hatte ihre Familie zerstört, dafür musste sie bestraft werden.

Böses Mädchen, du bist ein böses Mädchen! Selbst heute noch konnte sie das Echo dieser Worte in den Tiefen ihrer Ohren hören.

Der Rechtsanwalt wurde nicht müde, zu wiederholen, dass alles nur ein Unfall gewesen sei, dass Shell Septinos keineswegs die Absicht gehabt häbe, sie zu töten. Er fügte hinzu, dass sie Shell nicht vertraut hatte, der Hilfe holen wollte, und dass sie selbst ihre Lage verschlechtert hätte. Als Beweis für diese Theorie führte er die unzähligen Kratzspuren auf der Innenseite der Türen des AirCar an.

Die Innenseite der Türen wiesen zahlreiche Kratzspuren auf.

Als ob das alles Balots Schuld wäre.

Um die Jury zu überzeugen und für sich zu gewinnen, hatte der Rechtsanwalt wirklich alle Register gezogen.

Balot hatte schamlos selbst ihren eigenen Vater verführt, ihre Familie zerstört, war aus dem sozialen Leben ausgebrochen und hatte als minderjährige Prostituierte ein maßloses Leben geführt.

Das sagte der Rechtsanwalt. Wie können wir unsere Augen vor dem Unglück von Shell Septinos verschließen, ein normaler, vernünftiger, ehrgeiziger Mann, der ad asperam ad astram gegangen war um seine heutige Position zu erreichen – müsste man nicht auf der Seite dieses Mannes stehen, der sogar einem Mädchen wie Balot nur Freundlichkeit erwiesen hatte?

Jetzt hatte Shell Septinos natürlich Angst, ob er nicht doch einen Mord begangen hat, denn *wegen seiner Gedächtnisstörung kann er sich an den Tag des Vorfalls nicht erinnern.* Das wusste dieses Mädchen natürlich ganz genau. Und daraus versuchte sie auf diese Art ihren Vorteil zu ziehen.

Der Staatsanwalt ging zum Gegenangriff über und bot alles auf, er rief den Polizisten, der den Fall untersucht hatte, in den Zeugenstand,auch den Doc – den Rechtsverdreher –, und entlarvte dabei, wie sehr dieses Mädchen ein Opfer des Ehrgeizes dieses Septinos geworden war.

Später drückte der Staatsanwalt es so aus:

»Der Rechtsanwalt hat es wirklich übertrieben. Das Mädchen wirkte immer ruhig und verletzlich. Das machte bei der Jury einen *guten Eindruck.* Wir hatten aber auch Glück, dass niemand von den Geschworenen einen Universitätsabschluss hatte.

Shell hat nämlich seine Identität etwas manipuliert und sich den Abschluss einer Elite-Uni gegönnt. Anfangs war ich schon beunruhigt, schließlich ist sie so hübsch und sieht so adrett aus. Immerhin gibt es tatsächlich Geschworene, die so lange an die Unschuld des Angeklagten glauben, bis sie das Opfer sehen, wie es – in zuckende kleine Fetzen gehackt – in den letzten Zügen liegt.«

Das Einzige, was sie von der Erwiderung behielt, war das Wort *ehrgeizig*.

Ein ganz normaler, vernünftiger, ehrgeiziger Mann …

Er hatte seinen Weg gefunden, die soziale Treppe aufzusteigen, und auf diesem Weg ließ er gelegentlich etwas fallen. Mehr war es nicht, aber trotzdem wollte er damit angeben, sich von Frauen und anderen Männern als Held feiern lassen. Was für ein armseliger Mann.

Jetzt konnte sie sich da ganz sicher sein. Sie dachte daran, wie dumm sie doch gewesen war. Und gleichzeitig fühlte sie, wie die Stimme, die immer *Du bist ein böses Mädchen!* schrie, ebenso plötzlich wie sauber aus ihrem Ohr verschwand.

Im ganzen Hagel der Demütigungen war das ihr einziger Sonnenstrahl. Es gab kein Zurück mehr. Es ging um Leben und Tod. Das hatte sie verstanden. Deswegen konnte sie so kühl bleiben. Warum ich – und wieder hatte sie eine andere Antwort darauf gesehen, das glaubte sie jedenfalls.

Und hinter dieser Antwort wartete die Treppe, die Balot hochgehen sollte.

Mit dem Doc zusammen verließ Balot den Gerichtssaal.

Der Staatsanwalt war hocherfreut. Bei der nächsten Verhandlung würde sicherlich ganz offiziell das Verfahren eingeleitet werden, fast hätte er allen Ernstes sogar gejubelt.

Genau in dem Moment, als sie sich vom Staatsanwalt verabschiedeten und gerade das Gerichtsgebäude verlassen wollten, kam er völlig geräuschlos näher. Ein Mann, dessen Schatten allein schon Menschen verschlucken konnte.

»Boiled!« Erschreckt rief der Doc den Namen des Mannes aus. Er hatte vor Gericht am Tisch des Angeklagten gesessen.

Der Mann, der Balot bedroht hatte. Dimsdale Boiled, der Zuständige des beauftragten Falles für Shell.

Zum ersten Mal stand Balot so nah bei diesem Mann, dass sie sich hätten berühren können, wenn sie ihre Arme ausstreckten.

Von allen Männern, die sie bisher gesehen hatte, war sein Gesicht das humorloseste. Vermutlich lächelte er nie.

Die dunkelblauen Augen unter seiner hervorstehenden Stirn fixierten Balot. Und das Halsband, das sie trug.

»Ab der nächsten Verhandlung werden die Aufzeichnungen des Prozessverfahrens auch der Seite des Angeklagten zugänglich gemacht. Dann werde ich meinen Zug machen«, sagte Boiled harsch, der Mann, mit dem Œufcoque zusammengearbeitet hatte.

Balot erwiderte seinen Blick fest.

»Ich werde es schnell finden. Gebt auf.«

Er sprach von ihrem Versteck, ohne Zweifel. Sein Ton dabei war nüchtern und ruhig, aber seine Worte schickten eine Schockwelle aus, wie der Donner.

Balots Knie zitterten. Etwas Saures stieg aus ihrem Magen hoch. Dann sah Boiled sie an, ganz so, als ob er jetzt zum ersten Mal bemerkte, dass es sie gab.

»Frag Œufcoque doch mal danach, wie ich meine Fälle löse«, sagte er und drehte sich um. Seine Schritte waren seltsam fließend, kaum hörbar. Etwas weiter weg stand Shell, zusammen stiegen die beiden Männer in ein Auto.

Balot stand im Eingang des Gebäudes und behielt sie lange im Auge. Sie starrte in die Richtung, in der die beiden Männer verschwunden waren. Dann betrachtete sie das Gerichtsgebäude, die Menschen in der Nähe.

Noch nie hatte sie etwas so intensiv gefühlt, und ihre Wut schob ihre Angst zur Seite.

Zum allerersten Mal.

Als sie es bemerkte, hatten ihre Knie bereits aufgehört zu zittern.

Sie atmete ganz ruhig aus. Wie eine blaue Flamme, die über ihre Lippen floss.

Eine Frage von Leben oder Sterben. Und ihr ganzer Körper entschied sich für einen Weg.

Balot starrte noch einmal in die Welt und berührte dann ganz sanft ihren Kristall.

#Bring mir bei, wie ihr kämpft.#

3

»Ein ganz seltsamer Anblick, dabei habe ich ein ganz seltsames Gefühl bekommen«, murmelte Shell. Seine Chamäleon-Sonnenbrille schimmerte in stumpfem Zink.

»Ich kann mich nicht erinnern, ob ich jemals Angst hatte oder mich vor irgendwas gefürchtet habe. Wurde ja alles beim CRAP aus meinem Gehirn gelöscht. Trotzdem: seltsam, sehr seltsam.«

Dann wandte er sich Boiled zu, der am Steuer des Wagens saß. *»Ich habe Angst.«*

Er verzerrte seine Lippen zu einem krampfähnlichen Lächeln, seine Stimme zitterte, als er das sagte.

Boiled antwortete nicht.

Er nickte knapp und fuhr schweigend weiter.

»Ich verstehe, dass dieses Gefühl Angst ist. Verstehe ich, die Lage ist ja auch beängstigend. *Aber warum dieses Mädchen?*« Shell reckte seinen Hals, um in den Himmel hinter der Windschutzscheibe zu sehen, als fände er dort eine Antwort auf seine Frage.

»Mein aktuelles Ich hat sie noch nie gesehen oder irgendwas von ihr gehört. Nur ein winziges, machtloses, kleines Mädchen … und sie macht mir *Angst*. Ich kann kaum atmen, wenn ich nur daran denke, dass sie am Leben ist.«

Gequält lockerte er seine Krawatte und zog eine Flasche Shochu aus seiner Tasche.

»Business ist eben Business. Einer muss dabei geopfert werden. Und das Opfer sollte an meinem Finger glänzen als ein erstklassiges Juwel. Aber dieses eine Mal bin ich wirklich ernsthaft beunruhigt. Ich habe Angst, aus tiefster Seele. Angst, weil das Mädchen noch nicht an meinem Finger ist. Warum? Warum?«, ächzte er, während er mit zitternden Fingern die Flasche aufschraubte und gierig daraus trank.

»*Warum um alles in der Welt habe ich dieses Kind getötet?*«, fragte er sich selbst und atmete schwer. Die Augen hinter seiner Sonnenbrille waren blutunterlaufen. Zusammen mit dem Shochu kippte er ein paar Euphoriepillen. Gut, dass es die für Angestellte der October Company günstiger gab.

Seine tiefroten Augen warfen Boiled einen messerscharfen Blick zu.

»Lass es mich wissen, wenn sie endlich aus der Welt verschwunden ist.«

»Bald.«

Boiled sagte nur dieses eine Wort, ganz ruhig. Nicht eine Spur von Unsicherheit in seiner Stimme. Er drehte geringfügig das Lenkrad und das AirCar glitt in das luxuriöse Viertel Señorita. Ganz unerwartet trat plötzlich ein Lächeln auf Shells Lippen.

»Der Typ heute bei Gericht, für deinen Ex-Partner sah der ja ganz schön unzuverlässig aus.«

»Der macht nur die Instandhaltung.«

»Was?«

»Letzen Endes … agiert er zwar auch, aber er ist nicht der, der uns die echten Probleme macht.«

»Ist er nicht? Er ist also nicht dieser Œufdingens?«

Shell verzog wieder seine Lippen. In seiner Angst klang seine Stimme gepresst, nach Hass und Mord.

»Die kleine Ratte zeigt sich nie in der Öffentlichkeit. Er arbeitet immer mit jemandem zusammen.«

Boileds Stimme war eiskalt und tief, wie eine Maschine. Shell sah Boiled hinter seiner zinkfarbenen Sonnenbrille an, ohne zu blinzeln.

»Aber du kennst doch die Fähigkeiten deines Gegners ganz genau? Seine Tricks, seine Besonderheiten.«

»Das gilt auch für die andere Seite. Er kennt mich sehr gut.«

»Das heißt also …«, fing Shell an, dann füllte Schweigen den Wagen. Endlich spuckte er aus: »Sind sie gefährlich?«

Boiled nickte wortlos.

»Aber mit wem arbeitet er zusammen? Mit diesem langen dürren Kerl von heute? Handelt der für ihn in der Öffentlichkeit, und er selbst arbeitet im Hintergrund?«

»Möglicherweise ist er nicht unser Mann.«

»Was soll das heißen?«

»Ich werde das überprüfen. Dazu brauche ich Männer. Heute Abend – du kennst sie nicht.«

»Du kannst dir so viel Geld vom Geheimkonto nehmen, wie du willst. Mach, was du für richtig hältst. Vollständig und unbarmherzig.«

»Ja.«

»Ich habe … ich habe Angst. Ich habe nie Angst, auch wenn ich bei einer Show um ein paar hunderttausend Dollar spiele. Bei keiner Arbeit hatte ich Angst. Aber jetzt …«

Ohne Vorwarnung zitterten Shells Arme und Beine plötzlich, seine Zähne klapperten wie vor großer Kälte. Er bebte vor Angst. Es kam tief, tief aus seinem Innersten, es erwischte ihn eiskalt. Tief in ihm verborgen gab es einiges, was ihm Angst machte.

»Flashback«, murmelte Shell undeutlich. Dann schüttelte er heftig seinen Kopf.

»Blödsinn. So was kann ich ja gar nicht haben. Ich habe doch keine Vergangenheit …«

Das Ende des Satzes versickerte in einem dumpfen Ächzen, dann wandte sich der Mann, der sein Gehirn regelmäßig resetten ließ, wieder Boiled zu.

»Und? Was wird das werden? Was für Leute willst du anheuern?«, fragte er. Wie ein tollwütiger Hund, der sabbernd die Zähne bleckt.

»Leute, die für Geld arbeiten und gleichzeitig Geschmack an ihrem Auftrag finden.« Boileds Stimme klang tief und gelassen.

»Die Art von Leuten, die gern andere Menschen auseinander hackt und damit ihr trautes Heim dekoriert.«

Ganz langsam sickerte die Bedeutung dieser Worte in Shells Hirn durch. Hinter der Sonnenbrille wurden seine Augen erst schmal, dann riss er sie ganz weit auf.

»Das ist gut«, sagte er und lächelte dabei. Ein grauenhaftes Lächeln mit bösen Augen, das sein Gesicht zu einer Grimasse verzerrte.

»Wenn das so ist, sogar sehr gut. In der Zeit kann ich meine Geschäfte vorantreiben. Meine Geschäfte, meine ganz alleine. Dann werde ich die Treppe hinaufsteigen, und zwar schnell. Die Treppe in den Himmel. Mardock. Ich werde so hoch rennen, dass die Vergangenheit mich nicht erreichen kann … bis die Vergangenheit verschwindet«, flüsterte Shell, immer wieder und wieder, wie bei einem endlosen Albtraum.

Boiled brachte Shell nach Hause und fuhr weiter.

Weiter Richtung River Side. Auf dem Parkplatz eines Einkaufszentrums wechselte er den Wagen. Vom AirCar in ein Benzinauto, das er im Voraus dort abgestellt hatte. Ehe er losfuhr, öffnete er den Kofferraum, in dem zwei Aktenkoffer lagen.

Er öffnete erst den einen und dann den anderen und überprüfte ihren Inhalt. Dann stieg er ein und fuhr direkt zum Hafen.

Als er das Checkgate des Hafens passierte, färbte die Abendsonne das Meer glutrot.

Er gab seine Lizenzkarte beim Pförtnerhaus ab.

Der junge Wächter schob die Karte in sein Gerät und pfiff anerkennend, als er sah, dass Boiled über sämtliche Rechte verfügte, die während seiner Zuständigkeit für einen Fall auftreten mochten.

»Irgendwas am Hafen passiert?«

Boiled schüttelte ruhig den Kopf und nahm seine Karte wieder an sich.

»Kein großer Fall.«

Der junge Wächter war ganz aufgeregt, als er das Tor öffnete. »Wenn irgendetwas ist, dann rufen Sie mich bitte. Ich übe jeden Tag auf dem Schießstand.«

»Eine Pistole wird nicht nötig sein«, lehnte Boiled das Angebot ab. Das beeindruckte den Wächter umso mehr, und er nickte.

»Genauso, wie ich es mir vorgestellt habe.«

Er fuhr mit dem Wagen auf das Hafengelände, inmitten von gigantischen Fabrikanlagen. Kräne, die wie Monster aus alten Godzilla-Filmen aussahen, rissen die bunten Container von den Transporterkolonnen, ließen die Züge zurückfahren wie sauber leer gepickte Skelette.

Boiled stellte seinen Wagen auf einem Parkplatz ab, auf dem sonst nur LKWs standen, nahm die beiden Koffer und ging zum Anlieger.

Er fand den richtigen Kran sofort.

Bandersnatch Viehzucht Import & Export stand auf dem

Schild am Führerhaus des Krans. Boiled sah am Kran hoch, dann richtete er seinen Blick auf die Person im Kontrollraum. Er stellte sich vor das Geschäfts-TV-Phon und drückte auf die Klingel.

{Was?}

Dröhnte eine raue Stimme blechern. Sein Bild war jetzt auch zu sehen. Ein Mann in einem Arbeitsoverall.

Unter seinen verfilzten Dreadlocks hatte er ein rundes Gesicht, mit Haut so braun wie ein Skorpion.

»Wo ist die Company?«

»Welche Company denn?«

Der Mann im Kontrollraum drehte und wendete seinen Körper in der Enge des kleinen Häuschens und drückte den Hörer an sein Ohr.

»Ich habe Geld. Für die Viehzucht Import & Export Company«, sagte Boiled. Die Antwort war ein ohrenbetäubendes Gelächter aus dem Hörer.

{Wer bist du?}

»Dimsdale Boiled.«

{Der Boss hat mal von dir erzählt. Du bist hier richtig. Viehzucht Im- und Export. Warte kurz, ich mach das mal eben. Geh durch den Zaun da, yo, der innerhalb der weißen Linie.}

Boiled tat, was man ihm gesagt hatte. Wenig später senkte sich ein riesiger Container fast über seinem Kopf herab. Ein Container, in dem problemlos ein großes Haus Platz gehabt hätte. Erst sah es so aus, als käme der Container relativ unpräzise runter, doch Boiled merkte schnell, dass er absolut zielgenau gesteuert wurde.

Die Tür an der Seite des Containers befand sich jetzt genau vor Boiled. Das elektrische Schloss entriegelte sich selbst, die Tür glitt zur Seite und öffnete sich.

Boiled betrat den Container und die Tür glitt hinter seinem Rücken automatisch wieder ins Schloss.

Es war dunkel, doch das Licht ging sofort an. Im blauweißen Neonlicht konnte er sehen, dass der Raum durch eine Trennwand geteilt war. Dahinter stand ein Schreibtisch mit einem flackernden Monitor und ein Sofa. Es sah aus wie in jedem anderen Büro auch.

Plötzlich kicherte es hinter der Stellwand, hoch, keckernd und schrill.

»Überrascht es dich, dass es in unserem Container so aussieht? Willkommen in unserem Büro!«, sagte die Stimme eines kleinen Mädchens. Hinter der Trennwand kam allerdings ein Mann hervor, der mindestens Ende dreißig war.

Modifizierte Stimmbänder, klar. Er war ziemlich klein, sein Haar lang und unregelmäßig gefärbt, blond und rot, aber alles auf eine Länge geschnitten.

Boiled warf nur einen flüchtigen Blick auf den Mann, dann betrachtete er wieder seine Umgebung.

»Es bewegt sich.«

Boiled spürte, wie der ganze Container langsam wieder hochgezogen wurde.

»Mach dir keine Sorgen! Mincy ist ein erfahrener Kranführer.«

»Das ist der Mann im Kontrollraum?«

»Jepp, Mince the Wink. Im Krieg war er Hubschrauberpilot. Ließ als Elitepilot Feuer auf den Kontinent regnen. Ein muskelbepackter Todesengel.«

»Wo bringt ihr mich hin?«

»Ach, nur auf unser Schiff! Unsere Homebase.«

Boiled stellte keine weiteren Fragen. Die Aktenkoffer hatte er nicht aus der Hand gelegt, schweigend stand er dem kleinen Mann gegenüber.

»Du bist wirklich cool, Boiled. Mincy ist ja schon tough, aber du bist echt eine große Nummer«, seufzte der kleine Mann ganz verträumt.

»Ich bin Rare the Hair. Das ist mein Markenzeichen in der Company.«

Er fuhr sich mit beiden Händen durchs Haar, das glatt wie Seide durch seine Finger floss.

»Ich habe wunderschönes Haar, nicht wahr?«, fragte der kleine Rare und legte seinen Kopf neckisch zur Seite. Seine Haut sah ungewöhnlich weich aus. Weiß und glatt. Und wenn man ganz genau hinsah, dann war die Haut an verschiedenen Stellen von unterschiedlicher Qualität. Es waren keine Nähte zu sehen, trotzdem war Rare Frankensteins Monster, erschaffen mit modernster Technologie.

Boiled beobachtete das etwas exzentrische Verhalten des kleinen Mannes, ohne eine Miene zu verziehen.

»Huch, wir sind bald da! Bis dahin schau ich mir noch ein bisschen dein süßes Pokerface an!«, sagte Rare mit seiner klaren, hohen Mädchenstimme. Langsam senkte sich der Container wieder abwärts. Sie setzten auf einer größeren Fläche auf, ohne dass es dabei großartig gewackelt hätte.

»Oh! Wir sind da! Wie schade – ich hätte dich gern noch ein Weilchen angeschaut!«

Die Tür ging wieder auf, ein anderer Mann betrat den Raum. Blond und blauäugig, ein typischer Geschäftsmann.

»Bitte entschuldigen Sie diese Umstände. Setzen Sie sich doch.«

»Ich will neben ihm sitzen, darf ich, darf ich, Medi?«

Der Mann wedelte mit seiner Hand nach Rare, als wolle er einen Hund verscheuchen.

Rare kicherte hoch und schrill und hüpfte auf dem Sofa auf und ab, ausgelassen wie ein kleines Kind.

»Guten Tag, Mr. Boiled. Wegen unseres Berufs sollten wir auf einen Handschlag verzichten.«

Er setzte sich gegenüber von Boiled auf ein Sofa und flatterte mit seinen Fingern. Sehr ordentliche Hände, sehr gepflegt, mit gefeilten Nägeln, poliert und mit hellblauem Nagellack.

Insgesamt machten die Finger jedoch einen uneinheitlichen Eindruck.

»Mein Name ist Medium the Fingernail. Ein Pseudonym für diesen Beruf. Eine Art … Nickname, so wie bei einem Studenten, der im Net nach Kontakt sucht.«

»Bevor ich das Geld übergebe, will ich das Ergebnis prüfen«, sagte Boiled. Seine Hände lagen ganz zwanglos auf seinen Aktenkoffern.

Mediums scherzhafter Tonfall verschwand plötzlich. Mit einer fließenden Bewegung lockerte er seine Krawatte und öffnete einen Knopf seines Hemdes nach dem anderen.

Rare, der schräg hinter Boiled stand, quietschte entsetzt auf und bedeckte sein Gesicht mit beiden Händen. Ganz zögerlich spähte er durch seine Finger auf Mediums kräftige Brust.

Boiled betrachtete die Kette um Mediums Hals völlig ausdruckslos. Vorsichtig legte Medium sie auf dem Tisch ab. Ganz vorsichtig, sodass die einzelnen *Anhänger* nicht übereinander lagen.

»Sie leben noch.«

»Die Kanülen an ihrem unteren Ende tauschen die Körperflüssigkeiten aus. Sie haben noch einen richtigen Metabolismus. So kann man sich ganz einfach damit schmücken. *Die Nägel wachsen noch, und sie werden auch schmutzig.*«

»Wie viele Personen?«

»Rechte Daumen von fünf verschiedenen Personen. Sollten bei einem Fingerabdruck-Scan perfekt passen. Fünf Gehirnchirurgen, drei Männer, zwei Frauen. Ist doch wie in der Bestellung verlangt?«

Medium lachte leutselig. Wie ein schmieriger Händler, der damit angeben wollte, wie unsagbar fair diese Geschäftsverhandlungen doch waren.

»Die Finger der Ärzte haben einen hohen Seltenheitswert. Ich war auch so frei, mir einen zu nehmen. Hier, der kleine Finger an der linken Hand. Ist von einer der beiden Ärztinnen. Wirklich sehr schön.«

»Nur die Finger?«, fragte Boiled argwöhnisch. Medium schüttelte lachend seinen Kopf.

In diesem Moment kam der Mann in den Container, der den Kran gesteuert hatte.

»Medi, ich bin fertig mit dem Stapeln. Die Idioten von nebenan sind wieder gegen einen der Container gekracht und haben einen Kratzer drangemacht. Ich hab ihnen sofort eine Schadensersatzforderung geschickt.«

Unschlüssig stand er neben dem Sofa. Er war eine Nummer breiter und größer als Boiled.

»Gut gemacht, Mince. Das ist Mr. Boiled.«

»Wir haben uns vorhin schon gesehen. Der *Transport* war doch nicht schlecht, was?«

»Mince, Rare, zeigt ihm euren Anteil.«

»Oh, ich auch?«

»Du interessierst dich also für unsere Sammlung?«

Boiled sah die Männer ruhig an und sagte nur: »Ich will nur sicher sein.«

»Es geht um die Ärzte, oder? Einen Moment! Ich gehe sie holen!« Rare hüpfte davon und an Mince vorbei.

Etwas geistesabwesend stand Mince da und zog seinen Reißverschluss runter.

»Das sind Kelly und Linda. Ich wollte die Mädels in der Nähe meines Herzens haben. Der Typ an meinem rechten Arm ist Daniel, am linken Arm sind Lake und Steve. Die beiden waren gute Freunde, glaube ich, darum habe ich sie nebeneinander transplantiert. Schau, *sie sehen sich an.*«

Die Augenpaare am linken Arm schienen sich zuzuzwinkern, ganz, wie er gesagt hatte.

»Ich hatte ja gedacht, dass Augen von Ärzten irgendwie kalt seien, aber sie sind erstaunlich romantisch. Vor allem Linda. Ich glaube, sie interessiert sich für Rick, den berühmten Anwalt an meinem Bauch.«

»Mincy, mein Lieber, das sieht nur so aus wegen der Muskelfasertransplantation.«

»Medi, du hast einfach keine Phantasie. Kommt, Leute, sagt hallo zu Mr. Boiled.«

Mince spannte seine Muskeln an, alle Augen an Brust und Bauch rissen gleichzeitig ihre Lider weit auf und starrten Boiled an.

Boiled starrte ausdruckslos zurück.

Die Augen waren alle paarweise angeordnet. Alle hatten Augenlider mit Wimpern und Tränendüsen. Einige der Augen waren rot angeschwollen. Es sah aus, als hätten sie geweint, weil sie dieser Situation nicht entkommen konnten.

»Da bin ich wieder! Pfui, Mincy! So unanständig!«, quietschte Rare, als er zurückkam und ganz rot wurde beim Anblick des halb nackten Mince.

»So, das ist mein Anteil von den fünf Personen«, sagte er und präsentierte Boiled Haut und Haare, ordentlich unter Glasplatten in einer Lösung angelegt.

»War leider nichts dabei, was mir wirklich gefiel! Hat wohl mit ihrem unregelmäßigen Leben zu tun.«

Boiled ging nicht weiter darauf ein und wandte sich wieder an Medium.

»Welche Teile habt ihr zurückgelassen?«

»Die vom Kontinent verbrauchen alles von einem Wal. Weder Haut noch Knochen, nichts bleibt übrig. Wenn noch was weggeworfen wird, dann maximal die Luft, die der Wal verdrängt hat. Nur das Nicht-Sein bleibt zurück.«

»Verwendungszweck?«

»Transplantation, Forschung, Körperschmuck – oder zum Verzehr.«

Rare kicherte, als Medium das sagte.

»Wir verkaufen es an Leute, die es erregt, wenn sie wissen, dass sie Menschenfleisch essen.«

Medium legte den Zeigefinger auf seine Lippen, um Rare zu bedeuten, dass er schweigen solle. Der Zeigefinger von irgendwem.

»Die Knochen lassen sich für Knochenmarkstransplantationen oder andere wissenschaftliche Zwecke teuer verkaufen. Innere Organe sind alle vorbestellt, sogar Blinddärme.«

»Was ist mit denen, die ihr für den eigenen Bedarf behalten habt?«

»Ihre Körperteile gehören doch zu unserem vertraglich vereinbarten Honorar?«

»Ich will nur sichergehen.«

»Schon gut. Kurz gesagt, sie alle sind verschollen, sind alle nicht mehr da. Nicht ein Tropfen Blut ist übrig. Dank des Krieges hat die Transplantationstechnik ja gewaltige Fortschritte gemacht. Nichts bleibt übrig, es gibt nichts, was man nicht irgendwo gebrauchen könnte. Und alle sind zufrieden.«

»Was ist mit den Daten, die die Ärzte verwaltet haben?«

»Alles da ohne die kleinste Unregelmäßigkeit. Ich begleite Sie gern zu unserer Informationsabteilung.«

Boiled stand auf und folgte Medium. Mit den Aktenkoffern in den Händen begleitete er Medium in die Tiefen des Containers.

»Sein Rücken ist auf so andere Art maskulin als deiner. Er hat auch wirklich schöne Haut, obwohl er ein Mann ist«, flüsterte Rare Mince zu.

Der Container war gigantisch. Er war hauptsächlich für das Schiff bestimmt, um ihn auf Land zu verladen, war er zu groß, also konnte man ihn an einigen Nahtstellen in ein paar kleinere Container zerlegen. Medium entriegelte das elektronische Schloss an einer der Nahtstellen und ging durch den Spalt.

»Kommen Sie. Das ist das Informationscenter der Company. Einer von uns ist Computerspezialist für Datenverarbeitung.

Im Krieg war er beim Informationsdienst. Flesh! Wir haben Besuch!«

Der Raum war übervoll mit Maschinen und Computern. Boiled quetschte sich durch die engen Gassen der Maschinen. Schon bald entdeckte er in ihrer Mitte eine große, wabernde Masse, die sich ihm zuwandte.

Eine freundliche Stimme und freundliche Augen, groß, schwarz und glänzend.

Er hatte kein Haar, sein Gesicht war das eines Jungen inmitten von schneeweißen Fleischbergen.

»Ich habe dich beobachtet, seit du in den Hafen eingefahren bist. Durch die Hafenkameras. Ich dachte mir schon, dass du das bist. Und du bist es wirklich« sagte der Fleischklumpen ein wenig heiser. Er sprach wie ein junger Nerd.

»So, Flesh. Das ist Mister Iron Man, Mr. Boiled. Er ist einer unserer wichtigsten Klienten, mach also bitte keinen Fehler.«

»Freut mich. Ich bin Flesh the Pike. Zuständig für Daten und Information«, sagte er und zeigte mit seiner Hand auf sich. Eine blasse Hand, aufgequollen und rundlich wie die Hand eines Babys.

Boiled schwieg und starrte erst auf die Hand, dann auf Flesh.

Flesh trug eine Art Morgenmantel, den man kaum als Kleidungsstück bezeichnen konnte. Eher eine Art Decke, die seine gigantischen Fleischmassen nicht gänzlich bedeckte. Er war entsetzlich fett und schwer, weit über fettsüchtig hinaus. Sein Morgenmantel dehnte sich über seinen maßlosen Formen.

Boiled konnte unmöglich sagen, ob er auf einem Stuhl saß oder mit dem Hintern direkt auf dem Boden hockte. Möglicherweise stand er sogar.

Boiled stellte seine Aktenkoffer ab und näherte sich Flesh mit nur einem Schritt. Er stellte sich an einen Platz, von dem aus er alle Displays gut im Blick hatte, und sagte: »Ich will die Daten sehen. Den Bericht über die Gehirntherapie, an der die fünf Ärzte gearbeitet hatten.«

»Warte kurz.«

Sein ganzer Körper waberte und bebte unter dem lächerlichen Mantel. Seine dicke Babyhand steckte geschickt ein Kabel in die Polklemme in seiner Halswirbelsäule, zog es wieder raus und fixierte die Bildschirme. Er gehörte nicht zu denen, die elektronische Signale mit ihrem zentralen Nervensystem beeinflussten, er hatte nur Daten aus seinem Gehirn abgespeichert.

»Das kann noch eine Weile dauern. Ich manipuliere die Daten des Universitätskrankenhauses, während ich sie hierhin downloade. Willst du dir die Zeit mit irgendwas anderem vertreiben?«

Boiled sagte weder *ja* noch *nein*.

Flesh sah ihn mit müden, halb geschlossenen Augen an und sagte: »Wenn er mag, kann er sie anfassen. Er kennt unsere Kollektionen, oder, Medi?«

»Rare, Mince und ich haben ihm unsere gezeigt und Mr. Iron Man hat uns deswegen nicht verabscheut.«

»Dachte ich mir doch.«

Flesh lächelte. Mit seinen dicken Fingern fummelte er an seinem Morgenmantel herum und öffnete ihn.

Ganz langsam, als wäre nichts dabei.

»Ein bisschen darfst du, wenn du magst, meine Sammlung anfassen«, sagte er heiser, wobei sein ganzer Körper erbebte. Die weißen Fleischberge wackelten und schwankten paarweise. Es waren Brüste, zahllose Brüste.

Sein ganzer Körper – vor allem Brustbereich und Bauch – waren voller Brüste, so dicht übereinander wie Trauben. Er war unter dem Morgenmantel nackt gewesen. Wegen der Fleischklumpen war es unmöglich, auch nur zu erahnen, wo sein eigener Körper anfing oder aufhörte. Boiled konnte gerade eben noch seine zierlichen Knöchel sehen, die in der Luft wackelten. Wahrscheinlich saß er in einem Sessel. Selbst auf den Innen- und Außenseiten seiner Beine waren Brüste.

»Ist nicht mein Fall. Ich will die Daten«, sagte Boiled gelassen. Flesh kicherte ein bisschen, zog den Morgenmantel wieder an, nickte wissend und warf Medi einen flüchtigen Blick zu.

»Ich mag Leute, die deutlich sagen, was sie wollen. Wir haben schließlich alle andere Motivationen.«

»Fleshy, das ist Mr. Iron Man. Er hat keinen Ödipuskomplex, so wie du. Sein Fetisch ist noch viel größer als meiner.«

»So wird es sein.«

Mit einem Klacken leuchtete die Polklemme in Fleshs Wirbelsäule auf.

Fleshs Augen glitten über die Displays in seiner Nähe.

Flesh hatte fast so viele Monitore wie Brüste, alle bebten sie mit Tabellen voller zufälliger Zahlenreihen.

»Okay, fertig.« Flesh streckte seine Hand zu einem der Monitore aus. Aus dem Gerät, das nur zum Brennen von Daten da war, hüpfte eine Disc, die Flesh mit seinen dicken Fingern geschickt auffing.

»Und bitte. Diese Daten findest du auf der ganzen Welt nur einmal, und zwar auf dieser Disc.«

Boiled nahm die kleine Scheibe in die Hand, betrachtete sie und hob sie über seinen Kopf. Dann zerbrach er sie und quetschte die zahllosen Splitter so lange, bis nur noch ein Haufen magnetischer Plastikteilchen übrig war.

Die Daten, die in Shells Gehirn gewesen waren – verloren in dieser Sekunde ihre Existenz und wurden zum Nicht-Sein.

Boiled öffnete seine geballte Faust über dem Mülleimer, die einzelnen Teilchen segelten friedlich nach unten.

»Es bleibt nichts als das Nicht-Sein«, sagte Medium.

Boiled warf Medium nur einen flüchtigen Blick zu. Dann nickte er. Das erste Mal, seit er in den Hafen gekommen war.

4

Als sie Fleshs Zimmer verließen, sagte Medium mit einem Gesicht, als erzähle er einen lang einstudierten Witz:

»Sind Sie es nicht langsam leid, die Aktenkoffer die ganze Zeit zu tragen? Wenn Sie möchten, nehme ich Ihnen das gern ab …«

»Ich habe gehört, ihr seid fünf in dieser Company. Ich gebe die Koffer nur eurem Boss persönlich. Dem Äußeren dieses Containers nach zu urteilen, müssten hier noch mehr Räume sein. Wo ist er?«

»Der Boss ist leider gerade nicht da …«

»Es muss noch jemand anders in diesem Container sein. Einer der Monitore hat vorhin die Gewichtsveränderungen im Container angezeigt. Im Inneren hat sich jemand bewegt, den ich noch nicht gesehen habe.«

»Der Boss ist … ach, was soll ich es verheimlichen. Er begutachtet gerade die Sammlung.«

Medium zuckte resignierend mit den Schultern und ging auf eine andere Wand zu.

»Ihr habt Kommunikatoren in eure Köpfe implantiert?«

Auf Boileds Frage hin sah Medium ihn erschreckt an.

»Die Augen sind ebenfalls mechanisiert. So tauscht ihr ständig Informationen aus.«

»Das ist unsere Art, unser Business zu führen«, erklärte Medium und drückte den Summer der Sprechanlage an der Wand.

{Lass ihn rein.}

Die Antwort kam sofort. Der Sprecher schien ein Lachen zu unterdrücken. Ein Lachen, das sagte, dass er ganz offensichtlich wusste, worüber Medium und Boiled gesprochen hatten.

Ein Teil der Wand glitt zur Seite und ermöglichte so den Eingang in einen weiteren Raum. Drinnen saß ein Mann in einem Ledersessel, der ihnen den Rücken zugekehrt hatte.

»Ein Mann, der so schnell die Fähigkeiten einer Gruppe durchschaut, ist ein echter Jagdhund mit untrüglichen Instinkten«, sagte er, stand auf und lächelte sie breit an. Seine weißen Zähne passten gut zu seiner dunklen Haut. Er gehörte zu der gleichen ethnischen Gruppe wie Shell, allerdings war er voll von nahezu unmenschlicher Energie. Sein Rücken war gerade gestreckt, er trug sein Haar sehr kurz und an einer Schläfe hatte er ein Tattoo. Sein Gesicht hatte diesen gewissen, typischen süßen Schmelz, aber seine Augen waren übernatürlich scharf und fixierten Boiled.

»Den Boss eines Rudels so schnell wie möglich ausfindig zu machen, genau das entspricht den Instinkten eines Jagdhundes. Die Bandersnatch Company hat in dir einen guten Partner gefunden.«

Während er das sagte, winkte er mit seiner linken Hand Wand und Boden zu. Nur an der Linken trug er einen Handschuh aus schwarzem Leder. Auf dem Handrücken war ein Goldkettchen befestigt, das bei jeder Bewegung klirrte und klingelte. Erinnerte irgendwie an SM/Bondage-Unterwäsche. Der kleine Finger und der Zeigefinger waren bedeckt, doch die anderen Finger ließ der Handschuh frei. Wahrscheinlich sogar seine eigenen Finger. Er schnippte zweimal.

Daraufhin erhob sich ein Tisch, Sofas erschienen und eine Cocktailbar tauchte aus dem Nichts auf. Der bisher leere Raum verwandelte sich in die Lounge eines Geschäftsmannes.

»Setz dich.«

Boiled setzte sich. Die Männer saßen sich gegenüber, Medium ging zur Cocktailbar, um die Drinks vorzubereiten.

»Ich bin Welldone. Meine Freunde nennen mich Well. Ist natürlich nur ein Deckname. Alle lieben Decknamen. Ist ein Trick, um im Untergrund ein freies Leben zu führen und Spaß zu haben. Mit einem Decknamen hat man es leichter, Verwandte im Geiste zu finden.«

Welldone faltete die Hände – die eine mit Handschuh, die andere ohne – und lächelte.

»Mein voller Deckname ist Welldone the Pussyhand.«

»Es gibt noch diesen einen Körperteil, den ich bislang noch nicht überprüft habe. Was macht ihr damit?«, murmelte Boiled. Welldone lächelte noch immer und schnippte. »Medi, zwei trockene Awamori.«

Anschließend zeigte er Boiled seine Handfläche im schwarzen Leder. »Ich sammle sie, zu persönlichen Zwecken. Die von Männern, die von Frauen. Kann auch vorkommen, dass ich eines mal verkaufe. Ich transplantiere nur wenige Stücke meiner Sammlung in meinen Körper, denn ich suche nur nach dem einzigartigen, vollkommenen Meisterwerk.«

Der Handschuh hatte innen einen silbernen Reißverschluss. Er zog ihn langsam nach unten.

Boiled sah ihm unverändert ausdruckslos dabei zu.

Im Inneren des Handschuhs öffnete sich eine Vagina, wie ein senkrechter Einschnitt in die Handfläche. Sie war pink, das Schamhaar war anscheinend nicht transplantiert worden. Sanft öffnete er mit seinem rechten Finger die glatten Falten.

Wie ein Reißverschluss. Er konnte die Klitoris erkennen. Wenn er die Falten mit seinem Finger kitzelte, glitzerten sie feucht.

»Zwischen meinen Armmuskeln habe ich die Vaginalhöhle implantiert. Die Harnröhre ist nichts als Dekoration, leider. Ich kann dir nichts über ihre *Herrin* verraten, aber sie war in jeder Hinsicht ein exquisites Kunstwerk. Für *sie* bin ich um die ganze Welt gereist, um diese Chance zu bekommen. Dank der Transplantationstechnologie konnte ich dieses einmalige Stück bekommen.« Dann grinste er. Ein rasierklingenscharfes, grausames Grinsen, das nach dem verdorbenen Atem einer wilden Bestie stank.

»Meine süße Pussycat, die so stolz darauf ist, wie empfindlich und wie eng sie ist.«

Welldone machte den Reißverschluss wieder zu, nahm ein Glas von Medium und bot Boiled ebenfalls eins an. Boiled sah Welldone mit dem Cocktail in der Hand an.

»In unserem Job schütteln wir uns nicht die Hand. Wir stoßen mit den Gläsern an, und trinken das Gift unseres Geschäftspartners«, sagte er, stieß mit Boiled an und trank das Glas aus, dann stellte er es auf dem Tisch ab.

»Das ist deine Gelegenheit, damit wir deine Aufträge mit größter Priorität bearbeiten werden.«

Boiled trank ebenfalls aus. Dann legte er einen der Aktenkoffer auf den Tisch.

»Euer Honorar.«

Medium griff schnell nach dem Koffer und ging einen Schritt vom Tisch weg.

Er überprüfte den Inhalt und warf einen kurzen Blick in Richtung Welldones Rücken.

Welldone nickte, drehte sich nicht um. Es waren also nicht nur Welldone und Medium, die sich so kontaktierten, nein, sie tauschten sich auch mit dem Rest des Teams über die implantierten Kommunikatoren aus.

Welldone hatte es einmal so beschrieben: »Wir sind alle unsere Augen, Ohren und Waffen. Das ist unsere Stärke.«

Boiled legte den anderen Aktenkoffer auf den Tisch und öffnete ihn selbst.

»Euer nächstes Ziel. Honorar im Voraus.«

Welldone beugte sich vor wie ein Hund, der Witterung aufnahm, und betrachtete den Inhalt des Koffers.

»Wie viele?«

»Nur eine. Allerdings mit zwei Zuständigen für beauftragte Fälle und einem privaten Wachdienst, der Ärger machen könnte.«

»Und dafür nur so wenig?«

»Weil die Zielperson völlig eurem Geschmack entspricht. Und ihr könnt mit ihrem Körper machen, was ihr wollt.«

Welldone nahm die Datendisc aus dem Koffer und verzog das Gesicht, als hätte er etwas Verbranntes gerochen.

»Und was ist das hier?«

»Ein Film, in dem die Zielperson mitspielt.«

Welldone sah Boiled prüfend an. Medium stand an seiner Seite und nahm die Disc an sich.

»Wir werden das Ziel hier und jetzt überprüfen. Das ganze Team.«

Er schnippte. Eine andere Wand öffnete sich, ein Bildschirm erschien.

Während Medium die Disc einlegte, kamen Rare und Mince in die Lounge und setzten sich auf eins der Sofas. Flesh verfolgte das Vid anscheinend von seiner Kammer aus, auf einem der Bildschirme dort.

Keiner sprach ein Wort. Man konnte an ihren Gesichtern sehen, dass sie große Hoffnungen in ihre neue Zielperson setzten.

Das Vid fing kurz darauf an. Eine billige Kopie mit vielen Macken. Auch der Inhalt war nicht besonders sehenswert. Aber in der Sekunde, als das Mädchen kam, waren sie alle wie festgenagelt.

Sie schauten zu, wie andere ihr Spiel trieben mit dem Mädchen, das wie tot war. Die Luft knisterte geradezu vor uneingeschränkter Aufmerksamkeit.

»Sehr gut. Ihre Finger.«

Nach dem ersten *Akt* sprach Medium es laut aus.

»So unschuldig, und doch so geschmeidig. Ich wollte schon immer einen besseren kleinen Finger haben.«

Rare quietschte in seiner höchsten Stimmlage.

»Ihre Haare sind wunderschön. Und ihre Haut sieht auch so schön aus. Ich will sie. Ich will sie unbedingt.«

»Ihre Augen, ich will ihre Augen auf meinem Arm. Reine Mandelaugen. Wie ein Engel.« Mince atmete schwer. »Jeden Morgen, wenn ich aufwache, werde ich zu diesen Augen *guten Morgen* sagen. Dann küsse ich ihre Lider.«

{Zauberhaft.}

Fleshs Stimme dröhnte aus irgendeinem Lautsprecher.

{Ihre Brüste sind wunderschön. Ich will sie an meinen Oberschenkeln. Jeden Tag gebe ich ihnen eine Hormonspritze. Bis sie meinen Ihr-wisst-schon einklemmen können.}

»Hm.«

Welldone ließ seinen Blick über das Team schweifen. Als der zweite *Akt* anfing, verschlang er ebenfalls das Mädchen auf dem Bildschirm.

»Die ist … ja, zeig mir die Vergrößerung. Ja, genau, in dieser Position. Sehr gut. Das Innere … so gesehen, könnte sie die Pussycat sein, die meiner rechten Hand würdig ist. Ich habe mir immer Sorgen gemacht, dass ich nie eine lesbische

Schwester für meine linke Hand finden würde. Aber sie … in der Tat, in der Tat.«

So ging es weiter, jeder bewertete sie. Sie bewunderten die Zielperson, tauschten sich darüber aus, was konkret zu tun sei. Alle waren sehr aufgeregt. Dann sah Welldone unvermittelt zu Boiled: »Von wann sind diese Aufnahmen?«

»Ist etwa sechs Monate her.«

»Wie sieht sie jetzt aus?«

»Das sind aktuelle Bilder und Vids aus dem Gericht.«

Er nahm einen Stapel Fotos aus dem Koffer und reichte sie herum.

»Wunderschön! Und? Was willst du haben?«

Boiled antwortete nicht und erwiderte ruhig Welldones Blick.

»Diese Zielperson ist dein Hauptziel, oder? Mit den fünf Ärzten hast du uns nur auf die Probe gestellt, und das ist jetzt unser echtes Ziel. Also? Was willst du von ihr haben?«

»Nichts. Das Ziel soll vollständig verschwinden. Reicht mir völlig, wenn ihr mir nach ihrem Verschwinden ihr Nicht-Sein überlasst.«

Welldone strahlte übers ganze Gesicht, als er das hörte. »Das ist der ultimative Fetisch! In dir haben wir den besten aller möglichen Geschäftspartner gefunden.«

»Ihr habt drei Tage. Länger werde ich nicht warten. Wenn die Frist bis dahin nicht eingehalten wurde, gilt der Vertrag als nichtig.«

»Mach dir keine Sorgen, mit Bandersnatch hast du die richtige Meute gewählt.«

Welldone versprühte Begeisterung aus jeder Pore.

Boiled stand auf.

Nachdem er das Schiff verlassen hatte, ging er zum Parkplatz. Beim Passieren des Gates sah er die Mondsichel schmal und blausilbern über dem Pförtnerhaus leuchten.

»Einen schönen Abend noch«, wünschte ihm der gleiche Wächter, der ihn auch reingelassen hatte, und checkte erneut seine Karte.

»Viel Erfolg beim Lösen Ihres Falls.«

Boiled nickte. Dann fuhr er mit dem Wagen Richtung East Side.

5

»Das ist wirklich widerlich!«

Œufcoque zeigte mit dem Finger auf Balot und schrie sie so wütend an, wie sie es noch nie erlebt hatte.

»Ich sagte *Nein*! Hast du das verstanden?«

#Bitte sei nicht böse auf mich. Es tut mir wirklich Leid. Ich ziehe dich nie wieder an deinem Schwanz hoch.#

»Ich hasse das! Allein schon dieses Wort! Wie soll ich es ausdrücken, es fühlt sich so an, als würde *meine ganze Person* lächerlich gemacht! Von jetzt an wirst du meinen Schwanz in Ruhe lassen!«

#Es tut mir Leid. Bitte sei nicht mehr sauer, ich mach's ja nie wieder.#

Œufcoque ließ seinen anklagenden Zeigefinger sinken und setzte sich auf Balots Handfläche. Mit der anderen Hand hielt sie ein Badehandtuch vor ihrem Busen zusammen.

»Hauptsache, du hast das jetzt verstanden.«

#Ich wusste nicht, dass dich das so wütend macht.#

»Ich weiß auch nicht, warum mich das so aufregt.«

#Du bist mir immer noch böse.#

»Schon gut. Ich lasse meine Wut nicht weiter an dir aus.«

#Du könntest doch deinen Schwanz in der Hose verstecken. Warum machst du extra ein Loch rein, damit man ihn sehen kann?#

»Ich sagte doch, du sollst mich damit in Ruhe lassen!«

#Du hast auch gesagt, du wolltest deine Wut nicht mehr an mir auslassen.#

»Du willst eine Erklärung? Fein. Warum ich ein Loch in die Hose gemacht habe, die mir unter einer Auswahl von 80 000 verschiedenen Hosen am besten gefallen hat?« Œufcoque unterbrach sich kurz und streckte theatralisch die Arme aus, als ertrage er es nicht länger.

»Doc Easter sagte damals: ›*Dein Hintern in der Hose ist irgendwie angeschwollen. Hast du ein Häufchen in die Hose gemacht?*‹ Wie konnte er nur! Mein stolzer Appendix!«

Natürlich musste Balot lachen.

»Bitte lach nicht, bitte«, flehte Œufcoque mit einer ganz jammervollen Miene. Davon musste sie noch mehr lachen. Sie hielt sich den Bauch und rutschte vor lauter Lachen auf den Badezimmerboden.

»Mach dir keine weiteren Gedanken um meine Hose, sondern zieh dir lieber was an. Schließlich hast du keine besondere Körperbehaarung, so wie ich. Nur mit diesem Handtuch wirst du dich erkälten.«

Balot nickte, ihre zarten Schultern zitterten vor dem nächsten Lachanfall.

»Und der Doc wartet auf dich.«

#Einen Moment noch, bitte. Ich krieg keine Luft mehr. Und mein Bauch tut weh.#

»Du lachst also immer noch? Fein! Ist mir eine große Ehre, für dein psychisches Wohlbefinden zu sorgen!«

#Sei nicht so gemein.#

»Ich bin nicht gemein.«

#Es tut mir Leid.#

Sie wischte sich die Lachtränen aus den Augenwinkeln und küsste Œufcoques Schwänzchen in ihrer Handfläche.

»Kann ich das als Versöhnungsversuch interpretieren? Na gut, schließen wir einen Kompromiss. Im Hinblick auf die Gefahr für deine Gesundheit sollten wir uns zusammentun und dich ordentlich anziehen.«

#Danke.#

Balot stand auf und ließ das Badehandtuch fallen. Wie beim Gebet hielt sie Œufcoque mit beiden Händen hoch und snarkte. Œufcoque morphte, er schmolz von Balots Händen über ihren ganzen Körper. Im Bruchteil einer Sekunde. Unterhalb ihres Halses war ihr nackter Körper vollständig von Œufcoque bedeckt. Von den Fingerspitzen bis zu den Zehen umhüllte sie ein schwarzer Bodysuit.

Ihre Handflächen waren noch verbunden, weil Œufcoque sich nicht auf einmal in zwei Teile spalten konnte. Balot holte tief Luft und riss ihre Handflächen auseinander. Dann freute sie sich darüber, wie angenehm eng und elastisch der Bodysuit saß, und betrachtete sich im Badezimmerspiegel.

Sie war ein bisschen enttäuscht.

#Das sieht aber gar nicht hübsch aus.#

»Dein Bodysuit ist hitze-, kälte-, druck- und schockbeständig, außerdem verstärkt er deine Snarkfähigkeit. Und er hat einen Reißverschluss im Rücken. *Wenn ich draußen bin,* kannst du ihn also allein ausziehen.«

#Gibt es kein anderes Modell?#

»Das kannst du ändern, wie du willst – darum kümmern wir uns aber lieber später.«

#Ach, du mit den Ansprüchen an deine Hose!#

Nölte Balot und zog sich die Stiefel an.

Sie verließ ihr Zimmer und ging zum Fahrstuhl. Das große ehemalige Leichenschauhaus bestand ja größtenteils aus Aufbewahrungskammern, nur ein kleiner Teil des Gebäudes konnte bewohnt werden.

Balot nahm den Fahrstuhl, auf dem *Einlieferung* stand, und

fuhr ins Untergeschoss, zum Parkhaus. Da standen mehrere Benzinautos. Und das rote Cabriolet.

#*Alle Autos* Made by Œufcoque?#

»Abgesehen vom Nummernschild, dem Benzin und dem einen oder anderen registrierten Bauteil, ja. Für ein Auto brauche ich etwa einen Monat. Ist alles mein Design«, erklärte er stolz.

»Wenn du so viel Wert auf Kunst und Ästhetik legst, könntest du meine Kleidung auch hübscher machen. Hm ... im Moment sollten wir aber deinem Training eine höhere Priorität einräumen.«

Rechts und links auf dem Parkdeck standen Autos, an einer Wand stapelte der Doc komplizierte Maschinen auf. Als Balot näher kam, lächelte er sie strahlend an und klopfte auf ein Gerät.

»Cool, oder? Ich habe dafür das Geld verwendet, das ich für das Programm deiner Lebenssicherung beantragt hatte. Damit konnte ich meine Sammlung erstklassiger Messinstrumente komplettieren. Dagegen sehen selbst die Trainingscomputer der Major League irgendwie läppisch aus.«

Balot snarkte die Kehle ihres Bodysuits und entwickelte einen Sprechkristall.

[IHR SEID ALLE SOLCHE ENTHUSIASTISCHEN KÜNSTLERTYPEN.]

Sie ließ ihren Blick erstaunt über die ganzen Maschinen schweifen.

»Eine künstlerische Veranlagung ist nötig, damit man das Leben genießen kann. Artistisch, aber nur so lange, wie man dabei nicht autistisch wird«, sagte der Doc und justierte die Einstellungen einer Maschine. Er sah dabei richtig glücklich aus.

»Œufcoque, hast du den Bodysuit gemacht?«

»Ja, Doc. Aber Balot meint, mir mangelt es da an einem Gefühl für Mode.«

Der Doc nickte. Dir also auch, dachte er verständnisvoll.

»Da kannst du noch was von ihr lernen. So, Balot. Ich würde dir das hier gern anlegen. Bist du so weit?«

Der Doc zeigte auf einen Stapel runder Aufkleber. Balot nickte, und er klebte ihr einen nach dem anderen auf den Bodysuit, auf die Ellenbogen, die Knie, den Rücken sowie diverse andere Stellen.

[WAS IST DAS?]

»Damit geben wir deinen Biorhythmus in die Maschine ein. Deine Bewegungen werden mit einer Genauigkeit von unter 0,1 Millimetern erfasst.

Wärm dich mit den Dingern mal ein bisschen auf, mach etwas Stretching oder so.«

Er setzte sich auf einen Klappstuhl und öffnete seinen Laptop. Die Rückseite des Monitors war über viele bunte Kabel mit den chaotisch aufgestapelten Maschinen verbunden.

Balot bewegte sich, wie es ihr gesagt worden war. Stretching. Sie bog ihren Körper und snarkte dabei den Bodysuit ein bisschen. Er bekam andere Muster, sie änderte hier das Design, dort kam etwas Farbe hin. Sie war noch nicht gänzlich damit zufrieden, war aber der Meinung, dass es jetzt zumindest ein wenig besser aussah.

»Du bist extrem gelenkig«, lobte Œufcoque, als Balot mit ihren Beinen so weit auseinander rutschte, dass ihr Po zu Boden sank. Balot lächelte und lehnte ihren Oberkörper nach vorn, bis ihre Brust den Beton berührte. Dann streckte sie ihre Hände aus und berührte ihre Zehen.

»Das ist zu akrobatisch für mich, ich kann das nicht. Hast du irgendeinen Sport gemacht?«

#Ich mag es, mich zu bewegen. Gibt mir das Gefühl, dass mein Körper wirklich mir gehört.#

Sagte sie direkt zu Œufcoque, ohne sich in den Kristall einzuklinken.

»Doc hat mir schon immer gesagt, dass ich mehr Sport machen soll, weil ich zwanzig Meter nicht in unter einer Minute laufen kann.«

Balot kicherte und stand auf.

[SOLL ICH MIT DEM AUFWÄRMEN NOCH WEITERMACHEN?]

Doc Easter tippte hektisch auf die Tastatur und schüttelte dabei den Kopf.

»Nein, ist okay so. Kannst du dich jetzt bitte auf die Plattform stellen? Ja, da vor dem Gerät.«

Balot stellte sich auf die silbrige Platte, an die ebenfalls diverse Kabel angeschlossen waren. Was ist das denn schon wieder?, fragte sie sich. Der Monitor zeigte eine Menge Zahlen in einer Tabelle an. Die Nachkommastellen blinkten.

Balot runzelte die Stirn und sah den Doc leicht erbost an.

»Diese Waage war mal eine Gepäckwaage auf dem Flughafen, ich hab sie zum Biorhythmus-Indikator umgebaut. Sie misst alles aufs Milligramm genau, dazu noch den Blutdruck und den Körperfettanteil.«

[DAS HÄTTEST DU MIR AUCH SAGEN KÖNNEN, BEVOR ICH HIER RAUFGESTIEGEN BIN.]

»Hm?«

[GEMEIN.]

Der Doc sah ganz elend aus. Œufcoques Lachen kam aus Balots linker Hand.

»Sag so was nicht zu ihm. Für dein Training ist es unbedingt erforderlich, dass ein qualifizierter Techniker die Maschinen bedient.«

[Na, dann werde ich ihn als einen Teil der Maschinen betrachten.]

»Das ist grausam!«, beschwerte sich der Doc.

[Aber eine freundliche Maschine.]

Zog sie den Doc weiter auf.

[Denn ich darf jetzt sagen, was ich will.]

Doc Easter zuckte mit übertrieben großer Geste die Schultern. Balot kicherte und sah sich die Werte der Messungen an. Wenn sie das Gewicht auf ihren Füßen verlagerte, änderten sich die Zahlen hinter dem Komma rasend schnell. Wenn sie sich stabiler hinstellte, änderte es sich langsamer, aber es war nicht möglich, die Änderungen ganz zu verhindern.

Der Doc hüstelte.

»Deine Haut wurde ursprünglich entwickelt, um in der Schwerelosigkeit und im Vakuum agieren zu können, ohne dabei das Gefühl für Räumlichkeit zu verlieren.«

Balot starrte weiter auf die Zahlenreihen und nickte.

»Hauptsächlich funktioniert deine Fähigkeit der Elektronen-Manipulation ja so, dass Wahrnehmungen von deinem Kleinhirn direkt in dein Unterbewusstsein geschickt und da verarbeitet werden. Normalerweise geht das über Nerven, doch deine Fähigkeit beschleunigt den Vorgang. Theoretisch bedeutet das, *du kannst dich innerhalb und außerhalb deines Körpers einmischen.*«

Balot nickte wieder. Sie versuchte, den ihr unbekannten Teil ihrer Fähigkeiten zu begreifen.

»Wenn ich daran denke, wie anpassungsfähig du bist, dann sollte das kein Problem für dich sein.«

[Was denn?]

»Gleichgewicht. Die Balance innerhalb und außerhalb deines Körpers präzise zu erfassen. In deinem Fall definieren wir körperliche Leistungssteigerung nicht danach, dass die Muskeln besser ausgebildet werden, sondern wir arbeiten an deinem Gleichgewichtssinn.«

[Wie soll ich das machen?]

»Versuch mal, diesen Gewichtswert zu stabilisieren.«

Balot sah wieder auf die Zahlen, die sich die ganze Zeit drehten und veränderten. Wäre total einfach, zu snarken und eine beliebige Ziffer anzuzeigen. Allerdings war das ganz sicher nicht das, was der Doc gemeint hatte.

»*Entspannen und anspannen*«, mischte sich Œufcoque ein.

»Am besten erfasst du mit deinen Fähigkeiten, wie dein Körper in deinem Umfeld existiert. Dann kannst du fühlen, wie du deinen Körper in diesem Umfeld möglichst nutzbringend einsetzen kannst.«

[Machst du das beim TurnOver, also beim Morphen so?]

»Ganz genau. Unsere Konstruktion ist verschieden, aber die Grundstruktur ist in etwa identisch.«

[Wie ich existiere ...?]

»Denk nicht darüber nach. Es reicht, wenn du es fühlst.«

Balot wandte den Blick von den Zahlen ab und starrte in den Raum. Sie erinnerte sich daran, wie ihr Bewusstsein zum ersten Mal in diesem Gebäude erwacht war. Wie sie ohne Angst an diesem Ort schlafen konnte. Das war etwas, das sie sich schon immer aus tiefstem Herzen gewünscht hatte.

Sie schloss die Augen. Ihr Bewusstsein hatte sie bisher immer nur nach außen gerichtet, jetzt richtete sie es nach innen.

Sie fühlte ihren Herzschlag – wie er durch ihren ganzen Körper pulsierte. Das bin ich, die Quelle meiner selbst. Sie wurde sich ihrer selbst bewusst. Das gehörte niemandem, nur ihr.

In ihrem Bewusstsein verband sich allmählich innen mit außen. Eine Änderung ihres Körpers war identisch mit der Änderung der Waagenanzeige. Sie spürte den Luftstrom über Œufcoque und den allgemeinen Zustand des gesamten Parkdecks. Sie konnte fühlen, wie hoch die Säulen waren, wie dick die Wände, sie fühlte die freien Elektronen im Raum, die ihren Körper durchströmten.

Jede einzelne ihrer Bewegungen erfasste sie millimetergenau.

Sie fühlte, wie der Doc, der hinter ihr saß und auf die Bildschirme starrte, immer aufgeregter wurde. Aufgeregt, überrascht und sehr erfreut.

»Unglaublich ... es ist eine wahre Freude zu sehen, wie mein Werkzeug von einer genialen Userin wie dir zum Leben erweckt wird.«

Seine Worte hatten einen schuldbewussten Nachgeschmack. Dann fiel ihr ein, zu welchem Zweck das, was sie umhüllte, einst entwickelt worden war.

[DOC, DU HASST DEN KRIEG?]

Fragte Balot mit geschlossenen Augen.

Der Doc hinter ihr hob den Kopf.

»Ja, schon ... diese Technologie entstand nach den Plänen des Militärs, das den Nahkampf in dicken Raumanzügen möglich machen wollte ...«

[WARUM HAST DU DAS GEMACHT?]

»Ich habe damals fest daran geglaubt, dass ich mit meiner Arbeit wirklich einen Beitrag zu Frieden und Forschung leiste. Selbst dann noch, als meine Frau und meine Familie mich als fanatischen Human-Reformator beschimpften.«

[ABER DU HAST MIR GEHOLFEN.]

Balots Augen waren noch immer geschlossen.

Doc Easter lachte sanft.

»Das hoffe ich. Gut, weiter. Der nächste Schritt.«

Balot schlug die Augen auf. Die Zahlen bewegten sich nicht mehr.

Präzise nahm sie wahr, welche Zahlen sich mit welcher Bewegung ihres Körpers änderten.

Balot machte einen Spagat. Die Zahlen blieben unverändert.

Sie war sich vollkommen sicher: Selbst wenn die Platte fünfzig Meter lang wäre, könnte sie darüber rennen, ohne dass sich die Zahlen dabei bewegten.

»Bist du Rechtshänderin?«, fragte Œufcoque.

[EIGENTLICH BIN ICH LINKSHÄNDERIN.]

Dann mischte sie sich in Œufcoque ein und sagte nur zu ihm:

#Ich musste mich umstellen, weil manche Kunden Linkshänderinnen abstoßend finden.#

»Dann könntest du mit beiden Händen eine Waffe benutzen?«

[ICH GLAUBE, WENN ICH ES EIN BISSCHEN ÜBE, GEWÖHNE ICH MICH SCHNELL DARAN.]

»Wir fangen dann mit der linken Hand an. *Nimm die Waffe in die Hand.*«

Balot mischte sich über ihre linke Hand in Œufcoque ein und snarkte.

Bis heute hatte sie noch nie eine Pistole in der Hand gehabt, aber sie verstand, dass sie eine Pistole aus den zahllosen Waffen in Œufcoques Speicher auswählte, die ihr am besten in der Hand liegen würde.

Ein Teil ihrer Handfläche morphte und wurde schwer wie Stahl. Sie griff danach. Schwerer, als sie erwartet hatte, aber ihre Hand gewöhnte sich schnell an das Gewicht. Œufcoque lieferte ihr eine kleine Gebrauchsanweisung: »Diese Pistole besteht teilweise aus gehärtetem Plastik und ein bisschen Elektronik, im Prinzip eine einfache Automatikpistole. Abzug drücken, somit das Schießpulver zur Explosion bringen. Die Kugel wird mit einer hohen Geschwindigkeit abgefeuert.«

Balot nickte und hielt die Pistole hoch. Der Griff war noch eins mit der Handfläche des Bodysuits.

Die Pistole würde nicht fallen, auch wenn ihre Finger sie losließen. Sie war ein Teil ihrer Hand.

»Dein Ziel ist da hinten an der Wand.« Der Doc deutete mit dem Finger auf eine schwarze Zielscheibe in Form einer menschlichen Silhouette.

»Beim Ziel sind drucksensitive Sensoren in der Wand integriert, wir werden also sofort wissen, welchen Punkt der Wand du erwischt hast. Du hast in den Trainings-Vids gesehen, wie man schießt? Dann schieß los.«

Die Pistole war nicht geladen. Balot snarkte die Waffe. Das Magazin füllte sich mit Munition, sie spürte das zusätzliche Gewicht, auf das Milligramm genau. *Klack, klack*, eine Patrone nach der anderen. Elf insgesamt, und eine in der Kammer.

Sie streckte die linke Hand mit der Pistole aus, umschloss den Griff zusätzlich mit der rechten Hand, zog die Pistole etwas zurück. Dann kalkulierte sie den zu erwartenden Rückstoß, zog ihr Kinn an und nahm die Stellung ein, in der man laut Trainings-Vid am besten zielen konnte.

Langsam schloss sich ihr Finger um den Abzug. Der Abzug musste nicht gezogen werden, es war mehr ein Drücken. Die Pistole war mit einer zusätzlichen Sensor-Elektronik ausgestattet, Balot brauchte daher kaum Kraft im Finger.

Peng, eine trockene Explosion. Die Kugel schnellte aus der Mündung, die Hülse flog seitlich aus dem Patronenlager. Ein Einschlag in der Wand hinten. Mit einem metallischen Klirren fiel die Hülse auf den Beton.

Sie schoss weiter. Ein Schuss, zwei, drei. Sie hätte das Geräusch in Œufcoque isolieren und so allen Schall dämpfen können, doch sie brauchte das Geräusch der Explosion, sein Fehlen hätte ihre Wahrnehmung abgestumpft. Ein angemessener Rückstoß und der entsprechende Knall waren unbedingt notwendig.

Für die richtige Modulation feuerte sie sechsmal. Die nächsten sechs Patronen feuerte sie mit geschlossenen Augen.

Ihre Schüsse hallten über den Parkplatz, die Hülsen schepperten in einem fröhlichen Rhythmus auf den Boden.

Sie fühlte, in welchem Zustand die Munition war, die durch den Lauf geschleudert wurde.

Die Zahlen der Waage veränderten sich, aber nur geringfügig, kurz darauf blieben sie fast stehen.

Balot feuerte alle Patronen aus dem ersten Magazin ab. Der Verschluss glitt nach hinten und blieb da.

»Nicht nachladen. Wirf das Magazin weg, um die Hitze entweichen zu lassen.« Balot mischte sich in den Griff der Pistole ein und ließ das Magazin fallen, wie Œufcoque es gesagt hatte.

Balot entspannte sich in dem Moment, als das leere Magazin auf die Waage fiel.

Das Magazin klickte beim Aufprall auf die silberne Platte, doch die Zahlenwerte der Waage blieben unverändert.

Balot snarkte die Pistole wieder. Aus dem Inneren des Stahls bildete sich ein Magazin, das exakt in die Pistole passte. Sie lud nach und hielt gleichzeitig die Waffe hoch, dabei rutschte der Verschluss automatisch mit einem Klacken wieder in die Anfangsposition.

Sie lockerte kurz ihre Schultern und feuerte weiter. In einem regelmäßigen Rhythmus, von der ersten bis zur letzten

Patrone. Sie fühlte die Hitze der Patronen, die sich ihren Weg durch den Raum bahnten.

Als sie das Magazin leer geschossen hatte, warf sie es wieder weg und sah über ihre Schulter zu Doc Easter. Er fixierte den Bildschirm ohne zu blinzeln. Während er konzentriert nachdachte, hielt er seine Hand fest um den Mund geschlossen. Dann atmete er tief ein und wieder aus.

»Perfekt. Du hast die Vids wirklich ernsthaft studiert, was?«

[SCHIESSEN AUS DEM STAND UND SCHIESSEN AUS DER BEWEGUNG. UND AUF STATISCHE ZIELE UND AUF BEWEGLICHE ZIELE.]

»Gut, dann gehen wir jetzt zu den beweglichen über. Hinter den Säulen werden in unregelmäßigen Abständen Bälle hervorgeschleudert. Im Prinzip wie eine Wurfmaschine für Kinder, aber du sollst darauf schießen. Gleiche Distanz wie gehabt.«

[OKAY.]

Balot lud schnell nach und hielt die Pistole hoch.

Der Doc tippte auf die Tastatur. Sie hörte, wie eine Maschine hinter der Säule reagierte.

Mit einem *Plopp!* sprang ein Gummiball hinter der Säule vor.

Balot schoss.

In weniger als vier Sekunden hatte sie *alle zwölf Kugeln in diesen einen Ball gefeuert.*

Der Ball explodierte in der Luft, die Fetzen flatterten auseinander und segelten zu Boden.

Die Ziffern der Waage regten sich nicht, die Hülsen glitzerten golden auf dem Boden.

Balot ließ das Magazin fallen und sah den Doc an.

Mit seinen weit aufgerissenen Augen wirkte der Doc ausgesprochen erstaunt, während er beobachtete, wie die Reste des Balls in der Ferne zerfielen.

»Okay. Ich meinte einen Schuss pro Ball.« In dieser Sekunde ploppte weit hinten noch ein Ball zwischen den Säulen vor.

Balot sah halb zum Doc hin und richtete ihre Hand aus.

Nur die linke, die rechte Hand ließ die Waffe los. Blitzschnell snarkte sie Œufcoque und lud ein Magazin nach.

Sie schoss nur ein einziges Mal. Der Ball prallte von der Wand ab, rollte die zwanzig Meter bis zum Doc und tippte dann gegen seinen Schuh. Auf den ersten Ball folgten noch sieben weitere Bälle. Wenig später lagen zu seinen Füßen insgesamt acht Gummibälle. Exakt im Mittelpunkt durchschossene Bälle.

Der Doc nahm einen in die Hand und starrte ihn an, seine Lippen bebten ein wenig vor Verblüffung.

»Ein rundes Ziel. Bei dieser Entfernung die Mitte mit hundertprozentiger Genauigkeit so zu treffen, dass er auch noch im richtigen Winkel abprallt …«, sagte er in einem Tonfall, als wolle er gleich die weiße Fahne hissen. Dann lachte er plötzlich.

»Das jagt mir Freudenschauer über den Rücken«, meinte er und verstummte dann abrupt. Balot zog die Augenbrauen zusammen.

[Aber du hasst doch den Krieg?]

»Das ist was anderes«, kam Œufcoque dem Doc zu Hilfe. Der Doc nickte und sagte: »Ich war ja nie an der Front. Aber ich glaube, dass man mit diesem Gefühl keinen Krieg führt.«

Balot lächelte, halb mitfühlend, halb kritisch.

»Gut, weiter. Jetzt bewegst du dich auch. Geh von hier bis zum Ziel. Hinter den Säulen sind weitere Wurfmaschinen. Die reagieren auf deine Bewegungen und schleudern Bälle raus. Du schießt diese Bälle ab. Denk daran, jeder Ball ist ein Angriff.«

[Okay.]

Balot stieg von der silbernen Platte und machte sich auf den Weg zur Wand.

Sie bemerkte, wie die vielen Maschinen rechts und links von ihr starteten. Ihre Konzentration wurde immer besser.

Sie kontrollierte jetzt auch ihr Inneres, damit ihr Herz nicht vor Aufregung zu unregelmäßig schlug.

Die Bälle kamen von rechts und links. Balot zielte auf alle im Voraus und schoss sie entzwei. Der Doc erhöhte das Tempo, Balots Schritte blieben langsam und gleichmäßig.

Sie nahm ihre rechte Hand von der Pistole, mischte sich auch in diese Hand ein und snarkte.

Sekunden später trug sie in der rechten Hand die gleiche Waffe wie in der linken. Sie schoss damit auf die Ziele. Mit rechts und links. Sie feuerte jeweils mit der Hand, mit der sie schneller und genauer zielen konnte. Als sie an der Wand ankam, drehte sie wieder um. Ihre Schüsse hallten ohne Unterbrechung, Bälle und Patronenhülsen lagen überall und die Luft war trübe vom Rauch und dem Gestank des Schießpulvers.

Balot schloss die Augen. Ein ekstatischer Ausdruck erblühte in ihrem Gesicht.

Sie schoss und schoss. Es war wie ein wilder Tanz. Mit ihren geschlossenen Augen verfehlte sie kein einziges Ziel. Das Lächeln in ihrem Gesicht blieb, allerdings verlosch zur gleichen Zeit das Lächeln aus dem Gesicht von Doc Easter.

»Ich weiß, was ich tun muss – aber nicht, wie ich es tun soll … dass *eine Pistole so sehr mit der Technologie übereinstimmt, die ich ihr gegeben habe …*«, murmelte er, doch seine Stimme verhallte ungehört im Dröhnen der Schüsse.

Doc Easter schluckte trocken, eine eingehende Nachricht klingelte in seiner Mailbox.

»Eine Nachricht vom Staatsanwalt. Er hat die ganze Zeit in den Netnews und Polizeimitteilungen nach Artikeln gesucht, die etwas mit Shell zu tun haben …«, sagte er.

Balot setzte sich auf einen Stuhl, während sie ihm zuhörte. Sie hatte die beiden Pistolen bereits von ihren Händen getrennt und sie ihm übergeben. Als sie die Waffen losließ, hatte sich eine sichtbare Erleichterung auf dem Gesicht des Docs breit gemacht.

»Hat er etwas gefunden?«, fragte Œufcoque, dessen Oberkörper plötzlich auf ihrer Handfläche erschien.

»Shells fünf Gehirnchirurgen, die für seine Therapie zuständig waren, sind alle gleichzeitig verschwunden. Alle weg. Einer der Ärzte hat sogar noch zuhause sein Abendessen vorbereitet. Keine Spur von Gewaltanwendung, keine Zeugen …«

Die Augen des Docs zuckten zu Balot. Sie verstand sofort, was dieser Blick bedeutete.

[SCHON GUT. ICH WERDE KEINE ANGST BEKOMMEN. BITTE REDE WEITER.]

»Gut … eins ist merkwürdig. Auf einem Gemeinschaftskonto der fünf wurde eine unbekannte Einzahlung entdeckt. Aber wenn man daran denkt, wie viel sie vom Staat bekommen, würden sie sicher nicht aus Angst vor der Aufdeckung einer so geringen illegalen Summe fliehen.«

»Diese Einzahlung ist ein leicht durchschaubarer Köder, Doc. Boiled ist immer sehr offen. Wenn er es für das Beste hält, wird er es gewissenhaft erledigen. Er hat bestimmt Profis angeheuert. Wenn es irgendwelche Hinweise geben sollte, sind das mit Sicherheit nichts als Bluffs oder Köder.«

»Höchstwahrscheinlich, ja. Ich werde die Sicherheitsstufe für das Programm zur Lebenssicherung auf den höchsten Level setzen lassen und es mit dem Verschwinden der Ärzte begründen. Nach unserer Attacke vor Gericht sind jetzt die Gegner mit einem Gegenangriff dran. Wir sollten den Fluchtweg sichern, vielleicht brauchen wir auch ein neues Versteck. Ich werde mich persönlich auf den Weg machen und verhandeln.«

Noch während er sprach, tippte er gehetzt auf der Tastatur herum. Vermutlich, um dem Staatsanwalt noch eine Nachricht zu schicken.

»Gut … das Broiler House hat die diesbezüglichen Verhandlungen gerade genehmigt. Ich fahre jetzt hin. Ob sie während meiner Abwesenheit angreifen? Na, selbst wenn ich da bin, ist meine Kampfkraft für euch ja keine große Hilfe.«

»Seit sie vor Gericht erschienen ist, patrouilliert hier auch mehr Security. Acht Wachleute, deren Lebenslauf in den letzten zwanzig Jahren sauber war. Die werden uns während der hoffentlich kurzen Verhandlung zur Erhöhung des Sicherheitslevels bestimmt beschützen können.«

»Das will ich hoffen. Kann aber auch sein, dass sie es genau auf dieses Timing abgesehen haben. Passt gut auf euch auf.«

Der Doc machte den Laptop aus, entfernte die Kabel und ging mit großen Schritten auf das Cabrio zu.

»Dann bin ich kurz weg. Verriegelt alle Türen. Bitte halte dich immer an das, was Œufcoque dir sagt«, ermahnte er Balot noch kurz, dann fuhr er mit dem Wagen aus dem Parkhaus. Die Abendsonne hinter dem Rolltor leuchtete rot. Balot snarkte das Tor und schloss es wieder. Dann mischte sie sich in die Ballwurfmaschinen ein und stellte sie wieder an. Sie wollte weiter trainieren.

»Ist besser, wenn du dich jetzt nicht so anspannst.«

#Nur noch ein bisschen. Ich fühle mich besser dabei.#

»Gut, aber ohne plötzliche Bewegungen.«

#Dann schieße ich aus dem Stand.#

Balot stellte sich wieder auf die silberne Platte und nahm ihre Pistolen in die Hände. Sobald die Bälle herausgeschleudert wurden, feuerte sie. Mit rechts und links. Zwischendurch mischte sie sich kurz bei Œufcoque ein und fragte ihn:

#Wer kommt her, um uns zu ermorden? Dein Ex-Partner?#

»Ich weiß es nicht. Auch möglich, dass niemand herkommt.«

#Hat Shell diese Ärzte getötet? Warum?#

»Das hat wohl was mit Septinos' Geschäften zu tun. Lässt den Schluss zu, dass seine Erinnerungen irgendwo als Datei abgespeichert sind. Damit haben sie uns nützliche Hinweise gegeben.«

#Wer hat die Ärzte umgebracht?#

»Wahrscheinlich Profis. Ein Team von Profis, die gegen den richtigen Preis Menschen entführen und töten.«

#Und die kommen auch zu uns?#

»Die Wahrscheinlichkeit ist hoch, ja.«

#Und wenn sie herkommen?#

»Dann wird die Security sie in die Flucht schlagen.«

#Und wenn sie die Wachleute auch verschwinden lassen?#

»Dann müssen wir uns verteidigen.«

#Sie töten?#

Fragte Balot und drückte den Abzug.

#Soll ich auf die, die kommen werden, schießen? So? Wie auf die Bälle?#

»Wenn es sein muss, werden wir uns verteidigen und die Gegner zurückschlagen. Aber wir machen es nicht, um jemanden zu töten«, erklärte Œufcoque sehr ernst.

#Gut.#

»Lass uns eine kurze Pause machen.«

#Ach, komm schon. Nur noch ein bisschen.#

Balot feuerte weiter, völlig versunken. Dabei fiel ihr die Frage des Rechtsanwalts wieder ein. Warum haben Sie sich nicht gewehrt? Die Frage des Verteidigers. Die so viele Männer ihr bisher gestellt hatten.

Sie hatte diese Frage mit Schweigen beantwortet. Außer dem Schweigen hatte es nie eine Antwort gegeben. Zu keiner Zeit.

Aber jetzt gab es die Schüsse, die das Schweigen auseinander rissen.

Balot feuerte weiter.

6

Auf der flachen Frontpartie des Benziner-Vans klebte das Logo einer Fluggesellschaft, auf den Scheiben stand in großen Buchstaben »Shuttle-Bus und Rundfahrten«. Er fuhr langsam durch das Wohnviertel.

Schon bald fand er das gesuchte Haus und hielt an. Zwei große Männer stiegen aus, beide trugen Sonnenbrillen und dicke Steppmäntel.

»Du hast fünf Minuten, Medium. Wir sichern das Territorium«, sagte einer von ihnen. Der andere nickte und antwortete: »Roger, Welldone. Wir sollten auch mit der Markierung anfangen.«

Er kam am Eingang eines Wohnhauses an, während er das sagte.

Mit der linken Hand klingelte er an der Haustür, die rechte steckte in seiner Manteltasche, dann sagte er leise und trocken: »Während Well den Scanner aufstellt, erledige ich die hier. In der Telefonleitung sind wir schon drin?«

Medium presste eine Hand kurz in die Nähe seiner Schläfe, sein Kinn nickte ganz leicht, als höre er eine Stimme, die sonst keiner hörte. Boiled hatte diese Meute von Bluthunden beauftragt, die Bandersnatch Company, und jetzt hatte einer der Pitbulls ein Geräusch auf der anderen Seite der Tür gehört. Er grinste.

Wer ist da?, fragte die Sprechanlage.

»Guten Tag! Der Shuttle-Bus ist da!«

»Aber wir haben keinen …«

Schnell riss er die Hand aus seiner Manteltasche. Mit einer Plastikkarte, die er in das elektronische Schloss der Tür schob.

Wie durch Magie erschien in seiner anderen Hand eine elektromagnetische Hutchison-Klinge. Das dauerte alles nicht länger als den Bruchteil einer Sekunde.

Die Tür öffnete sich mit einem Klacken. Die Türkette hing noch da, er durchtrennte sie mit dem Messer, das die Kette mit elektromagnetischen Wellen durchsengte.

Die Tür ging auf, Medium betrat das Haus.

Der Mann am Empfang, der vor der Sprechanlage stand, starrte ihn entsetzt an.

»Halt!«, wollte er noch sagen, doch in diesem Augenblick raste bereits das Messer, das Medium geworfen hatte, in seinen Rachen.

Die Hutchison-Klinge durchbohrte seinen Hinterkopf und verdampfte die Spucke in seinem Mund.

Noch bevor er fiel, war Medium bei ihm und fing den Mann auf, den er gerade getötet hatte. Er zog das Messer aus der Wunde und ließ die Leiche sachte zu Boden gleiten. Kein Tropfen Blut, nur der intensive Gestank von verbranntem Fleisch.

Es klingelte leise, rotes Licht flackerte in den Augen hinter seiner Sonnenbrille.

»Was ist hier los? Was war das für ein Wagen? Und was stinkt hier so?« Mit dem rot-violetten Blick erfasste er ganz genau, wie sich ein weiterer Mann hinter der Wand bewegte.

Medium behielt das Messer in der linken Hand und legte die rechte Hand hinter seine Hüfte.

»Und? Wer zieht schneller?« Er grinste und stellte sich in die Mitte des Flurs.

Der andere Mann kam aus der Tür und sah erschreckt in Mediums Augen, die rot in den Tiefen seiner Sonnenbrille leuchteten. Hastig griff er nach der Pistole, allerdings zu langsam.

Medium zog seine Pistole und feuerte fast vollkommen lautlos eine Patrone ab.

In der Brust des Mannes öffnete sich ein Loch.

Die elektromagnetischen Wellen der Patrone verbrannten und versiegelten die Wunde in der Lunge, während der Mann lautlos auf der Stelle zusammenbrach. Wieder kein Blut. Nur der Geruch nach verbranntem Fleisch.

»Sieht so aus, als wäre ich schneller gewesen, was?«, scherzte Medium und wedelte mit seinem Zeigefinger, dann beugte er sich zu der Leiche. Er legte seine Pistole weg, nahm das Handgelenk des Toten hoch und betrachtete es genau.

»Zähe, professionelle Finger«, flüsterte er mit dem Messer in der Hand und nahm die Sonnenbrille ab.

»Aber nicht besonders sexy. Den verkaufen wir besser, Well«, sagte er zu Welldone, der von der anderen Seite des Ganges aus auf ihn zukam.

Welldone hatte ebenfalls seine Finger an einer Leiche. Er zog sie am Kragen hinter sich her. Dann nahm er seine Sonnenbrille ab, und seine mechanisierten Augen leuchteten rot auf.

»Insgesamt drei. Das Markieren ist hiermit beendet. Wie sieht's bei euch aus? Rare? Mince?«

Welldone legte seine Finger auf seine Schläfe und fragte laut.

{Alles schon vorbei! War viel zu einfach! Ich mach gerade einen Kaffee in der Küche!}

Quietschte Rares helle Kleinmädchenstimme in den Tiefen von Welldones und Mediums Ohren.

»Furchtbar langweilig! War genauso organisiert wie damals, als wir die Security gehackt hatten.«

»Gut. Wartet auf weitere Befehle.«

{Ich bin hier auch fertig. Ich habe schon überprüft, ob die Markierungen richtig funktionieren. Wann sollen wir das Fleisch abschleppen?}

Fragte Mince. Welldone antwortete: »Warte, bis es dunkel ist. Bis dahin haben wir die Leitung der Security und sämtliche Kommunikationsleitungen im Umkreis der Zielperson lahm gelegt.«

{Darf ich mich ein bisschen schmutzig machen?}

»Hm? Was ist denn, Mincy, mein Lieber?«

»Da war eine Frau. Die zwei tarnten sich als Ehepaar, aber sie gehörten beide zur Security. Vielleicht waren sie auch wirklich verheiratet.«

»Und leben sie noch, Mincy?«, fragte Welldone, der aus dem Eingang verschwand und sich wieder auf den Weg zum Wagen machte.

{Oh, hätte ich sie am Leben lassen sollen?}

»Schon gut. Mach, was du willst. Kalkuliere aber die Zeit zum Aufräumen mit ein.«

»Sind nur noch zwanzig Minuten bis Sonnenuntergang. Dann wird es dunkel. Zeit zum Abendessen.«

Medium stand am Eingang und redete ihm dazwischen, in seinem Innenohr konnte er Mince lachen hören.

»Ist doch nur ein Snack. Die vorderen Teile lasse ich für Well, allerdings glaube ich nicht, dass sie ihm gefallen werden. Ich leg das Paar jetzt in einer Reihe hin, dann nehme ich sie mir von hinten vor.«

Medium musste lachen, Mince klang so begeistert und voller Vorfreude.

»Da wird Rare bestimmt eifersüchtig werden.«

{Aber ich bin dabei immer so laut! Wenn ich es jetzt tue, dann entdeckt mich die Zielperson! Ich mach es nur, wenn ich dabei richtig laut sein darf!}

»Vergesst nicht, dass es eine Weile dauern wird, das Fleisch zu verstauen«, sagte Welldone, der mit zwei großen Koffern in der Hand wiederkam.

»Wir werden alles auffressen, nicht ein Tropfen Blut wird dabei übrig bleiben. Das ist das Geheimnis unseres Überlebens.«

»Genau, so ist es, das ist unser Job. Lasst das Fleisch nicht verderben.«

Medium nahm ihm einen der Koffer ab und beugte sich über eine der Leichen.

Welldone zog die Lockbuster-Card aus der Eingangstür und schloss die Tür wieder ab. »Rare? Mince? Nicht vergessen, wir sind jetzt im Krieg.«

{Und das macht uns gerade so an, was, Mince?}

{Oh, ja, das ist gut. Sehr, sehr gut.}

Medium lachte und schüttelte den Kopf, dann schaltete er den Funk mit Mince aus.

»Der Thrill erregt ihn anscheinend. Well, ich brauche deine Hilfe. Mit dem 200 000-Dollar-Buttermesser sollten wir das Vieh schnell klein kriegen.«

Welldone kniete sich neben den Toten, zückte das Hutchison-Messer und setzte es an der Achselhöhle an.

Haut, Muskeln und Knochen wurden ohne Widerstand durchtrennt, kein Tropfen Blut.

»Wirklich einfach. Vorhin ist doch ein rotes Cabrio an uns

vorbeigefahren, oder? War das einer der Rechtsverdreher?«, fragte Medium mit einem breiten Grinsen.

Welldone lächelte ebenfalls. »Das war er. Flesh hat es überprüft. Wir müssen jetzt nur noch den anderen Rechtsverdreher in handliche Stücke hacken und das Mädchen in Tiefschlaf versetzen und einpacken.«

»Mein Herz schlägt ganz schnell, ich bin richtig aufgeregt. Fast wie vor dem ersten Mal.«

Welldone lachte, die beiden machten sich wieder gut gelaunt an das Zerteilen der Leichen und stopften alles in die Koffer.

»Noch zwanzig Minuten bis zum Start der Mission.«

Im Container des Lasters wabbelte Fleshs Körper wie ein Pudding. Er erwiderte Boileds Blick.

»Ist die beste Zeit dafür«, sagte Boiled in Gedanken versunken. Der ganze Container war voller Maschinen. Mince hatte den LKW weit weg von dem Wohnviertel geparkt.

»In ein paar Minuten bin ich mit der Störung der Security-Leitungen fertig. Insgesamt drei Gebäude. Wenn eins der Gebäude nicht innerhalb von 45 Minuten Kontakt aufnimmt, wird automatisch ein Alarm ausgelöst. Also habe ich es so eingestellt, dass die Gebäude alle fünfzehn Minuten in eine Richtung ein Signal senden.«

Boiled nickte. Sein Blick richtete sich jetzt auf den Monitor mit detaillierten Karten der Umgebung. Leuchtpunkte markierten die aktuelle Position von Welldone und den anderen.

Auf dem Monitor daneben war ein dreidimensionaler Plan des Gebäudes dargestellt. Die Markierungen – Scanner –, die an drei verschiedenen Punkten im Gebäude aufgestellt worden waren, hatten das Gebäude präzise von innen gescannt.

»Eine Struktur wie auf einem Bauplan. Warst du da mal drin?«

Boiled sah Flesh flüchtig an.

»Ich habe mich ein wenig über dich informiert. Ein Hammer, ehrlich. Alle Fälle, die du mit diesem Œufcoque zusammen gelöst hast, wurden mit einer offiziellen Lizenz designiert. In der Branche bist du doch bestimmt ziemlich berühmt, oder? Selbst im Justizministerium kennt man dich.«

»Œufcoque hat diese Anlage bekommen, nachdem er unsere Zusammenarbeit beendet hatte.«

»Aha. Du gehörst mehr zu den Leuten, denen die Vergangenheit anderer egal ist, oder? Dann macht es dir auch nichts aus, wenn andere über ihre Vergangenheit reden?«

Boiled starrte weiter auf den Bildschirm und nickte minimal.

»Wir waren alle Soldaten. Medi, Well und ich waren bei den Guinea Pigs, den motorisierten Truppen der Marine. Rare und Mince kamen später, an der Front im Süden des Kontinents, zu unserer Truppe. Da haben wir uns kennen gelernt. Ich hatte echte Nachhut-Paranoia damals, eigentlich sollte ich entlassen werden, aber dann kam der Feind, und sie waren so viele. Wir mussten uns über neunzig Tage im Wald verstecken, bis sie uns Hubschrauber für unseren Rückzug schicken konnten.

Kann heute noch keine Eiche sehen, ohne daran denken zu müssen.« Boiled schwieg und beachtete Fleshs Reminiszenzen nicht weiter.

»Ich war beim Informationsdienst, mich haben immer alle gut behandelt. Viele Soldaten litten unter Infantilisierung, kehrten in einen sehr kindlichen Geisteszustand zurück. Ein paar hatten Paranoia, andere waren überdurchschnittlich aggressiv. Solche Fälle wurden in einer Einheit gesammelt, und wir gehörten dazu. Am Anfang waren es gar nicht so viele. Je näher wir der Front kamen, desto mehr wurden es. Ohne dass wir es merkten, waren diese Einheiten plötzlich in der Überzahl. Die Angriffe waren zu heftig, da wurde so was zur Normalität. Nur solche Menschen konnten sich eben der *Front* anpassen.

Ich war wirklich sehr aktiv damals, ich habe eine Menge Orden dafür bekommen. Ich habe sehr viele getötet. Feinde, Freunde. Pistolen, Gas, Bomben, Elektroschocks, wie und womit, war mir egal.

Den ganzen Tag hab ich mir Antipsychotika mit Scotch reingedröhnt, im Panzer gehockt und gefeuert. Essen und Scheißen und Feuern, alles gleichzeitig am gleichen Platz. Drei Monate lang in dem Panzer, wo nie die Sonne reinscheint, wie ein U-Bahnklo. In der Zeit bekamen meine Beine das Raynaud-Syndrom, Leichenbeine.«

Flesh unterbrach sich an dieser Stelle und sah Boiled grinsend an. »Und? Du warst in der Experimentaleinheit, oder?«

»In der P7-Experimentaleinheit.«

»P7 … aha, Fallschirmjäger. Ich dachte, das ging nur bis P6. Die waren in einer Höhe von zwanzig- bis sechzigtausend Metern. Ging's noch höher?«

»Die Forschungseinheit für theoretische Strategien im Weltall. Ich habe mich da beworben, mit mir zusammen haben sie insgesamt drei genommen.«

Flesh klatschte in seine dicken Hände.

»Wie cool, ist ja wie Science Fiction.«

Boileds Blick streifte Flesh nur kurz. Nach einer kurzen

Pause nickte er, ganz ruhig, ohne seine Miene zu verändern. Eine Bewegung wie das Einrasten einer Revolvertrommel. Dann murmelte er fast unhörbar: »Eine fiktive Einheit. Ziele und Erfolge, alles nur Fiktion. Nur diese sinnlose Technologie gab es wirklich.« Dann richtete er seine ausdruckslosen Augen wieder auf einen Monitor.

Vierter Teil 導火

Funken

1

Es war jetzt kurz nach 16:00. Balot, die gerade ihre Misosuppe noch mal umrühren wollte, verharrte plötzlich regungslos.

Œufcoque stand auf dem Küchentisch, streckte seine Nase in den Wind des Ventilators und schnupperte. Mit ihrer freien Hand stupste Balot die kleine Maus.

»Das kitzelt!«

Ein bisschen erschrocken hielt Œufcoque sich beide Seiten. Seine Nase blieb stur auf den Ventilator gerichtet.

»Riecht komisch.«

Balot zeigte fragend auf den Topf. Sie griff nach der Flasche mit Sojasauce und neigte ihren Kopf etwas zur Seite.

»Nein, das meinte ich nicht.«

Balot stellte die Flasche weg.

»Riecht nach einer Gruppe von Menschen, die freudig erregt sind. Die zusammen gleich viel Krach machen wollen. Wie vor einer Party, vor einem Fest … oder vor dem Beginn einer Schlacht«, sagte Œufcoque und schnüffelte weiter.

»Es riecht ein kleines bisschen bitter, wie nach Angst. Als wäre jemand getötet worden …«

Besorgt sah er Balot an. Aber Balot hatte keine Angst mehr. Sie wickelte ihre Finger ganz sanft um Œufcoque.

#Sind sie es?#

»Mit hoher Wahrscheinlichkeit. Bitte checke die Kommunikationseinrichtungen.« Balot setzte Œufcoque auf ihre rechte Hand und überprüfte die Sprechanlage an der Wand, wie er es ihr gesagt hatte. Den Hörer nahm sie nicht ab, sondern snarkte gleich. Sie wollte die Security kontaktieren, die hier in der Umgebung patrouillierten.

#Die Verbindung steht, aber keiner geht ran.#

»In allen drei Stationen? Und die Zentrale? Ruf bitte auch den Doc an.«

#Geht nicht.#

Sie tippte mit dem Finger auf den Hörer.

#Fühlt sich komisch an. Irgendwie wie besetzt, aber komisch. Als ob ich ganz woanders anrufe. Wie eine Druckwelle, die alles blockiert und langsam näher kommt.#

Balot nahm die Hand vom Hörer, schaltete den Herd aus, legte die Schürze ab und hängte sie über den Stuhl.

Dann ging sie mit Œufcoque auf ihrer Hand zurück ins Zimmer.

#Sie kommen hierher, oder? Die Leute, die die Security getötet haben. Sie wollen uns auch töten.#

»Höchstwahrscheinlich, ja.«

#Ich will mich vorbereiten. Fünf Minuten reichen.#

»Was hast du vor?«

#Ich werde duschen.#

Sie hörte sich an, als wollte sie eine Pistole pflegen. Œufcoque nickte.

»Beeil dich.«

Dish, wash, brush …

Mit dem heißen Wasser kam der alte Song wieder in ihren Kopf, mit seinen alten Reimen.

Dash, crush, rush, flush …

Klebten Schmutz oder Fremdkörper an ihrer Haut, war ihre Fähigkeit schwächer, also suboptimal, das wusste sie.

Wenn sie Œufcoque so dicht am Körper trug, wollte sie so

sauber wie möglich sein. Sauber und geschliffen wie eine glänzende Klinge aus Edelstahl.

Sie fühlte sich, als könnte sie jeden einzelnen Wassertropfen erfassen, der von oben auf sie herabfiel.

Sie glaubte, dass sie das wirklich konnte. Kontrollieren, wohin die Tropfen weiterfließen würden. Sie fühlte die ganze Welt über ihre Haut strömen. Alles unter ihrer Kontrolle.

Dieser Körper gehört mir. Der Gedanke erwachte ganz entschlossen in ihr und füllte bald ihr ganzes Denken. Sie würde ihren Körper niemandem mehr überlassen. Sie würde dafür kämpfen und ihn beschützen.

Warum ich? Ihr ewiges Rätsel schien eine unerwartete Antwort zu bekommen. Eigentlich war es keine Antwort, eigentlich wurde das Rätsel umgedreht, invertiert, wie beim Turn-Over.

Ganz gleich, was sie wollen, sie werden dafür büßen, dass sie es auf mich abgesehen haben.

Eine Antwort, die den Aufschrei *Warum ich?* zu den anderen zurückschlug.

Dish, wash, crash, mash …

Sie drehte das Wasser ab und stellte den Jetstream-Trockner an, ohne irgendetwas anzufassen. Von rechts und links wehte sie ein starker, warmer Wind an und trocknete ihren nassen Körper. Im warmen Wind rieb sie sich mit Öl ein und fühlte sich dabei, als verwandle sie sich in das vollkommene *Katana* – ein scharfes Schwert, das selbst seine Scheide aufschneiden würde. Ein Meisterwerk, das sich seine Hülle selbst wählt.

Sie hatte ihre Wahl getroffen, ihre Waffe und ihre Hülle.

Goodish, fresh, wish …

Balot verließ das Badezimmer. Völlig nackt stand sie vor dem Tisch.

Sie streckte ihre Hand zu der Maus hin, die noch immer mit der spitzen Nase in der Luft wachsam schnüffelte. Œufcoque sprang auf ihre Hand.

»Bist du so weit?«

#Das bin ich.#

Sie stellte sich ein Kleid vor, das sie fest umschloss und unüberwindlich war. Ihre noch vage Vorstellung suchte durch zahllose Programme von Œufcoque, bis sie eine Übereinstimmung fand.

#Umarme mich. Fest.#

Œufcoque machte einen TurnOver. Er morphte in das einzigartige Kleid, das sie gewählt hatte.

Die Dunkelheit der Nacht schmolz wie Schokolade über die Stadt und sank in ihre Straßenschluchten ein.

Die Bandersnatch-Meute begann ihre Aktionen völlig synchron.

Sie näherten sich aus drei Richtungen dem ehemaligen Leichenschauhaus, ruhig, aber rasch. Welldone ging voran, Medium folgte ihm. Während Welldone die Umgebung sicherte, steckte Medium die Lockbuster-Card in den Kartenleser am Hintereingang.

{Wir sind drin. Ein dreifaches Schloss. Konnte ich gerade so noch knacken.}

Berichtete Medium und ging schnell durch die Tür, Welldone schlich Rücken an Rücken hinter ihm, dann schloss er die Tür leise.

Der Flur war schmal und dunkel. Vorsichtig ging Medium voran, Welldone gab den anderen weitere Anweisungen.

{Die Lockbuster-Card lassen wir erst mal stecken. Brauchen wir als Überträger zum Hacken. Flesh, wie lange brauchst du, bis du das Sicherheitssystem dieses Gebäudes unter Kontrolle hast?}

{Zwei Minuten etwa, Well.}

{Sobald wir das Sicherheitssystem kontrollieren, infiltriert Rare das Gebäude von Süden her. Mince mit seiner Reisetasche sorgt für Deckung vom Haupteingang aus. Bis das System unter Kontrolle ist, drei Meter Abstand, keine Gespräche über die Hundepfeifen-Kommunikatoren.}

{Roger. Position der Zielpersonen im Gebäude erfasst. Wärmequelle in der Küche im Erdgeschoss und im Badezimmer erfasst.}

{Medi, los. Pass auf, dass die Zielperson nicht durchs Fenster abhaut. Ich gehe nach unten.}

Medium setzte sich in Bewegung, hob seine rechte Hand und sah nicht zurück. Schnell und völlig lautlos glitt er durch den Flur, bog nach rechts ab und winkte Welldone noch kurz zu. Er zog die Waffe aus dem Halfter an seiner Hüfte. Hinter der Sonnenbrille leuchteten seine Augen rot. Seine maschinisierten Augen, mit denen er auch im Dunkeln jedes noch so kleine Hindernis sehen konnte.

{Sicherheitssystem ist unter Kontrolle. Ich schicke euch jetzt den Grundriss des Gebäudes.}

Sagte Flesh in seinem Innenohr. Dann ein Klacken in den Tiefen seiner Augen.

Eine transparente Karte erschien direkt auf Mediums Netzhaut. Seine Position und die der anderen Teammitglieder war markiert. Die Räume waren gemäß der Wahrscheinlichkeit eingefärbt, nach der sich die Zielpersonen darin aufhalten könnten.

{Rare, rein mit dir. Mince, warte fünf Meter vor dem Eingang.}

Flesh gab die Order weiter.

»Jetzt geht's endlich los«, flüsterte Medium mit einem Grinsen. Mit seiner echten Stimme, die nicht über Funk übertragen wurde.

Er verglich die Karte auf seiner Netzhaut mit dem, was er sah und entschied so, wo er hinging. Wenn er wollte, konnte er sich auch die Sicht der Teammitglieder anzeigen lassen. Aber er beließ es bei der Karte und ging durch den Korridor.

Dieser Korridor war wirklich sehr lang. Die Anlage hier ist ja auch wirklich etwas Besonderes, dachte Medium. Wirklich *gigantisch. Ein zwanzig Quadratmeter großes Badezimmer. War bestimmt mal dazu da, um dort viele Leichen gleichzeitig zu waschen.*

Die meisten Lichter auf seinem Weg waren aus. Unterwegs sah er sich die Türen flüchtig an, beachtete sie aber nicht weiter. Er hatte bereits auf seiner Netzhaut festgestellt, dass die Zielperson nicht dort war.

Deshalb war es ihm auch entgangen, dass aus einer Tür hinter ihm eine weiße Gestalt auftauchte und ihm mit leichten Schritten folgte, als er abbog und in *ein kleines Zimmer* ging.

Nach dem ersten Schritt in die kleine Kammer war Medium erstarrt. Wie gigantisch. Eine unendliche Finsternis breitete sich vor ihm aus, bereit, ihn zu verschlucken.

{Flesh? Was ist hier los? Wo bin ich hier?}

{Ganz ruhig, ganz ruhig. Direkt vor dir ist eine Tür.}

{Eine Tür? Was?}

Dann wurde ihm langsam klar, dass er tatsächlich auf eine Tür sah.

{Yo, genau, eine Tür. Was ist dahinter?}

{Da wartet einer.}

{Wartet einer?}

{Mit der Pistole im Anschlag.}

Medium grinste.

{Okay, Flesh! Dann schauen wir mal, ob das der Rechtsverdreher oder die Zielperson ist. Gib mir Spezifika und Position der Person hinter der Tür.}

Auf seiner Netzhaut sah Medium die orangefarbene Silhouette eines Mannes.

{Ein Mann, sehr groß, etwa zwei Meter. Muss der Rechtsverdreher sein, oder?}

{Ja. Wenn du auf ihn schießt, kannst du ihn gar nicht verfehlen.}

Medium hob seine Pistole und ziele auf den Gegner hinter der Tür.

{Wer von uns zieht schneller, Tough Guy!}

Nach exakt drei Sekunden hatte er alle 14 Patronen abgefeuert.

Er wechselte das Magazin und trat die perforierte Tür auf.

In der nächsten Sekunde traf ihn etwas im Gesicht.

Kaltes Wasser. Er wollte wieder zielen, verstand aber plötzlich gar nichts mehr, und als er schließlich doch zielte, traf ihn etwas an Hüfte und Schulter.

Er fiel hin. Einen Moment lang dachte er, der Gegner hätte eine Bombe gezündet. War aber nicht so.

Nur langsam kehrte sein Sehvermögen wieder zurück. Jetzt erkannte er etwas im Dunkeln, das anders aussah als vorher. Weiße Klumpen. Instinktiv richtete er seine Waffe darauf aus.

Auf einen Haufen nasses Klopapier.

Völlig durchnässt nahm Medium die Sonnenbrille ab und riss seine Augen ganz weit auf.

Er war in einer Toilettenkabine. Hier hatte er eine Tür eingetreten.

Die Kloschüssel war zersplittert, aus den Scherben sprudelte das Wasser.

»Was … ist … das?«, flüsterte er unbewusst mit seiner echten Stimme und stand wieder auf, aus der Kabine raus. Rechts an der Wand waren vier Pissoirs. An der anderen Wand Waschbecken und Spiegel. Der große Raum war verschwunden.

Medium warf einen Blick zurück in die Kabine. Etwas an der Wand über dem zerschossenen Klo erregte seine Aufmerksamkeit.

In hellem Mohnrot stand auf den desinfizierten Kacheln:

SNARK YOU!!

{Flesh, was genau sehe ich hier eigentlich?}

{Komme gleich.}

{Was?}

{Wer von uns zieht schneller, Tough Guy!}

In diesem Augenblick öffnete sich die Tür zum Korridor.

Medium blieb eine Schrecksekunde lang verblüfft stehen.

Da stand ein weißes Mädchen. Von den Fingerspitzen bis zu den Stiefeln weiß.

Das Kleid sah irgendwie nach Bondage aus, als wäre sie mit einem weißen Stoffstreifen immer wieder kreuzweise eingewickelt worden.

Hätte auch ein Brautkleid oder ein Kleid für eine Party sein können.

Ohne jeden Zweifel, das Mädchen war die kleine Nutte aus dem Vid. Rune Balot. Ein wirklich köstlicher Name. Dann fragte er sich allen Ernstes, ob es ein Hobby ihrer Rechtsverdreher war, die sie ja eigentlich beschützen sollten, ihre Mandantin so einzuwickeln.

»Runter mit der Waffe«, hallte plötzlich eine männliche Stimme. Die Überraschung ließ Medium zusammenzucken und er hob seine Waffe.

Er dachte, die wehrlose Balot würde diese Stimme irgendwie nachmachen.

Sie hob ihre Hand in dem Handschuh aus schneeweißer Seide. In ihrer Handfläche bewegte sich etwas, morphte in eine Pistole. Der Lauf der Waffe glitzerte silbern.

Medium schluckte.

Ein Reflex ließ ihn den Abzug betätigen.

Ein Feuerwerk explodierte zwischen ihm und Balot und füllte den ganzen Raum mit seinem Glitzern und Funkeln.

Etwas wurde in der Luft in Stücke gerissen, die Splitter fielen zu Boden. Bald stank es irgendwie verbrannt.

Medium schoss wieder. Das gleiche Feuerwerk.

Er öffnete seine Augen so weit, dass ihm dabei fast die Lider aufrissen. Er drehte fast durch, als er sah, wie das Mädchen *jede seiner Patronen mit einer ihrer Kugeln abwehrte.*

Er knurrte wie ein Hund und schoss.

Feuerwerk!

Er konnte hören, wie die Stahlsplitter flogen und fielen. Dieses Mal war das aber nicht alles. Er spürte, wie die Hand, in der er die Pistole hielt, sehr heiß wurde. Seine Finger waren zusammen mit dem Griff der Waffe durchschossen worden. Mit einer unvergleichlichen Präzision.

»Hä?«

Medium sah völlig fassungslos aus.

Seine linke Hand platzte auseinander, fiel zusammen mit dem abgeschossenen Griff der Pistole auf die Fliesen.

Hinter seinem Rücken sprudelte immer noch das Wasser aus den Resten der Kloschüssel.

Gerade, als Medium ausweichen wollte, durchschoss Balot das Magazin mit den elektrisch geladenen Patronen.

Sie explodierten alle gleichzeitig auf den überschwemmten Fliesen.

Hellblaue Flammen erblühten zu Mediums Füßen. Er konnte nicht mehr schreien. Absurd und bizarr zuckte er im Licht der Blitze. Seine gesamte Muskulatur dehnte sich aus und platzte auf. Der grauenvolle Gestank von verbranntem Fleisch und Haar war überall. Die hellblauen Flammen leckten auch an Balot, aber die Oberfläche ihres Zwangsjacken-Mumienkleides warf alle Funken zurück, und sie verlöschten.

Mit einem dumpfen Geräusch brach Medium zusammen. Sein Kopf schlug Funken, einige seiner Implantate hatten Kurzschlüsse, tiefschwarzes Blut floss aus Augen und Ohren.

Er war noch nicht ganz tot.

Balot starrte auf das fließende Wasser, mischte sich in die Wasserversorgung des Gebäudes ein und snarkte.

Das Sprudeln ließ nach, bis es ganz aufhörte. Sie ging zu Medium und berührte ihn leicht an der Schläfe.

Schwache elektrische Wellen, sie erkannte eine Stimme.

{Was ist los, Medi? Ich bekomme keine Verbindung zu dir. War die Zielperson da? Well, Medi antwortet nicht. Medi?}

{Ist alles okay.} Balot mit Mediums Stimme.

{Hier war gar nichts. Die Zielperson war nicht hier. Ich werde weiter nach ihr suchen.}

Danach brach sie ihre Einmischung ab, verließ die Herrentoilette und schloss die Tür ordentlich hinter sich ab.

2

{Irgendwas ist da seltsam. Irgendwas stimmt da nicht.} Murmelte Flesh in das elektronisch verlängerte Ohr von Mince.

»Was ist denn, Fleshy? Erzähl doch mal, was ist denn so komisch?«

Mince starrte mit seiner Reisetasche in der Hand und einem friedlichen Gesichtsausdruck auf den Eingang.

{Ich habe in Medis Gehör die akustischen Prints mehrerer Pistolen festgestellt. Eine davon war offensichtlich eine fremde Waffe, ich konnte sie bisher nicht in meinen Archiven finden.}

»Eine Waffe, die nicht von uns ist? Einer ihrer Verteidiger?«

{Medi meint zwar, alles wäre in Ordnung …}

»Hmhm.«

{Du bist am nächsten an Medi dran, Mince.}

»Verstanden.«

Mince griff die Reisetasche fester und ging auf die Lobby zu.

»Wenn die Zielperson aus dem Gebäude fliehen sollte, dann sollen Rare oder Well sie verfolgen. Ich checke zusammen mit Medi die Umgebung. Mach die Tür hier auf.«

{Roger.}

Die Tür ging ohne Schwierigkeiten auf, als Mince dagegendrückte.

Er ging geradewegs durch die Lobby, vergewisserte sich, dass niemand hinter dem Empfangstresen saß, dann nahm er etwas aus seiner Reisetasche.

Er holte eine Waffe heraus, die wie ein Aktenkoffer aussah

und durchquerte den Flur mit großen Schritten. Er warf die Reisetasche weg und ging weiter, als der Fahrstuhl sich mit einem Klingeln öffnete.

Schnell suchte er Deckung hinter einer Säule und löste die Sicherung des Koffers. In wenigen Sekunden glitten Teile der Box nach oben und nach unten, er fasste den Doppelgriff, der herausgeglitten war. An beiden Enden des Koffers befand sich je eine Gewehrmündung.

Er beobachtete seine Umgebung und funkte Flesh an.

{Warst du das mit dem Fahrstuhl?}

{So ist es.}

{Soll ich da einsteigen?}

{So ist es.}

{Aber Medi war doch im Erdgeschoss? Er bewegt sich also? Hat er das Ziel gefunden?}

{So ist es.}

{Lass mich mal die Karte sehen. Gut, ich habe seine Position. Bin unterwegs.}

{So ist es.}

{Hm?}

Die Verbindung wurde unterbrochen. Die Karte zeigte ihm die richtige Richtung an, also zuckte Mince kurz mit den Schultern.

»Der hat's aber eilig.«

Vorsichtig checkte er wieder die Umgebung und stieg schnell in den Fahrstuhl.

Auf der Anzeigentafel waren fünf Tasten für die fünf Stockwerke, vom unterirdischen Parkhaus bis zum Dachgeschoss. Das Licht für den ersten Stock leuchtete bereits gelb. Die Tür schloss sich, Mince hielt seinen großen Körper so tief wie möglich.

Ohne Warnung erhöhte sich die Schwerkraft in der Kabine. Der Fahrstuhl raste in die Höhe. Mince hielt die Beschleunigung aus, ohne umzufallen. Er konnte hören, wie das Drahtseil in der Spule über ihm rotierte.

Der Fahrstuhl blieb mit einem lauten Krachen stehen. Mince war für wenige Sekundenbruchteile schwerelos, dann prallte er auf den Boden. Sein Gesicht verzerrte sich zu einer wütenden Grimasse.

{Flesh, du verdammter Sack! Das ist hier keine Achterbahn!}

{So ist es.}

{Hä? Das sagst du schon die ganze Zeit ...}

{So ist es.}

Seine Lippen fingen heftig an zu zittern.

{*So ist es.*} Eine unbekannte Stimme in den Tiefen seiner Ohren, tief in seinem Kopf!

{Wer bist du?!} Er schrie, er konnte es nicht unterdrücken. Unmittelbar darauf fuhr der Fahrstuhl wieder hoch, mit einer solchen Wucht, dass er zu Boden geschleudert wurde. Im zweiten Stockwerk blieb der Fahrstuhl abrupt stehen und raste sofort wieder nach unten.

»Verdammter Scheißkerl!«, brüllte er, jetzt wirklich wütend. Er richtete die Waffe in seiner Hand auf die Anzeigetafel und zerschoss sie. Der Fahrstuhl hielt an. Schweiß floss in Strömen über sein Gesicht, aber er konnte endlich wieder lächeln.

»Ich war mal Pilot! Das ist doch gar nichts!«

Das Licht ging aus, aber das machte ihm keine Angst. Ein Klacken in seinen Augen und sie begannen rot zu leuchten.

Dunkelheit war ohne jede Bedeutung. Erneut überprüfte er die Karte auf seiner Netzhaut.

Das untere Drittel des Fahrstuhls hing in der ersten Etage.

Mince nahm das 200 000-Dollar-Buttermesser in seine Linke, schnitt das Kontrollpanel auf und zerrte die Kabel raus.

Mit seiner anderen Hand hielt er die Waffe fest und richtete sie auf die Tür.

Er verfolgte die Leitungen mit seinen Augen und fand das richtige Kabel, um die Tür zu öffnen – aber genau jetzt machte etwas *zipp!* und hüpfte unter seinen Fuß, die Hitze wurde unerträglich.

Er schrie und sprang hoch. Wieder hüpfte etwas unter ihm und durchbohrte den Arm, mit dem er die Waffe hielt. Er rollte seinen Ärmel auf und sah nach, wo es ihn getroffen hatte. Direkt zwischen zwei transplantierten Augen war ein kreisrundes Loch.

Die Augen waren weit geöffnet, als wären sie erschreckt.

Mince brach der kalte Schweiß aus, seine skorpionbraune Haut glänzte wie ein Spiegel.

Es ging weiter. Eine Patrone, die direkt unter ihm abgefeuert wurde, traf den Daumen, mit dem er die Pistole hielt.

Ein Schrei quoll aus seiner Lunge. Dann wurden seine Hände, seine Beine und sein Hintern getroffen.

In der kleinen Box, in der ihn niemand hören konnte, zuckte er in einem seltsamen Tanz und schrie ununterbrochen.

Das Messer fiel. Das Messer wurde getroffen. Ein heftiger Funkenregen verbrannte sein rechtes Bein. Endlich griff er mit der Rechten nach seiner Waffe.

Er zielte nach unten, in der Sekunde drang eine Kugel etwa zehn Millimeter tief in sein linkes Auge ein. Das maschinelle Auge wurde in der Augenhöhle zerquetscht, es regnete Blut und Funken.

»Ich bring dich um, Scheißkerl!«

Er feuerte Dutzende Male nach unten. Getreu seinem Spitznamen Mincemeat – Hackfleisch – zerlegte er den Boden in winzige Partikel.

Im Boden war jetzt ein gähnendes, schwarzes Loch. Als er nach unten sah, war niemand da.

Mince fixierte wieder die Tür und feuerte weiter. Als er die obere Waffe leer geschossen hatte, warf er die ganze Kiste einmal hoch und fing sie wieder auf. Wenig später war die Schiebetür des Fahrstuhl durchlöchert und verbogen.

»Ich bring dich um!«

Er rammte seine Schulter gegen die Tür. Die Tür bog sich weiter. Mit der Hand ohne Daumen drückte er die Tür auf und rollte sich schwer atmend auf den Flur. Überall Blut und Schweiß, sein ganzer Körper war damit verschmiert.

Er robbte durch den Flur und versteckte sich schließlich hinter einer Säule.

»Fleshy! Antworte, du Arsch! Well! Medi! Rare! Verdammt! Hört mich denn keiner?!«

Unerwartet hörte er ein fremdes, gellendes Lachen.

Hektisch starrte er rechts und links den Gang runter.

Niemand da.

Das Gelächter hallte nur durch seinen Kopf, er konnte die Leitung nicht trennen. Tränen stiegen in sein unverletztes rechtes Auge.

Infantilisierung – hatte jemand gesagt. Die Explosionen auf den Schlachtfeldern seiner Vergangenheit kamen zurück, zusammen mit dem widerwärtigen Gestank des schwarzen Rauchs.

Zwei Tage, nachdem der Hubschrauber abgeschossen wurde, war er in Kriegsgefangenschaft geraten. Ein Jahr später hatten sie ihn befreit. Damals war Mince auf die Idee gekommen, sich die Augen seiner Frau in den Arm transplantieren zu lassen, die sich von ihm hatte scheiden lassen, während er als Kriegsgefangener bestialisch misshandelt worden war.

Seitdem baten die Augen seiner Ex-Frau im Bizeps seines rechten Arms um seine Vergebung, bis in alle Ewigkeit.

Mince fuhr sich wüst durchs Haar, seine blutnasse Hand riss seine Kleidung vom Leib, legte alle Augen an seinem Körper frei.

Mühsam stand er auf, mit einem Schrei, der kein Wort mehr werden konnte. Er hielt die Waffe senkrecht und schleppte sich auf einem Bein den Flur hinunter. Das Lachen hörte nicht auf, hoch und lästig zerrte es an seinen Nerven.

Die Rolltore hinter ihm schlossen sich schlagartig. Brandschutz-Rolltore und gleichzeitig auch – typisch für eine solche Anlage – Geruchsschutz-Rolltore.

Mince merkte, dass er wieder in einen winzigen Raum mit vier Wänden eingesperrt wurde.

»Ich stech sie dir aus! Ich stech dir deine verdammten Augen aus und dann ficke ich deine verfickten Augenhöhlen!«

Er feuerte seine gesamte Munition in alle vier Richtungen. Patronenhülsen klackerten überall auf den Boden, zahllose Einschusslöcher durchsiebten innerhalb weniger Sekunden die glatten Wände.

Sein Rücken wurde heiß. Er drehte sich um, sah den Rollladen vor sich. Wie die Kugeln durch den Rollladen flogen. Fast zeitgleich wurden beide Knie durchschossen, er knirschte mit den Zähnen und fiel auf die Knie. Dann wurden die Ellenbogen getroffen. Seine Arme hingen nun kraftlos herunter.

Sehr präzise Schüsse. Und im wahrsten Sinne des Wortes *in einem Augenblick*.

Alle achtzehn Augenpaare wurden von den heranrasenden Patronen eins nach dem anderen ausgelöscht.

Augenflüssigkeit spritzte, Linsen flossen zusammen mit Blut und Tränen ab, vermischt zu einer sämigen Suppe.

Seine Schreie hallten durch den Raum. Mince stand auf, triefend vor Blut. Wie ein rasender Stier warf er sich gegen den Rollladen.

Der Rollladen bog sich mit einem gewaltigen Dröhnen unter seiner Schulter. Sein Blut klebte an dem Rolltor aus Duralumin, es zog Fäden, als er sich davon löste. Wieder rannte er dagegen.

Wann die Schüsse aufgehört hatten, wusste er nicht, es war auch nicht mehr wichtig.

Unvermittelt ratterte der Rollladen nach oben und verschwand in der Decke.

In einiger Entfernung konnte er einen kleinen, verschwommenen Schatten erkennen.

Mince schrie auf und raste wie ein Berserker auf den Schatten zu. Alles, was er sah, war ein Kopf mit vielfarbigem Haar, alle auf die gleiche Länge geschnitten.

Dass sich unter diesem Haar ein vertrautes Gesicht verbarg, wurde Mince erst wieder bewusst, als das Buttermesser in der Hand der kleinen Schattengestalt tief in seiner Brust verschwand.

Entsetzt schob Rare den Körper seines Kumpels Mince zurück, der sich kraftlos an ihn lehnte.

Er starrte sein eigenes Messer an, dann kreischte er mit seiner Mädchenstimme in den Kommunikator.

{Was soll das denn? Du hast doch gesagt, du hast den Rechtsverdreher hier eingesperrt? Warum ist Mincy hier? Ich bring dich um, Flesh! Warum ist er hier? Flesh! Du verdammtes Schwein!}

{Mach dir keine Sorgen.}

{Was?!}

{Das ist der Rechtsverdreher.}

Rares weißes Gesicht wurde rotschwarz vor Wut.

{Du verdammtes Hackerschwein! Ich lasse dich bei lebendigem Leib von Schweinen fressen!}

Rare brüllte noch eine Weile so weiter, dann brach er plötzlich in Tränen aus. Endlich zog er das Hutchison-Messer aus der Brust des Toten.

»Ach, armer, armer Mincy. Weil der verdammte Flesh nicht geschnallt hat, dass er gehackt worden ist … mein armer Kleiner …«

In den Tiefen seiner Ohren zischte es unerwartet, die Leitung wurde wieder geöffnet.

{Rare, antworte.}

{Well? Bist du's wirklich? Nicht der verschissene Rechtsverdreher?}

{Ja, ich bin's. Flesh ist gerade dabei, die Leitung wieder herzustellen. Wie sieht es aus?}

{Mincy, er ist …}

{Es hat ihn erwischt?}

Rare antwortete nicht, er schluchzte nur und schniefte.

{So ist das also. Laut *Hundepfeifenfunk mit Medi* ist die Zielperson mit dem Rechtsverdreher in das Untergeschoss geflohen. Da ist auch eine sehr stabile Sicherheitstür unten, Flesh arbeitet da gerade dran. Komm auch runter.}

{Okay. Verkaufen wir Mincys Leiche auch?}

{Nein. Wir sind Brüder. Wir verkaufen unsere Brüder nicht. Wer von uns einen Teil von Mince behalten möchte, hat jedes Recht dazu. Oder?}

{Ja. Ja, genau.}

Rare nahm das Messer wieder fest in die Hand und taumelte durch den Flur.

{Wir treffen uns unten. Schick mir die Karte, ja?}

Rares Augen leuchteten rot. Er weinte noch immer. Seine Tränen reflektierten das rote Licht, es sah aus wie Blut. Er ließ beide Arme schlaff hängen, schwankte nach links und rechts, folgte der Karte und nahm die Treppe ins Untergeschoss.

{Geh da links in das Zimmer. Ist eine Abkürzung.}

Eindeutig Welldones Stimme, oder? Am Ende der Treppe war auf der linken Seite eine Tür. Er öffnete sie und betrat den Raum.

{Schließ ab.}

Er wollte schon die Tür abschließen, als es ihm plötzlich klar wurde: »Wie bitte?!«

Er knirschte mit den Zähnen und sah sich genau um. An den Wänden waren zahllose Schubfächer und so was. Offenbar eine der Leichenkammern. Definitiv keine Abkürzung.

Rare griff nach dem Messer, bleckte die Zähne und wartete darauf, dass sich etwas regte.

Hinter ihm schloss sich das elektrische Türschloss von selbst.

Rare drehte sich blitzartig um. Auf dem Display des Schlosses blinkte ein unsinniger Code, als ob sich jemand über ihn lustig machen wollte.

Er drückte auf ein paar Ziffern, das Schloss reagierte nicht. Mit einem Quietschen trat er gegen die Tür.

»Jetzt verarsch mich nicht! Scheiße! Wo bin ich, Flesh! Flesh! Flesh?!« Er merkte überhaupt nicht, dass er mit seiner echten Stimme schrie, und trat weiter gegen die Tür.

{Im Meer des Archäozoikums.}

Eine Stimme in seinem Ohr, die sich anhörte wie Welldone.

{Proterozoikum. Paläozoikum. Kambrium. Mesozoikum. Pleistozän.}

Rare wandte sich wieder dem Raum zu und wurde überrascht.

{Im Meer der Fossilien.}

Unzählige Spiralen wirbelten vor seinen Augen. Schwärme von Nautilusfossilien, die vor unendlich langer Zeit zu Stein geworden waren. Sie waren überall in der Leichenkammer, auf den zahllosen Schubladen, es sah aus, als wäre er auf einem versunkenen Fossilienfriedhof, tief unter dem Meer.

Rare schwang das Messer in seiner rechten Hand gegen die nächste Wand. Das Metall, das die Klinge berührt hatte, schmolz. Die Klappe des Schließfachs fiel mit einem dumpfen Dröhnen zu Boden.

Der Nautilusschwarm blieb unverändert. Er sah es als Beweis dafür, dass irgendwo ein Projektor sein musste.

»Schluss mit den Spielchen! Komm endlich raus, du Schwein! Ich hack dich in kleine Stücke und vergewaltige dich!«, schrie er und reckte die linke Faust zur Decke. An seinem Handgelenk wackelte und klirrte sein dicker Armreif. Und dann explodierte Draht aus seinem Armreif und raste in jede Richtung.

Das Geräusch durchschnitt die Luft, hellblaue Funken zuckten in seiner Nähe.

Dünner Draht rotierte wieder in den Armreif zurück und verschwand darin, ein Metallverschluss klackte. Nur wenig später klapperten mehrere Schubladen in Rares Umgebung in Bruchstücken nach unten.

»Ein Wirecutter«, sagte eine Stimme hinter dem Schließfach.

»Der Draht setzt elektrisch geladene Teilchen frei. Eine grausame Waffe.«

Haargenau richtete Rare seinen Armreif in diese Richtung aus. Er schoss ohne zu zögern.

Es dröhnte und klirrte, ein blauweißer Blitz zerschnitt die Abbilder der Fossilien.

Einen winzigen Moment lang konnte er eine weiße Gestalt sehen, die sich in das Drahtseil wickelte und dann wieder von der Finsternis verschluckt wurde. Sein Angriff war erfolgreich gewesen. Dann erstarrte er. Das Drahtseil, das zurückrotieren sollte, blieb mittendrin stehen. Die Anzeige des Armreifs blinkte wirr und blockierte jede Eingabe.

»Starke elektromagnetische Wellen? So ein Mist …«

Er schnalzte mit der Zunge und wollte den Armreif wegwerfen, doch der Armreif bewegte sich plötzlich von selbst.

»Ferngesteuert?«

Panik ergriff Rare, denn die Drähte an seinem linken Arm verwickelten sich ganz von selbst in komplizierte Muster. Rare wurde bleich. In der nächsten Sekunde rollten die Drähte so heftig und schnell in den Armreif zurück, dass Rares linker Arm unterhalb des Ellenbogens sauber zerlegt wurde. Wie ordentliche Gulaschwürfel raste er durch die Luft.

Rares Schrei klang weder männlich noch mädchenhaft.

Rare rollte über den Boden und entkam so dem Wirbelsturm aus Draht, in der anderen Richtung flog sein linker Arm auf der Bewegung der Seile durch die Luft. Zusammen mit dem Armreif explodierte er in einem Funkenregen in winzige Partikel.

Blut tropfte aus der verbrannten Schnittfläche.

»Ich bring dich um …«

Seine mordgierige Stimme ging im Knallen eines Schusses unter. Die Kugel durchbohrte präzise seine Schulter. Rare warf sich zu Boden und griff die nächste Schublade als Schutzschild. Währenddessen wurde sein linkes Bein getroffen.

Obwohl Rare halb wahnsinnig vor Schmerzen war und die ganze Zeit schrie, waren seine Bewegungen schnell und exakt. Er sprang hoch und konnte im Augenwinkel sehen, wie die Gestalt sich bewegte. Patronen rasten auf ihn zu, ausnahmslos in seinen rechten Ellenbogen und sein rechtes Knie.

Aber Rare blieb nicht stehen. Selbst jetzt noch schwang er das Messer. Feuerwerk im Dunkeln.

Zwei Pistolen, über Kreuz gehalten, hielten das Messer auf.

Beleuchtet von den fliegenden Funken, die den Stahl schmelzen ließen, starrten sie sich gegenseitig ins Gesicht.

»Die Muskulatur seines gesamten Körpers wurde verstärkt. Mit gewöhnlichen Schüssen können wir nichts ausrichten«, sagte Œufcoques Stimme. Doch vor Rare stand das Mädchen aus dem Kinderporno, mit einem Gesicht wie ein Engel.

Rare zerrte an der Klinge und sagte: »Rune Balot?«

Er biss seine Zähne fest zusammen und schmeckte ihren Namen auf seiner Zunge. In diesem Augenblick lenkte Balot seine Kraft in eine andere Richtung. Sie wusste ziemlich genau, wann ihr Gegner das Gleichgewicht verlieren würde, deshalb ließ sie ihre Pistolen nach hinten rechts fallen. Rare verlor die Balance. Dabei hätte sie auf ihn schießen sollen, aber die Pistolenläufe waren bis zur Hälfte durchgeschmort. Noch während des Falls bog Rare Oberkörper, Beine und Hüften erstaunlich geschmeidig.

Die Spitze der Klinge zischte Balots Seite entlang. Die Funken sprühten und stieben.

Der Lauf der Pistole in ihrer linken Hand hielt die Klinge auf. Das brennende Messer knirschte und schnitt durch den Pistolenlauf.

Rare starrte verständnislos in ihr Gesicht.

»Hat der Rechtsverdreher sich zu seiner Auftraggeberin umoperieren lassen?« Es war ihm gerade genug Zeit geblieben, um zu dieser Schlussfolgerung zu kommen.

Balot antwortete nicht, sie *entspannte sich, um sich dann anzuspannen.*

Sie lenkte die Kraft von Rares Messer ab und leitete seine Kraft weiter. Anmutig wie ein Stierkämpfer wich sie der Klinge aus.

Rare donnerte an ihr vorbei, sein Messer malte ein Hitzeflimmern in die Luft.

In dem kurzen Moment, bis die Klinge wieder auf Widerstand traf. Balot snarkte die Pistolen, die ohnehin nicht mehr zu gebrauchen waren, sie schmolzen zusammen und morphten in das gleiche Hutchison-Messer, das Rare in der Hand hielt.

Rare sah ziemlich verstört aus, während er das Messer schwang.

Balot aktivierte ihre Klinge und fing sein Messer ab.

Die beiden Hutchison-Klingen prallten aufeinander, ein Feuerwerk explodierte zwischen Rare und Balot.

Der Schock schleuderte beide in entgegengesetzte Richtungen. Rare landete auf den Füßen und hielt die Klinge jetzt nach hinten gerichtet. Balot rollte sich ab.

Sofort stieß Rare mit seinem Messer zu, dochBalot hob ihre Klinge leicht und anmutig.

Und beide Klingen trafen frontal aufeinander, sprühten Funken und stießen sich gegenseitig ab.

Balot hatte ihr Messer millimetergenau in die Messerspitze ihres Gegners gebohrt.

Der unerwartete Schock schleuderte das Messer aus Rares

Hand. Die Klinge rotierte wild in der Luft und bohrte sich dann in Rares Brust.

Er stöhnte auf, machte einen Schritt zurück und krachte mit dem Rücken gegen die Schubladen.

Das Messer steckte tief in seiner Brust. Er griff danach und versuchte es herauszuziehen, doch wegen der elektromagnetischen Druckwelle konnten seine Finger es nicht greifen, sie schwebten um den Griff herum.

Er rutschte zu Boden. Sein ganzer Körper stank bereits nach verbrennendem Fleisch.

Balot verzog das Gesicht. Um ein Haar hätte sie sich übergeben.

Wenig später blubberte Blut aus seinem Mund. Es verdampfte nicht. Die elektromagnetische Druckwelle verschwand also langsam. Rare war tödlich verwundet, gerade noch bei Bewusstsein.

»Mit dir sind noch drei andere in dieses Gebäude eingedrungen?«, fragte Œufcoque. Rare sah Balot unter Tränen zornig an. Unversehens zuckte er merkwürdig mit dem Kinn. Er machte den Mund mehrmals auf und zu und quetschte gerade noch heraus: »Die Schweine sollen dich ficken, Prinzesschen.«

Seine Stimme war tief, rau und männlich.

Ein grausames Grinsen machte sich auf seinem Gesicht breit.

»Er stinkt nach Tod! Weg da, Balot!«, schrie Œufcoque jäh. Balot sollte sofort erfahren, was er gemeint hatte.

Rare hatte mehr in seinem Körper implantiert als nur verstärkte Muskulatur und Kommunikatoren.

Balot sprang hastig zurück und snarkte Œufcoque mit ihrem ganzen Körper. Œufcoque reagierte auch schnell. Dann explodierte das Licht. Balot hatte diese Explosion schon einmal gesehen. Es war das Allerschlimmste gewesen, was sie je erlebt hatte.

Rares Körper war explodiert. Die Schließfächer waren verbogen, die Decke gekrümmt, Flammen löschten die Fossilien aus. Die Wand zum Flur war weggesprengt worden, der Flur schwarz angesengt.

Über die Trümmer hüpfte ein großes Oval und rollte weiter.

Groß, schneeweiß, wie ein Gummiball. In der Luft entstanden feine Risse, dann fiel Balot heraus, die ihre Knie umarmend auf dem Teppich landete. Als sie ihren weißen Mantel flattern ließ, bildete sich der Gummiball zurück und band ihren Körper wie am Anfang fest in die Bondage-Bänder.

Fest. Wie eine Umarmung.

Die Reste der Druck absorbierenden Schicht lösten sich von ihrem Mantel und segelten zu Boden wie zerbrochene Eierschalen.

»Balot? Alles klar?«

Balot sah sich um, zog ihre Brauen zusammen und fixierte das flackernde Feuer.

#Ich will nie wieder in Flammen aufgehen.#

Dann küsste sie ihren weißen Seidenhandschuh und bedankte sich bei der Schale, die sie so vollkommen beschützt hatte.

#Das letzte Stück Vieh ist im Untergeschoss?#

»Achte auf deine Wortwahl. Macht dir das etwa Spaß?«

Balot lachte ein bisschen.

#Ich verstehe dich nicht. Ich mache nur, was ihr mir beigebracht habt.#

»Ich habe …«

#Ich will noch viel besser werden. So wie vorhin, ganz nah.#

»Hast du keine Angst vor dem Nahkampf?

#Im Moment muss ich ja wohl, oder?#

»Ja, aber …«

#Du bist wirklich halbgar, Œufcoque.#

Balot lachte und küsste auch ihren anderen Handschuh.

#Ist schon okay so. Bitte mach dir keine Sorgen. Ich mache das richtig.#

Und Balot lächelte.

3

Welldone nahm die Treppe ins Untergeschoss. Als er vor der Tür zum Parkgeschoss stand, lief plötzlich eine leichte Erschütterung durch das gesamte Gebäude.

{Was war das? Diese Vibration?}

Welldone schickte die Frage mit der Pistole im Anschlag, und Fleshs Antwort war Besorgnis erregend.

{Ist komisch. Eine ähnliche Wärmeentwicklung wie bei einer Bombe, aber in einem Raum, den der Wärmedetektor bisher gar nicht registriert hat. Da kann gar keiner sein. Vielleicht eine Falle, die aus irgendeinem Grund aktiviert wurde.}

{Die Vibration fühlte sich an, also ob mir jemand das Herz auskratzt. Hat irgendwer die Selbstzerstörung aktiviert?}, flüsterte Welldone auf einmal. Flesh antwortete ihm mit echter Sorge in der Stimme:

{Ach, Unsinn! Alle sind in der gleichen Richtung unterwegs wie du, Well.}

{Alle?!}

{Medi, Rare, Mince …}

{Aber Rare hat doch gesagt, Mince wäre tot?}

{Mag sein, es wurde aber auch schon so ziemlich jede Leitung gehackt.}

{Vielleicht wurde der Kommunikator aus seinem Kopf entwendet. Dann ist es der Feind.}

{Hm.}

{Oder … sie sind alle im gleichen Zustand.}

{Was?}

{Kriegst du die Tür jetzt langsam mal auf?}

{Warte. Jetzt ist das Schloss entriegelt. Unglaublich. So ein komplexes Sicherheitsprogramm ist im Alltag doch bestimmt wahnsinnig unbequem.}

Welldone ignorierte Flesh und beobachtete, wie die Trennwand langsam aufging. Eine unglaublich dicke Mauer, so stabil und erdbebensicher wie in einem Atomschutzbunker.

Welldone ging durch die Tür und betrat das Parkdeck.

Ein ganz gewöhnlicher Parkplatz, mit Stellplätzen für etwa zehn Autos, getrennt durch Stahlgerüste und dicke Säulen.

Zwei Lastenaufzüge nebeneinander, die Türen eines Fahrstuhls waren offen.

Das Rolltor vom Parkplatzausgang war verschlossen, aber verglichen mit der offenen Fahrstuhltür wirkte das nicht besonders ungewöhnlich.

In dem Moment, als ihm der Rollladen aufgefallen war, hörte er kurz damit auf, die Position der anderen Teammitglieder zu überprüfen. Er warf einen überraschten Blick auf die Tür, durch die er gerade gekommen war.

Eine ganz gewöhnliche Tür. Eine ganz normale Tür mit einem Bullauge. Sogar der Rollladen eines schäbigen 24-Stunden-Supermarkts würde mehr Sicherheit bieten.

{Unser Sehvermögen wurde gehackt!!!}

Welldone brüllte und trat zornig gegen die Tür.

{Eine einfache Automatik-Tür! Ich habe wie ein Idiot vor einer verdammten Tür gestanden, die ich mit einem Schubs hätte öffnen können! Flesh! Gib mir die Position der anderen!}

Es zischte, drei blaue Lichtpunkte wurden angezeigt, die sich aus drei Richtungen näherten.

{Flesh?}

Keine Antwort.

Welldone nahm zwei Pistolen, duckte sich und presste eine Schulter gegen die Wand.

Rares Punkt bewegte sich die Treppe herunter, die Well ebenfalls gerade genommen hatte.

Mediums Punkt kam aus dem Fahrstuhl in Welldones Richtung, der von Mince schlängelte sich von der hinteren Feuertreppe her zu ihm.

»Alles Dummies, Geister …«, flüsterte Welldone wutentbrannt.

»Eine Demütigung! Rare! Medi! Antwortet mir! Wenn ihr da seid!«, schrie er und sprang auf, rannte auf den Geist zu, der Schritt für Schritt, Stufe für Stufe die Treppe runterkam. Dann feuerte er. Die Kugeln durchquerten die Finsternis, bohrten sich in die Wände und rissen den Putz ab. Welldone wandte sich von der Treppe ab und schoss gleichzeitig auf Fahrstuhl und Feuerleiter. Seine Schüsse hallten durch das Parkhaus, die hüpfenden Patronenhülsen klirrten laut zu Boden.

Er brauchte nicht lange, um seine Magazine zu leeren.

Mit dem Rücken drückte er sich an die Wand und schob sich vorsichtig weiter. Nebenbei warf er die leeren Magazine weg. Schnell öffnete er eine Seite seines Mantels. Reservemagazine hingen so unter seiner Achsel. Er drückte das Griffende der Pistole gegen seine Hüfte um nachzuladen.

Wenn er weiter daran zog, machte es *Ping!* wie beim Auslösen einer Handgranate, die Magazine lösten sich von den Ringen, an denen sie befestigt waren.

Er drückte den Schalter am Griff hoch, der Verschluss glitt automatisch in die richtige Position und lud nach.

»Jetzt kriege ich dich! Dein Arsch gehört mir, wo immer du auch bist!«, brüllte er, so wütend, dass seine Augen fast aus den Höhlen quollen, und starrte in die Finsternis.

Die Antwort schmerzte in seinen Ohren. Das Rauschen eines Radios. An einem Ende des Parkdecks war ein Radio angegangen und dröhnte dumpf vor sich hin. Scheinwerfer gingen an, dann brüllte ein Motor auf.

Das Rauschen des Radios wandelte sich in einen wilden Rhythmus: Rock mit wummernden Bässen.

Welldone hörte das Quietschen der Reifen, die über den Beton auf ihn zurasten. Er sprang von der Wand weg, der Wagen preschte aber weiter auf ihn zu. Das Lenkrad drehte sich in die Richtung, in die Welldone rennen wollte, die Federung knirschte und die Scheinwerfer leuchteten wie ein schlechtes Omen.

»Fuck you!«

Er blieb stehen und schoss auf den Wagen. Welldone demonstrierte eine ganz erstaunliche Sprungkraft, als er auf das Auto zuhechtete. Er perforierte Front und Dach des Autos wie einen Korb und rollte sich danach ab.

Der Wagen krachte gegen die Wand, die Front war komplett zerstört.

Blitzschnell sprang er auf und richtete die Pistole gegen den Fahrersitz.

Auf dem niemand saß.

Ein anderes Autoradio ging an, Scheinwerfer leuchteten auf: Heavy Metal diesmal.

Eine kleine Explosion dröhnte durch die Halle, hinter ihm schoss ein Benzinauto hinter einer Säule vor. Mit viel zu hoher Beschleunigung. Instinktiv ballerte er auf den Fahrersitz, aber auch dieses Auto war leer.

Welldone suchte Deckung hinter einer Säule. Der Wagen knallte mit seinem rechten Scheinwerfer dagegen. Das Glas splitterte, der Wagen schob weiter auf ihn zu, als wolle er ihn von der Säule abkratzen.

Er nahm Anlauf, sprang zur nächsten Säule und stieß sich in der Luft daran ab.

Das Auto rammte die Säule. Betonsplitter spritzten durch die Gegend wie bei einer Explosion. Karosserie und Front verbogen sich so stark, dass sie sich ineinander verschlangen. Heavy Metal verstummte, Trance Techno fing an.

In der Sekunde seiner Landung raste bereits ein anderes Auto mit eingeschalteter Stereoanlage auf ihn zu. Er schrie – keine Worte mehr, nur ein Schrei.

Dieser Wagen erwischte sein rechtes Bein, als er lossprang um auf den Fahrersitz zu schießen. Sein Körper rotierte in der Luft und krachte dann hart auf den Beton.

Das Auto, das gegen die Säule gekracht war und der Wagen, der ihn als Letztes verfolgt hatten, stießen zusammen und schoben sich übereinander.

Er verzog das Gesicht und spuckte Blut und Zähne aus.

Dann warf er die Magazine weg und lud nach.

Mit seinen rot leuchtenden Augen beobachtete er die lärmende Finsternis.

Als er aus dem Augenwinkel eine kleine, weiße Gestalt ausmachen konnte, zielte er sofort darauf. Zur gleichen Zeit eröffnete die Gegenseite das Feuer.

Ein Schock durchfuhr sein rechtes Knie. Das Knie an dem Bein, das der Wagen erwischt hatte.

Welldone kippte ruckartig um. Als falle er mit Absicht. Dabei schoss er ohne Unterbrechung weiter.

Keine Reaktion. Allerdings traf ihn wieder eine Kugel am rechten Knie.

Die kugelsicheren Polster rutschten zur Seite, in den verstärkten Muskeln und Knochen entstand ein Loch. Er stöhnte auf und kroch hinter eine Säule.

Der Kugelhagel ging weiter, auch während er seine Magazine ersetzte. Keine einzige Patrone traf ihn.

Er sah misstrauisch dabei zu, wie die Kugeln alle das kaputte Auto trafen.

Dann begriff Welldone, welche Absicht dahinter steckte. Er fletschte die Zähne, dann spannte er seinen ganzen Körper wie eine Feder an und versuchte, von seinem Platz hinter der Säule zu entkommen.

Im gleichen Augenblick traf eine Kugel den Tank des Benziners. Hinter ihm explodierte der Wagen, die Explosion löste eine weitere aus. Das Feuer und die Druckwelle rissen seinen kugelsicheren Mantel auseinander, schleuderten ihn gegen die Wand – wie eine Puppe, an der ein Kind das Interesse verloren hat.

Trotz allem ließ er seine Pistolen nicht los. Er stand auf, sein Körper übersät mit Wunden von irgendwelchen Splittern. Die Pistole im Anschlag, rang er nach Atem und starrte in die lodernden Flammen.

Mehrere Kugeln kamen von der anderen Seite des Feuers auf ihn zu. Alle zielten präzise auf die Risse in seinem kugelsicheren Mantel. Erst wurden seine Arme getroffen. Dann die Schulter.

Verzweifelt feuerte er zurück, aber sein Gegner hörte einfach nicht auf zu schießen.

Die Patronen wechselten abrupt. Auf der Oberfläche seines Mantels tanzten Funken. Elektrisch geladene Teilchen rasten darüber und verbrannten die Haut.

Dann Gewehrkugeln. Rissen ihm ein Loch in die linke Schulter und bohrten sich danach in die Wand.

Darauf folgend drangen zahllose Patronen in seinen Körper ein, anscheinend von verschiedenen Kalibern.

Mit einem wilden Kampfschrei riss er sich von der Wand los und preschte mitten in das flammende Inferno.

Auf der anderen Seite des rotschwarzen Rauchs schoss Balot weiter und tanzte ekstatisch.

»Hör auf, Balot!«

Ständig erschienen neue Waffen aus dem magischen Handschuh, schnell zu verbrauchen wie ein Atemzug.

Bei jedem Dröhnen, jedem Hall, jeder Explosion durchschauerte sie das wohlige Gefühl, dass sie es verursacht hatte.

Diese Macht überwältigte sie. Die Macht, etwas so zu bewegen, wie sie es wollte, diese Macht, selbst Menschen und Emotionen *zu manipulieren, wie es ihr gefiel.*

Das ist es, dachte sie.

Die Männer hatten immer *dieses Gefühl.*

Warum darf ich also diese Macht nicht auch haben, die so süß in meiner Seele brennt?

Warum ich – *das* war die Antwort auf ihre umgedrehte Frage.

Ich, ich, die bisher nur misshandelt wurde, habe jetzt die reine Lust in meiner Hand.

Mit dem bitteren, fast schmerzhaften Schock der Lust hatte sie es begriffen.

»Hör auf! Balot! Hör auf!« Unvermittelt hörte sie Œufcoque schreien. Er hatte die ganze Zeit schon geschrien, aber sie bemerkte es erst jetzt.

Œufcoque zitterte. Das Gefühl, dass Balot ihn jetzt nicht verstehen würde, machte ihm Angst.

»Balot, ich bitte dich. Missbrauche mich nicht. Bitte halte dich an unsere Basis-Strategie …«

#Schon gut.#

Balot hörte auf zu feuern und hauchte einen Kuss auf die Pistole.

#Ich werde ganz sanft zu dir sein. Vertrau mir.#

Und dann, mit einem so starken Gefühl von Macht und Kontrolle, dass ihr Blut davon zu Säure wurde, hatte sie Œufcoque gesnarkt.

»Aufhö…«

Dieses Mal ließ sie seine Stimme vollständig verlöschen. Sie snarkte die Pistolen in ihren Händen, morphte sie in die Waffe, mit der sie jetzt am einfachsten schießen konnte.

Welldone kam jäh aus dem Rauch gesprungen, seine Arme schützend vor dem Kopf gekreuzt. Er hechtete über die Trümmer am Boden und rollte sich ab. Als er sie erkannte, bleckte er die Zähne und erhob sich. Sein Gesichtsausdruck wirkte weder wutverzerrt noch wie ein Lächeln. Seine rot leuchtenden Augen blinzelten, als er Balot fixierte.

Nur eine Sekunde lang sahen sich beide schweigend in die Augen.

Dann zielte jeder mit seiner Waffe auf den Gegner.

Balot lachte.

4

»Verdammt, ich kriege keine Verbindung!«, brüllte Flesh zornig in seinem Container auf dem LKW.

»Wells Reaktionen sind so gut wie hirntot! Und sein Gehörsinn liefert mir akustische Prints von mindestens zehn verschiedenen Waffen!«

Boiled starrte ausdruckslos auf den Monitor. Flesh brüllte wieder los: »Ist das wirklich nur einer? Ich glaube nicht! Dieser Œufcoque hat doch eine abnorme Persönlichkeitsstörung! Ein Sadist! Well ist hirntot, warum schießt er danach noch mit einem ganzen Waffenarsenal auf ihn?!«

»Fetischismus – wie Sadismus – ist im Grunde genommen nichts als eine Entschädigung für ein Gefühl der Machtlosigkeit«, unterbrach Boiled unerwartet sein Lamentieren.

Flesh hörte auf zu schreien und betrachtete Boileds Profil misstrauisch.

Boiled dozierte weiter: »Wer seine eigene Machtlosigkeit so kompensiert, fällt leicht auf Œufcoques Strategie rein. Ganz offensichtlich hat Œufcoque seinem User diese Strategie erklärt, aber der User hat den tieferen Sinn dieser Strategie nicht begriffen. Was hier gerade geschieht, weicht von seinem Plan ab, das ist *Missbrauch.*«

»Wovon redest du denn? Haben wir mehr als nur einen Gegner?«

»Der Gegner missbraucht Œufcoque. Schon bald wird er gegen seinen User Selbstschutzmaßnahmen ergreifen. Dann verliert unser Gegner seine stärkste Waffe …«

Fleshs ganzer Körper bebte. Er lehnte sich wieder zurück, als ihm aufging, dass sich in den Tiefen der gleichgültigen Worte etwas furchtbar Gefährliches versteckte.

»Der Doc hat den Gegner mit seiner Technologie stärker gemacht. Die Technologie aus dem ›Paradies‹. Und wieder hat Scramble-09 ein neues Monster erschaffen.«

»Paradies? Wovon redest ...?«

Boiled zog unversehens einen gigantischen Revolver unter seiner Jacke hervor. Flesh verschluckte vor Schreck, was er noch hatte sagen wollen.

Mit dieser silbernen Waffe konnte man vermutlich selbst durch die Stahlplatten eines Panzerwagens schießen. Eine abstruse Waffe, für die man wahrscheinlich die Kraft eines Gorillas brauchte. Boiled öffnete die Trommel, vergewisserte sich, dass die Kammern geladen waren, und steckte sie wieder weg.

»Äh, du ... du gehst da rein?«

Boiled sah Flesh an. Nickte knapp.

»Bitte beeil dich ... Well leidet bestimmt ...«

Boiled nahm sich den LKW-Ersatzschlüssel und stand auf.

Flesh folgte seinen Bewegungen mit einer gewissen Überraschung im Gesicht.

»Mit dem LKW?«

»Euer Auftrag hier ist beendet. Ich wollte wissen, wie Œufcoques User unter Druck reagiert. Bald wird sich Œufcoque dem User *entfremden und sich von ihm trennen*. Das reicht mir.«

Er spannte den Hahn und zielte völlig ausdruckslos auf Flesh.

Fleshs Mund klappte auf, er zitterte.

Boiled drückte ab. Gleichzeitig mit dem Knall öffnete sich

ein Loch zwischen Fleshs Schultern. Die Wand des Containers bog sich nach außen.

Der ganze Lastwagen wackelte und knirschte, der Gestank nach Schießpulver füllte den Container und stach einem in die Augen.

Flesh brach ganz langsam zusammen. Alles oberhalb seiner Brust krachte zusammen mit den Splittern der Geräte hinter ihm in kleinen Teilen davon. Seine Kleidung platzte auf, zwischen den vielen Brüsten baumelten seine dicken Handgelenke.

Boiled lud nach und verließ den Container.

Er ging an dem langen Fahrzeug vorbei, setzte sich in die Fahrerkabine und steckte den Schlüssel ins Schloss.

»Ich komme. Und ich nehme dich mit, Œufcoque. Du bist schließlich nichts anderes als ein Werkzeug.«

Er drehte den Schlüssel um. Der Motor erbebte. Boiled trat ganz sanft auf das Gaspedal.

»Fuck you!«, schrie Welldone, wie einen Befehl. Er schoss mit beiden Händen, Balot schoss fast mit dem gleichen Timing. Immer weiter, ohne aufzuhören.

Die Kugeln trafen in der Luft aufeinander und zersplitterten funkenstiebend. Die Hülsen blinkten überall im Parkhaus.

Welldone bleckte die Zähne und kam munter drauflos ballernd näher und näher. Balot wich nach rechts aus, also rannte er auch nach rechts. Beide schossen die ganze Zeit weiter. Nur eine Seite unterbrach kurz den Kugelhagel, denn seine Pistolen waren leer.

Beide suchten Deckung hinter einer Säule, aber nur Welldone lud nach.

Balot snarkte hinter ihrer Säule und verschmolz die zwei

Waffen zu einer. Die beiden kleinen Pistolen verloren ihre Form und morphten in eine Pistole, die eine Nummer größer war.

Handschuhe und Griff waren eine Einheit, die perfekte Haltung, die linke Hand schoss, die rechte stützte.

Dann rannte sie aus dem Schatten der Säule, bewegte sich an seine Seite und zielte auf ihn.

Er schrie, ohne Stimme. Die Kugel traf seine rechte Hand, die er hochgehalten hatte.

Ein Schuss in den Handdrücken, ein Schuss in den Lauf seiner Pistole, ein Schuss auf den Abzugshahn und noch einer in seinen Ellenbogen. Fließend abgefeuert.

Im Griff explodierte die Munition, die er gerade erst nachgeladen hatte. Die Pistole flog weg und riss die Finger seiner rechten Hand mit sich. Plastiksplitter färbten eine Hälfte seines Gesichts schwarzrot.

Er zielte mit der Pistole in seiner Linken und feuerte in kürzester Zeit die Hälfte des Magazins ab.

Balot versuchte nicht einmal, den Kugeln auszuweichen. Sie leitete mit ihren Schüssen nur die ab, die auf ihr Gesicht zukamen. Alle anderen ließ sie von ihrem schneeweißen, perfekten Dress blockieren.

Zwei gegen die Brust, einen auf die Hüfte. Der Großteil des Schocks wurde absorbiert, die Kugeln berührten nicht einmal ihre Haut.

Mehr bist du nicht wert, wollte sie ihn laut anschreien.

Sie wollte ihn demütigen, ihn beleidigen, ihn endlich erledigen. Sie wollte ihrem Gegner die Seele absprechen, seinen Stolz, seine Freude mit Gewalt in tiefes Schwarz tauchen. Sie musste es tun, sie hätte auch gar nicht gewusst, was sie sonst hätte tun sollen.

Balot ging geradewegs auf ihn zu, sie feuerte auf ihn mit ihrer ganzen Leidenschaft.

Sie schoss kein einziges Mal daneben.

Welldone wurde an Beinen, Schultern und Brust getroffen.

#Fuck you!#

Balot schrie in einer Stimme, die kein Schrei war.

#Fuck you!#

Ihr heiliger Zorn floss direkt in Œufcoque und wurde in Munition umgewandelt.

#Fuck you!#

Welldone lehnte an der Säule und streckte Arme und Beine von sich. Er ließ sie gewähren,und doch hielt er die Pistole noch fest in der Linken und zielte, als sie ihm die Hüfte zerfetzte. Schaum quoll aus seinem Mund, er feuerte in die Luft.

Der Pulverqualm war mittlerweile so dicht wie der Zigarettenrauch in einer Pachinko-Halle ohne Klimaanlage.

Die leeren Patronenhülsen tanzten in einem lustigen Rhythmus über den Beton.

Welldone färbte die Säule hinter sich rot und rutschte langsam daran herab. Auch jetzt hörte sie noch nicht auf zu schießen. Balot kontrollierte die Munition außerordentlich präzise.

Sie kontrollierte alles. Sie kontrollierte Welldone. Und sie kontrollierte Œufcoque.

Bis sie schwitzend stehen blieb.

Ihre Handgelenke, ihre Sehnen waren wie gelähmt.

Der Rückstoß der Waffe erwischte ihre Hand direkt.

Erst jetzt fiel ihr auf, dass sie Œufcoque gar nicht mehr hören konnte, dass sie ihn mit Gewalt unterdrückte.

Balot entspannte sich allmählich. Der Rauch brannte in ihren Augen, sie konnte nicht viel erkennen.

Als sie die Lampen und die Klimaanlage snarken wollte,

entdeckte sie, dass kaum noch etwas funktionierte. Überall brannte etwas. Sie trat ein paar Schritte zurück und sah sich das Chaos an.

Der Parkplatz war nur noch eine Ruine. Säulen krachten zusammen und die Decke stürzte ein, ein Zimmer aus dem Erdgeschoss entleerte sich in das Parkdeck. Doc Easters Labor. Balot entdeckte das Aquarium, das sie schon einmal gesehen hatte. Er hatte gesagt, er wolle Balot ihre Stimme zurückgeben. Daran erinnerte sie sich jetzt.

Jetzt lag es zerschmettert auf dem Boden, inmitten von Flammen und Betonsplittern.

Der Pulverrauch verflog.

Balot sah ihren Gegner an, als sähe sie ihn jetzt zum ersten Mal.

Der Mann mit den zahllosen Wunden bewegte sich. Sie hatte ihn nur als Zielscheibe registriert, sie hatte völlig vergessen, dass er ein lebendiger Mensch war. Die unzähligen schwarzroten Wunden erinnerten sie wieder daran.

In diesem Moment fühlte sie, wie hinter ihr eine gewaltige Leere heranrollte, wie eine langsame Flut. Diese Ahnung, dass es kommen würde, war entsetzlich. Snarken oder den Raum erfassen war ihr dagegen keine Hilfe.

#Œufcoque?#

Balot mischte sich in die Waffe in ihrer Hand ein. Nicht wie vorhin, sie rief verzweifelt nach ihm, rief ihn zurück.

#Bitte antworte doch. Œufcoque. Hilf mir!#

Sie wurde nervös und ungeduldig. Sie wollte, dass etwas wieder heil war, was sie selbstvergessen zerdrückt hatte. Balot rief nach Œufcoque, versuchte, das aufgeschlagene Ei wieder einzusammeln.

Die Pistole in ihren beiden Händen verlor ihre Form und

veränderte sich. Die Handschuhe trennten sich wieder, dazwischen erschien weiches, goldenes Fell.

#Œufcoque?#

Er würgte und ächzte. Œufcoque zappelte und wand seinen Körper unter Schmerzen in ihrer Hand. So wie der Mann, den sie getötet hatte. Dann erbrach sich Œufcoque. So viel tropfte zwischen ihren Handschuhen durch! Sie hätte nie gedacht, dass so viel überhaupt in diesem winzigen Körper drin sein könnte.

#Œufcoque? Œufcoque? Was ist los mit dir?#

Tränen stiegen ihr in die Augen. Œufcoque erbrach sich wieder. Schwer atmend presste er eine Antwort aus sich raus: »Lass mich los.«

Balot verstand nicht. Sie versuchte ganz im Gegenteil, ihn an ihre Brust zu ziehen.

Bis Œufcoque sagte: »Fass mich nicht an. Bitte. Lass mich runter.« Und mit einem Stöhnen erbrach er sich wieder.

Balot stand da wie eine Idiotin, wusste nicht, was sie jetzt machen sollte. Und Œufcoque, der ihr das hätte sagen sollen, versuchte verzweifelt, ihren Händen zu entkommen. Balot hielt ihn fest, hielt seine zappelnden Glieder mit ihren Fingern fest.

»Hör auf! Lass mich in Ruhe!«

Balot schüttelte ebenso verzweifelt den Kopf, Tränen standen ihr in den Augen, dann weinte sie.

Sie fühlte sich allein in die Finsternis zurückgestoßen, sie versuchte verzweifelt, einen Fluchtweg zu finden, sie klammerte sich an Œufcoque, der sich in ihren Händen wand.

Œufcoque erbrach sich noch einmal, dann brach er todesmatt und kraftlos zusammen.

Balot wartete darauf, dass Œufcoque etwas sagen würde. Aber er schwieg.

Sie hatte entsetzliche Angst. Sie wurde zurückgewiesen, abgelehnt. Trotzdem konnte sie nichts anderes tun, als darauf zu warten, dass er etwas sagen würde.

Aber Œufcoque sagte ihr etwas ganz anderes.

»*Er* kommt«, flüsterte er schwach.

»Schnell … auf das Dach. Der Doc … wird … schnell …«

Balot dachte verwirrt darüber nach, was er ihr damit sagen wollte. Und wie sie ihn um Verzeihung bitten könnte. All ihre Gedanken waren ein einziges Chaos.

Dann erfasste sie, dass etwas *wirklich* Großes näher kam.

Sie hob ihren Blick – und ihre Tränen hörten auf zu fließen, ohne dass sie es bemerkte. Ein Etwas mit einer beträchtlichen Masse fuhr geradewegs auf das Rolltor des Parkdecks zu.

Eine Bedrohung. Instinktiv mischte sie sich in Œufcoque ein und hätte ihn beinahe gesnarkt. Œufcoque stöhnte gequält auf. Seine Aufschrei ging in dem ohrenbetäubenden Lärm des zerberstenden Rolltores unter.

Es riss wie bei einer Explosion auseinander, dann raste der riesige Lastwagen in die Parkgarage.

Er schmetterte mit einem Funkenregen gegen die Säulen, schleuderte gegen Wände und endete auf dem Trümmerhaufen. Die Achse brach, der Container flog weg und krachte gegen die Säule, vor der Welldone lag. Sein Körper platzte unter dem Gewicht des silbernen Containers wie ein Luftballon.

Balot hielt Œufcoque im Arm, mit dem Rücken zur Wand starrte sie auf den monströsen Truck, der so unerwartet in den Flammen aufgetaucht war.

Die Luft war geladen.

Sie sah, wie ein großer Mann den Fahrersitz verließ, sah, wie sich die Tür öffnete, sah, wie er über die brennenden und glimmenden Trümmer auf sie zukam.

»Lauf weg …«, wisperte Œufcoque heiser.

Aber Balot fixierte ihn mit ihren Augen und wollte sich nicht bewegen.

Sie hatte keine Angst. Verglichen mit dem, was vorhin beinahe zwischen Œufcoque und ihr passiert wäre, gab es keine Angst mehr. Sie fühlte sogar, wie etwas in ihr anfing zu brodeln und ihr Kampfgeist wieder erwachte.

Flammen flackerten auf seinen Wangen, auf seinem völlig ausdrucksleeren Gesicht. Er hatte sie bedroht, auf der Straße und im Gericht. Dimsdale Boiled. Er trampelte über die Reste des Mannes hinweg, den sie durchlöchert hatte. Er kam, um sie weiter *einzuschüchtern und anzugreifen*.

»Œufcoque, du solltest nicht in der Hand von jemandem liegen, der mit dir nicht umgehen kann«, sagte Boiled.

Œufcoque stand in ihrer Hand auf und entgegnete: »Nach deinen Killern willst du die Sache jetzt selbst in die Hand nehmen? Du bist genau wie sie, Boiled. Für euch hat der Krieg nie aufgehört.«

»Komm zurück in meine Hand, Œufcoque. Da könntest du viel nützlicher sein.«

Balot starrte ihn hasserfüllt an. Boiled hatte sie noch kein einziges Mal angesehen.

»Nützlich? Hast du schon vergessen, *wozu du mich benutzt hast*?«, schrie Œufcoque. In einer Stimme, so voller Zorn, wie Balot es noch nie von ihm gehört hatte.

»Es ist das Gleiche, Œufcoque. Die Hand dieses Mädchens oder meine Hand, wir wollen das Gleiche«, sagte Boiled mit finsterer Stimme, seine Augen dunkel wie der Tod.

Œufcoque stöhnte.

»Sie ist anders.«

Sie wusste nicht, warum, aber das zu hören machte sie irgendwie traurig.

»Lauf weg, Balot. Zieh dich zurück, das ist besser …«, flüsterte Œufcoque ihr zu.

Balot starrte Boiled fest an und schüttelte den Kopf.

#Nein. Ich kämpfe. Ich will nicht fliehen.#

»Nein, er …«

#Er hat mich bedroht. Ich muss kämpfen.#

Boiled steckte eine Hand in die Innenseite seines Mantels.

»Boiled, warte …«

Balot wickelte einen Finger instinktiv um Œufcoque – und snarkte.

»Balot!«

– Bitte, versuch mich zu verstehen.

Boiled, der jetzt vor ihr stand, hatte ihr solche Angst eingejagt, dass sie fast jede Hoffnung, jeden Lebensmut verloren hätte. Sie konnte nicht einfach so vor ihm davonlaufen, vor allem nicht nach dem, was er über Œufcoque und sie gesagt hatte. Wenn sie jetzt weglief, würde sie nie wieder für etwas kämpfen können.

Aber das hieß bestimmt nicht, dass das jetzt die richtige Antwort war.

Œufcoque machte einen TurnOver, wie von ihrem Willen unterdrückt.

In der gleichen Sekunde zog Boiled seinen Revolver. Ein sechsschüssiger Revolver, mächtig wie die tragbare Kanone eines Panzers.

Eine Flamme züngelte aus der Waffe hervor. Balot schoss in die gleiche Flugbahn. Ein Feuerwerk sprühte durch die Luft und zerriss Balots Patrone, sie hatte gerade noch so eben die Kugel aus der Flugbahn geschoben. Nur Sekunden später donnerte sie in die Wand, tief und schwer. Fast hätte die Kugel die Wand durchschlagen.

Boiled schoss wieder. Balot erahnte den Winkel im Voraus und wich mit einem Sprung zur Seite aus.

Die Wand hinter ihr bekam große Risse, die Luft waberte von der Hitze der Patronen.

Balot rannte und erwiderte das Feuer. Boiled bewegte sich nicht von der Stelle und schoss weiter auf sie. Jede seiner Kugeln setzte sie unter gewaltigen Druck, es war anders als bei den anderen. Um diesen Druck loszuwerden, rannte sie in eine Richtung, die er nur unter Schwierigkeiten treffen konnte. Sie schoss zurück, mehrmals, doch Boileds Rhythmus blieb regelmäßig.

Irgendetwas stimmte nicht. Sie lenkte ihn ab und suchte Deckung hinter einer Säule.

Die Säule wurde getroffen und bebte so stark, dass sie am liebsten aus der Deckung gesprungen wäre.

Dann war Boileds Waffe leer.

Sofort verließ sie ihre Deckung und feuerte so schnell wie möglich auf ihn. Der Schock wurde nicht durch Œufcoque absorbiert, der Rückstoß tat ihren Händen weh.

Boiled bewegte sich nicht. Eiskalt warf er die Hülsen weg und lud nach.

Die Kugeln, die Balot abgefeuert hatte, bewegten sich allerdings – und verließen ihre Flugbahn, um in den Trümmerhaufen hinter Boiled einzuschlagen.

Völlig erstaunt hörte sie auf zu schießen.

Boiled sah sie an.

»Er hat dir also nichts über mich erzählt?«, sagte er einfach und zog seinen Revolver zur Seite. Mit einem lauten Krachen rastete die Trommel im Lauf ein.

»Ich bin ein Monster, genau wie du, erschaffen mit der verbotenen Technologie.«

Boiled verzog sein Gesicht zu einem grausamen Grinsen, das aus den Tiefen der Dunkelheit zu kommen schien.

Balot brach kalter Schweiß aus, ihre Knie bebten und ihre Pistole zitterte.

Boiled zielte. Eiskalt richtete er seine Waffe auf Balot.

Balot war zutiefst verängstigt. Wie im Traum hechtete sie hinter eine Säule.

Die Säule wurde unten getroffen, sie wackelte und bebte.

Balot setzte ihre Fähigkeiten ein. Am liebsten hätte sie sich daran festgeklammert.

An einem Ende des Parkplatzes dröhnte ein Motor auf, mit kreischenden Bremsen raste das Auto, das Balot gesnarkt hatte, auf Boiled zu.

Der sich nicht bewegte.

Zum ersten Mal drang die Angst vor dem Kampf in Balots Seele vor. Verzweifelt und stöhnend blieb sie hinter der Säule versteckt und jagte das Auto gegen Boiled.

Boiled verschwand jäh aus Balots Wahrnehmung. Das Auto fegte über den Trümmerhaufen, flog durch die Luft und bohrte sich schließlich in den Container.

Reflexartig verließ sie ihre Deckung und versuchte sich ein Bild zu machen von der Szenerie vor ihr. Seine Position konnte sie jetzt mit dem ganzen Körper fühlen. Sie hatte es sofort begriffen, aber sie konnte und wollte es einfach nicht glauben.

Boiled stand beziehungsweise hing an der Decke.

Starr vor Entsetzen sah sie zu ihm auf. Er stand dort oben und sah zu ihr runter.

Sogar der Saum seines Mantels hing verkehrt herum und wehte in einem schwachen Luftzug. Dann ging er gelassen über die Decke. Er wich Rohren und Kabeln aus und richtete die Mündung seiner Waffe auf sie.

»Renn weg …« Sie konnte Œufcoques gequälte Stimme hören. Mit einem Schock kam sie wieder zu sich und bog sich überstürzt weg. Dann traf sie etwas von hinten, das ihr die Luft aus den Lungen presste. Sie fiel hin und rollte sich ab, spürte, wie eine Kugel gegen ihre Brust prallte. Der Schock wurde nicht vollständig absorbiert. Sie meinte schon zu hören, wie ihre Knochen knirschten und ihre inneren Organe zusammengepresst wurden.

Balots Körper flog ein paar Meter durch die Luft, dann stoppte eine Wand ihren Flug, als sie dagegendonnerte. Unmengen von Speichel flossen über ihre Lippen und tropften auf ihre Schenkel. Nur mit großer Mühe konnte sie ihre Pistole halten. Sie holte tief Luft, straffte ihre Schultern und beobachtete Boiled. Er ging gerade von der Decke zu einer Säule. Als ginge er über einen ebenen Fußboden! Sein rechtes Bein setzte er an die Säule, das andere Bein streckte er bereits zum Boden aus.

Jetzt stand er mit beiden Beinen auf dem Boden und musterte Balot in aller Ruhe.

Ihre Angst hatte die Kontrolle übernommen, sie feuerte wild und völlig ziellos auf ihn. Boiled war durch nichts zu erschüttern. Die Kugeln verließen ihre Bahn, krachten in den Boden oder in die Wände.

Dann hörte die Pistole in ihrer Hand auf, Patronen herauszuschleudern. Tief hinter dem Abzug schien sich etwas verklemmt zu haben. Ein Knarzen hallte durch die Pistole – durch Œufcoque. Der Abzug erstarrte, aus der Waffe in ihrer Hand drang Œufcoques Stöhnen.

»Entfremdet …«, sagte Boiled eiskalt. Ihr ganzer Körper erstarrte bei diesem einen Wort.

»Seine Selbstschutzmaßnahme gegen einen User, der ihn missbraucht hat … Œufcoque hat dich *abgelehnt*.«

Seine Worte trafen sie wie ein Blitzschlag. Das war das Schlimmste, was sie in ihrem ganzen Leben gehört hatte, schlimmer als alles andere. Es demütigte sie, es machte ihr Angst. Sie fühlte sich so unsagbar hilflos.

Boiled richtete ruhig seinen Revolver auf sie. In der Dunkelheit der Mündung lauerte die Mordlust einer Maschine, und sie konnte die Stimmen hören. *›Das ist alles deine Schuld‹*, flüsterten sie, *›du bist ein böses Mädchen.‹*

Hoffnungslosigkeit überkam Balot, wie damals, als sie ins Heim gekommen war. So verzweifelt hatte sie versucht, die Treppe in den Himmel hochzulaufen. Und hatte einen falschen Schritt gemacht. Das war die ganze Dimension ihrer Hoffnungslosigkeit.

#Ich will nicht sterben.#

Ihre Augen waren voller Tränen. Ich will nicht sterben, nicht so, nicht mit dieser Seele, nicht mit diesem Ich.

In dem Augenblick, als Boiled kalt auf den Abzug drücken wollte, sagte Œufcoque: »Du irrst dich, Boiled.«

Boileds Miene wurde geringfügig härter.

Gleichzeitig klackte und surrte es im Inneren der Pistole, in Œufcoque. Es hörte sich an, als würden die knirschenden Zahnräder wieder richtig justiert, als würde die Struktur wieder korrigiert.

Boiled sah überrascht aus und drückte den Abzug.

Den Bruchteil einer Sekunde bevor das Donnern sie erreichte, snarkte Balot Œufcoque instinktiv. Und dieses Mal richtig.

Balot feuerte eine Patrone nach der anderen im Stehen ab, ihre Patronen lenkten Boileds Kugel präzise aus ihrer Flugbahn.

Boileds Kugel bohrte sich über ihrem Kopf in die Wand. Die

Wand krachte unter dem Druck zusammen und es regnete Betonsplitter.

Dann zielte Balot auf Boiled.

»Hör auf. Das ist sinnlos, Balot.«

Abrupt zielte die Pistole von selbst und schoss schnell auf ein anderes Ziel.

Sämtliche Kugeln wichen von ihrer Flugbahn ab und rasten an Boiled vorbei. Doch genau das war es, was *die Pistole wollte*.

Hinter Boiled schlugen die Kugeln in den Benzintank des Wagens, dort, wo er die Wand gerammt hatte. Sekunden später dehnte sich der Tank von innen nach außen und explodierte.

Unzählige Metallsplitter, Feuer und die Druckwelle verschlangen Boiled. Aber im Rauch entstand eine klare Blase, mit Boiled im Zentrum. Unverletzt stand er kalt inmitten des Infernos und hörte den kleineren Explosionen zu.

Er starrte die Wand an, wo mittlerweile niemand mehr zu sehen war. Er hatte es nicht mal bemerkt.

Balot hatte die Explosion als Deckung für ihre Flucht genutzt.

Boiled sah zum Fahrstuhl. Er konnte an der Anzeige sehen, dass einer der beiden Fahrstühle nach oben fuhr.

»Warum lässt du den Missbrauch durch deinen User zu …?«, murmelte Boiled tief und mit dem Tod in der Stimme.

»Œufcoque …«

Die Anzeige blieb ganz oben stehen, Boiled machte sich auf den Weg zur Feuertreppe. Seine Pupillen glühten vor Zorn.

5

#Es tut mir so Leid, Œufcoque. Bitte geh nicht weg. Bleib bei mir.#

Das gequälte Wimmern von Œufcoque wollte in dem engen Fahrstuhl gar nicht aufhören. Seine Schmerzen schienen noch viel schlimmer zu sein als vorhin.

Er hatte Balot geholfen und sie in den Fahrstuhl geschickt. Jetzt hatte er solche Krämpfe, dass er kaum noch atmen konnte. Er zuckte und zappelte mit Armen und Beinen, als wolle er vor Balot fliehen. Wieder erbrach er sich heftig.

#Bitte verzeih mir, Œufcoque. Bitte verzeih mir.#

Im Fahrstuhl verließ sie die Kraft und ihre Knie versagten. Sie hielt Œufcoque in den Händen wie zerbrechliches Porzellan, und ihre Schultern bebten dabei.

#Bitte, geh nicht weg, Œufcoque. Lass mich nicht allein. Bitte.#

Endlich verstand sie ihn. Sie hatte ihm etwas Entsetzliches angetan. Sie hatte das Versprechen, etwas nicht zu tun, wenn der andere *Nein* sagt, auf die grausamste Art gebrochen. Dass sie zu *so etwas* fähig sein könnte, hätte sie nie gedacht. Warum ich – das wollte sie denken. Sonst brachen immer andere dieses Versprechen.

Jemand anders brach das Versprechen, das er ihr gegeben hatte, sie litt darunter, fragte sich, warum das so war, was denn so schlecht an ihr war, bis sie alles aus tiefster Seele hasste.

Sie hatte es sich nicht einmal vorstellen können, dass sie

selbst ein Versprechen brechen und jemand anderem so wehtun würde.

Es hätte niemals passieren dürfen, dass sie jemandem so wehtat, dem sie so sehr vertraute.

»Das ist nur eine … Schutzreaktion. Gegen … den … Missbrauch eines Users …«, sagte Œufcoque völlig erschöpft.

»Angst vor … Abschaffung … Mach dir … keine Sorgen. Geht mir … bald besser.«

Der Fahrstuhl blieb stehen.

Die Tür öffnete sich mit einem tiefen, leeren Ton in die Dunkelheit, die sie in allen Himmelsrichtungen umgab.

Warmes gelbes Licht fiel aus ihrer Kabine auf das flache Betondach. Wind heulte über das Dach und weiter über die nächtliche Skyline von Mardock City. Balot kniete noch immer auf dem Boden und starrte geistesabwesend nach draußen.

Sie hatte keine Ahnung, was sie tun sollte.

»Es tut mir Leid. Geht mir schon viel besser«, sagte Œufcoque, stand langsam auf und sah sie an. Tränen stiegen ihr in die Augen.

»Steh auf … es führt zu nichts, wenn wir hier drin bleiben. Nichts wie raus aus der Kiste.«

Balot holte tief Luft. Sie nickte ein paarmal, dann stand sie auf und trat aus dem Fahrstuhl nach draußen. Mit einer Hand trug sie Œufcoque ganz, ganz vorsichtig.

Auf dem Dach war gar nichts. Kein weiterer Platz, an den man hätte fliehen können, nichts. Der kalte Nachtwind ließ Balot ihre Einsamkeit noch stärker empfinden.

»Wir müssen hier etwas Zeit gewinnen. Schließ den Rollladen der Feuertreppe und blockiere den Fahrstuhl.«

So wie Œufcoque es gesagt hatte, mischte sie sich in das Sicherheitssystem des Gebäudes ein und snarkte es.

Aber sie glaubte selbst nicht, dass sie Boiled so aufhalten könnte. Es gab keine Falle, die ihn töten konnte.

»Wenn es darauf ankommt, wird er die Wand des Gebäudes hochkommen. Pass gut auf.«

#Das hat er vorhin auch gemacht, er ist an der Decke gelaufen, und an der Wand.#

Sie erinnerte sich daran. Sie erschauderte bei dem Gedanken.

#Was war das? Schüsse treffen ihn auch nicht.#

»Float. Eine Art Pseudogravitation. Wurde für autarkes Agieren im All entwickelt.« So hatte Œufcoque es ihr erklärt.

»Sein Hirn und sein Körper enthalten Implantate, mit denen er starke Magnetfelder erzeugen kann. Das ermöglicht es ihm, in jeder Richtung eine Pseudogravitation zu erzeugen.

Er kann auf jeder Oberfläche gehen und ballistische Flugbahnen ablenken. Er kann diesen riesigen Revolver bedienen, weil er den Lauf mit Float stützt. Das war alles damals, vor Scramble-09. Boiled war eine Testperson für diese Technologie …«, murmelte Œufcoque heiser und senkte den Blick. »Ich hätte dir das alles schon viel früher verraten sollen. Mein Fehler.«

#Hast du es nicht getan, weil ihr mal Freunde wart?#

»Wenn er sich für eine Bewegung entscheidet, dann riecht er sehr charakteristisch. Der kaltblütige, brutale Gestank eines professionellen Söldners, der in die Schlacht zieht. Ich wollte dir seine Fähigkeiten erklären, sobald ich seinen Geruch erkannt hatte.«

Dann hob er den Kopf, erwiderte ihren Blick und fuhr fort: »Ich hätte dir am liebsten in seiner Abwesenheit nichts über seinen Körper erzählt. Über deinen Körper und deine Vergangenheit rede ich ja auch mit sonst keinem.«

Balot schloss ihre Augen halb.

#Du bist immer freundlich.#

Das war alles, was sie sagte. Andere Worte fielen ihr nicht ein.

Als sie daran dachte, wie sie diese Freundlichkeit hatte vergessen können, fing sie fast wieder an zu weinen.

Dann hörte sie unten Schüsse. Der Rollladen, der ihn hinhalten sollte, wurde aufgebrochen.

#Wohin soll ich gehen? Es gibt keinen Ausweg.#

Balot ging bis zum Ende des Dachs und legte ihre Hände um das Eisengitter.

»Der Doc kommt bald. Ist ganz in der Nähe. Kannst du das nicht fühlen?«

Balot sah unwillkürlich in den Nachthimmel auf. Die Wolken glitten ganz langsam an der scharfen Sichel des Mondes vorbei.

Sie erkannte, dass irgendwo in der Ferne irgendetwas Signale in ihre Richtung sendete.

»Der Doc nimmt direkten Kontakt mit meiner Notleitung auf. Nur noch ein paar Minuten.«

Ein Bote, der vom Himmel kam. Sie erinnerte sich, dass sie so etwas mal geträumt hatte, als sie im Heim misshandelt worden war. Ein Engel, der vom Himmel kommt, um sie zu retten. Bei diesem Gedanken erinnerte sie sich schmerzhaft daran, was sie Œufcoque angetan hatte.

Sie schämte sich sehr, es war so … armselig.

»Balot?« Er klang sehr angespannt.

Sie blickte sofort zur Feuertreppe, hörte den Schuss, ganz in der Nähe.

»Mach schon. Nutze mich für deine Verteidigung.«

Sein kleiner Körper zitterte noch immer ein wenig in ihrer Hand.

#Ich will dich nicht noch mehr verletzen.#

»Schon gut. Es wird mir nicht wehtun.«

Balot zog ihre Brauen zusammen. Sie wollte vor den Göttern oder sonst wem Rechenschaft ablegen, sie wollte, dass jemand ihr sagte, ihr sei verziehen.

»Er kommt. Schneller, als ich dachte.«

Sie fühlte, wie er hinter der verschlossenen Tür die Feuertreppe hochstieg.

Tränen flossen über ihre Wangen. Sie mischte sich wieder in Œufcoque ein und snarkte ihn.

Er veränderte seine Form und morphte. Das Gewicht in ihrer Hand wurde mächtig und schwer. Der Lauf war wesentlich größer als bei den anderen Pistolen, die sie bisher gehalten hatte. Eine Reaktion auf Boileds Waffe, gewiss nicht unnötig. Es war Œufcoques Wille und Balots manifestiertes Gefühl für Gefahr.

Dann folgten Maßnahmen, die ihr den Umgang mit der Waffe ermöglichen sollten. Die Oberfläche des Griffs verformte sich und wurde zu einem Gürtel, der ihre linke Hand an die Pistole fesselte. Ein Gürtel, der sie ganz fest zusammenschnürte.

Ein eisernes Armband bedeckte ihr Handgelenk, um es zu fixieren und den Rückstoß abzufangen.

Die Munition wurde im Inneren nachgeladen. Mit einem Klacken spannte sich der Schlagbolzen automatisch.

In der gleichen Sekunde stand Boiled direkt hinter der Tür. Er schien zu registrieren, dass sie mit einer Waffe auf ihn wartete. Sie konnte es fühlen.

Die Luft war voller Spannung, die Stille riss einem die Seele förmlich in kleine Stücke.

Die Stille wurde zerbrochen.

Die ersten Schüsse klangen wie ein einziges Geräusch.

Danach änderte sich die Frequenz und sie feuerten unterschiedlich. Balot schoss so schnell sie konnte, so oft sie konnte.

Zusammen mit dem Schuss dröhnte Stahl auf Stahl, wenn die Kugeln in der Luft kollidierten. Sie brauchte mehrere Kugeln, um eine von Boileds Patronen abzulenken.

Es stank unerträglich nach verbranntem Stahl. Der Rauch des Schießpulvers hüllte die Umgebung ein.

Wenn die feindlichen Schüsse pausierten, schleuderte sie sofort das Magazin weg, mit ihm die Hitze, die ihr die Hand verbrannte. Während sie weiterschoss, zeigte der Rückstoß seine Wirkung in ihren beiden Händen. Sie snarkte, um nachzuladen – und konnte fühlen, wie sehr Œufcoque gegen sein Gefühl extremer Abneigung ankämpfte, um sie zu beschützen.

Balot mischte sich ohne Unterbrechung in Œufcoque ein und snarkte ihn, damit er das tun konnte.

Auch während sie den Abzug drückte und ihre Kugeln durch eine elektrische Reaktion verschoss. Sie handelte gegen seinen Willen, sie unterdrückte ihn. Tränen stiegen ihr in die Augen und sie konnte nur noch verschwommen sehen. Sie verließ sich beim Schießen auf ihre anderen Fähigkeiten.

Balot wurde so traurig, dass sie die Kraft in ihren Beinen verlor. Ihre Knie knickten ein, sie sank zu Boden. Albern. In der Hocke streckte sie die Pistole mit beiden Händen nach vorn.

Und feuerte weiter.

Boileds Schüsse hallten schwer und erbarmungslos von der anderen Seite der zerfetzten Tür aus herüber. Balot hielt Œufcoque fest und schoss, ihr Gesicht war völlig verquollen und verheult. Anders hätte sie nicht überlebt. Sie fand sich selbst jämmerlich und armselig, dass sie sich nur so verteidigen konnte.

Dann krachte das Dach direkt neben ihr wie in einer Explosion auseinander.

Sie fühlte, dass sie ihr Ziel zu verfehlen drohte, doch sie konnte nichts dagegen tun. Sie konnte nichts dagegen machen, dass sie nervös wurde, nicht mehr atmen konnte, den Rhythmus verlor. Sie ertrug den Druck nicht länger. Alles in ihr war Chaos. Ihre Traurigkeit nahm ihr die Luft zum Atmen, und genau das verschaffte Boiled einen Vorteil.

Jetzt hatte sie ihr Ziel vollständig verfehlt. Boileds Position wurde immer verschwommener. Sie konnte nicht mehr erkennen, wohin Boiled schießen würde. Instinktiv versuchte sie, in einen toten Winkel zu fliehen, also erhob sie sich zu hastig.

Eine fatale Entscheidung.

Balot erkannte, dass er auf sie zielte.

Die Kugel kam gerade auf ihr Gesicht zu. Es ging alles sehr schnell. Die Pistole in ihrer Hand sprang von selbst hoch, beschützte ihr Gesicht. Die Mitte des Laufs verwandelte sich in eine dicke Schicht Absorptionsmaterial.

Œufcoque wollte es so.

Die Kugel erwischte ihn. Der Schock explodierte in ihrer Hand. Der Gürtel, der die Pistole in ihrer Hand fixiert hatte, sprang auf. Die Waffe rutschte ihr aus den Fingern und knallte gegen ihre Stirn.

Ihre Haut platzte auf, Blut floss. Balot wurde schwindlig, sie fiel nach hinten um, als hätte jemand sie gestoßen.

Die Pistole hatte Balot gerade noch beschützen können, aber dieser Angriff riss sie in Stücke.

Eines der Bruchstücke morphte sich in Œufcoque zurück und schrie gequält auf.

Balot konnte am Rande ihres Blickfelds das goldene Fell erkennen, sie stand unter Schmerzen auf und streckte ihre Hand danach aus. Œufcoque bemühte sich verzweifelt, in ihre Hand zu springen. Dann kam die nächste eiskalte Kugel. Ganz gerade, begierig, zu töten.

Balot erstarrte für einen Moment vor Angst und konnte sich nicht bewegen. Aber Balot war auch nicht das Ziel. Die Kugel explodierte genau vor ihren Augen.

Das Betondach wurde weggeblasen. Der Beton splitterte und flog auseinander, ein weicher Ball flog auf sie zu. Er traf ihre Brust und prallte wieder ab. Œufcoques Blut spritzte winzige rote Punkte auf ihren weißen Mantel.

»Balot …«

Sie konnte seine Stimme hören, entsetzt suchte sie nach ihm.

»Du musst mich snarken, schnell!«

Er klang sehr schwach, aber auch sehr ernst. Gut, dass sie ihn endlich gefunden hatte.

Sein Zustand traf Balot wie ein Schlag auf den Kopf. Unterhalb der Hüfte war sein winziger Körper in Stücke gerissen. Er kroch auf einer blutigen Spur auf sie zu und streckte seine Hand nach ihr aus.

Balot schrie. In Wirklichkeit kam nur ein pfeifender Atemzug aus ihrem Mund. Sie weinte und griff rasch nach ihm.

Plötzlich kam eine Kugel auf sie zu. Ihr Oberarm wurde getroffen, fast schon glaubte sie, es hätte ihren rechten Arm abgerissen, so stark war der Schmerz.

Dann traf der gleiche Schmerz ihre Rippen. Sie schwebte,

hörte auf zu atmen, verlor das Gefühl für oben und unten. Sie war fast ohnmächtig, aber eine Schale von Œufcoque beschützte sie immer noch. Ihre Schulter knallte gegen das Eisengitter auf dem Dach. Als ihr Körper auf den Betonboden krachte, kam sie wieder zu sich. Aus der Wunde auf ihrer Stirn floss Blut, das Sichtfeld ihres rechten Auges färbte sich dunkelrot.

Sie war die perfekte Zielscheibe, aber Boiled schoss nicht weiter.

Stattdessen kam der große Mann hinter der perforierten, zerbeulten Tür vor. Er kam ohne Eile und geradezu sanft näher.

»Diese Pistole, das bist du«, sagte er aus einiger Entfernung.

»Du, *wie du damals warst*. Du wurdest entwickelt, um der Welt mehr Nicht-Sein zu bringen. Du und ich. Letzten Endes ist das doch die Antwort auf die Frage, was wir sind.«

Die Entfernung reichte aus. Eine angemessene Position, um Worte oder Kugeln abzuschießen.

Boiled leerte das Magazin seiner Pistole aus. Die angesengten Hülsen klackerten auf das Dach.

Seine Finger, mit denen er die Waffe nachlud, und die Hand, mit der er die Waffe hielt, waren voller Brandblasen und Verbrennungen.

Mit einem Klacken rastete das Magazin wieder ein. Er richtete seinen glühenden Revolver auf sie.

Balots linke Hand fühlte etwas Weiches. Sie wusste, was es war, sie musste nicht einmal hinsehen. Sie wusste auch, was er vorhatte. Sie fühlte das schmierige Blut zwischen ihren Fingern. Sie schloss die Augen, wollte diese Wärme intensiver fühlen.

Dann hörte sie, wie Boiled den Hahn spannte.

In dieser Sekunde hob sie Œufcoque hoch – der in eine Pistole gemorpht war.

Zwei Schüsse gleichzeitig. In der Dunkelheit entzündete sich ein Feuerwerk.

Balots und Boileds Kugeln waren frontal aufeinander geprallt und zersplitterten.

Balots Hand wurde wärmer. Aus der Pistole floss Blut, durchnässte ihre linke Hand, tropfte auf den Boden. Weinend hielt Balot die Pistole fest, aus der das Blut rot und warm floss. Sie schoss weiter, immer und immer wieder.

Um nicht zu sterben – um zu überleben.

Fortsetzung folgt …

Nachwort

Sehr geehrte Leserinnen und Leser, alle, die mich jetzt zum ersten Mal lesen und auch die, die mich schon kennen: Vielen Dank! Ich bin Ubukata. Der Verlag Hayakawa Shobo hat endlich dieses Buch veröffentlicht, auf das so viele gewartet haben.

Als Erstes möchte ich mich bei den vielen Redakteuren bedanken, die mir so sehr geholfen haben, und auch bei dem Chefredakteur des Science-Fiction-Magazins.

Ganz kurz gesagt: Den ersten Satz des Buches habe ich an jenem Tag geschrieben, als ich den unvergesslichen Director's Cut von *Leon – Der Profi* gesehen hatte. Damals wollte ich eine Kurzgeschichte von etwa fünfzig Seiten daraus machen.

Ich weiß nicht, ob ich das Format da falsch ausgewählt hatte, jedenfalls wurden 1800 Manuskriptseiten daraus, und zwar ohne dass es mir weiter auffiel.

Warum? Das fragten mich alle, die Redakteure, die Freunde, andere Autoren – alle fragten mich, warum. Als Autor ist das Schreiben natürlich mein Job, und wenn ich einmal mit der Arbeit angefangen habe, habe ich auch gar keine andere Wahl mehr. Also habe ich nicht nach dem *Warum* gefragt und mir auch keine anderen Fragen groß durch den Kopf gehen lassen. Erst als ich mit der Arbeit fertig war, hatte ich Probleme, einen Verleger dafür zu finden.

Ich habe es sieben Verlagen und dreizehn Redakteuren geschickt. So verging die Zeit.

Ich sah Natalie Portman in *Star Wars: Episode I – Die dunkle*

Bedrohung wieder, in *Wo dein Herz schlägt* bekam sie sogar ein Baby. Und in *Star Wars: Episode II – Angriff der Klonkrieger* verliebte sie sich in Darth Vader auf einer grünen Wiese. Ich spürte, wie die Zeit verging, und hätte sie am liebsten zurückgedreht, und ich dachte, dass es vermutlich wirklich nicht einfach ist, dieses Buch zu veröffentlichen, vor allem nicht mit so vielen Seiten.

Als ich die Pistolen-Actionszenen in *Matrix* sah, fing ich wirklich an, mir Sorgen zu machen. Dann war da noch *Stuart Little*, Michael J. Fox sprach eine kleine, resolute Maus, die niedlich in einem Auto fuhr oder sogar in einem Flugzeug flog. Als Zuschauer hat mich das wirklich begeistert. Ich habe allerdings den Göttern gedankt, dass er kein goldenes Fell hatte und nicht zusammen mit einer 15-Jährigen gespielt hat.

Außerdem bin ich sehr froh, dass ich in der Zwischenzeit sehr viel von den Redakteuren lernen durfte. Dank der vielen Ratschläge und der Hilfe des Chefredakteurs des Science-Fiction-Magazins konnte ich meine Geschichte weiter verbessern. Für mich war das wirklich optimal, auch die Veröffentlichung ist ganz fantastisch gelaufen.

Wenn ich ehrlich bin, dann hoffe ich, dass ich mein ganzes Leben lang schreiben kann. Und natürlich hoffe ich auch, dass meine Leser daran Spaß haben werden.

Ich wünsche Ihnen allen also auch weiterhin viel Vergnügen mit der Geschichte des Mädchens, das sich in eine Schale einsperrt, und ihrer »halb garen« Maus.

Und jetzt noch schnell die wichtigsten Literaturangaben für den ersten Band:

Timothy Beneke: »Men on Rape«, ersch. bei Chikuma Bunko

Ayumi Sakai: »Tokyo yoru no Kakekomidera«, ersch. bei Gentosha Outlaw Bunko
(dt. etwa: *Der Kakekomi-Tempel von Tokio bei Nacht* /// In den buddhistischen Kakekomi-Tempel flohen Frauen, die von ihren Männern missbraucht wurden. – *Anm.d.Übers.*)

To Ubukata

Glossar

A-10-Operation

Eingriff an Shells Gehirn. Bei Stress werden Glücksgefühle freigesetzt

AirCar

schwebendes Auto

Broiler House

Justizministerium von Mardock City

Chamäleon-Sonnenbrille

Sonnenbrille, die nach einiger Zeit die Farbe wechselt

Cop-Hunter

undurchsichtige Spezialverspiegelung von Autofensterscheiben

***C**reative **R**ecollective **A**ctive **P**ositioning of Memory – CRAP*

Erinnerungs-Datenspeicher-Transfer. Shells Fähigkeit, seine Erinnerungen extern auszulagern und dort abzuspeichern

Eject-Poster

Poster, das beliebige Motive von einem Computergrafik-Chip an die Wand projiziert

Elektro-Auto; auch: LectroCar

elektrisch betriebenes Auto mit einem Navigationssystem, das nur bestimmte Routen fährt, in einem stark begrenzten Tempo

Geruchsinformation

Aufzeichnungen von Geruch, mit dem sich Emotionen usw. beweisen lassen

Glückspillen, Euphoriepillen, Heroic Pills

Shells Droge

Gravity-Device-Engine

Antrieb eines AirCars

HAD

Hilfswerk für **A**lkohol- und **D**rogensüchtige

Hutchison-Klinge; auch: Buttermesser

John Hutchison entdeckte in den Achtzigern angeblich paranormale Auswirkungen beim Wiederholen von Nikola Teslas Experimenten. U. a. eine anomale Erhitzung von Metallen ohne Verbrennen

InitialProtec-Sperre

Œufcoques Sperre, die verhindert, dass ihn jemand anders in eine andere Form verwandelt

Intensivbehandlungs-Einheit

Eiförmige Kapsel zum Transport von Verletzten

Kommunikator

Implantat der Bandersnatch-Gang

Lightight

künstliche Haut, die Strom leiten kann

Lockbuster-Card

öffnet jede elektronisch gesicherte Tür

Mama-san

jap. für »Bordellinhaberin«; kann aber auch lediglich die Besitzerin einer Bar sein

Megami

jap. für »Göttin«

morphen

der Prozess des Verwandelns von Œufcoque

Psychoprint

Seelenmuster; Form, in der Balots Seele in Œufcoque abgespeichert wird

Scramble-09

technisch verbesserte Lebewesen mit besonderen Fähigkeiten

Shochu

jap. Schnaps

snarken; auch: Elektronen-Manipulation

Balots Scramble-09-Talent zur Fernsteuerung von Elektronik u. a.

TechGlasses

Elektronen-Brille

TurnOver (auch: Inversionsverwandlung)

Verwandlung bzw. Morphen in einen Gegenstand oder eine Waffe; laut Œufcoques Beschreibung ist es so, als »würde sein Innerstes nach außen gestülpt«

Udon-Tick-Nudeln

jap. dicke, weiße Nudeln mit einer »colinesischen« Note

Universal Item

Lebewesen, das sich in nahezu jeden beliebigen Gegenstand verwandeln kann

Wirecutter

Drahtseil-Waffe, die elektrisch geladene Teilchen freisetzt